Editora Charme

CARTAS INDECENTES

Autoras Bestseller do *New Y...*

VI KEEL...
PENELOPE WARD

Copyright © 2019. DIRTY LETTERS by Vi Keeland and Penelope Ward
Direitos autorais de tradução © 2021 Editora Charme.

Todos os direitos reservados.
Nenhuma parte desta publicação pode ser reproduzida, distribuída ou transmitida sob qualquer forma ou por qualquer meio, incluindo fotocópias, gravação ou outros métodos mecânicos ou eletrônicos, sem a permissão prévia por escrito da editora, exceto no caso de breves citações consubstanciadas em resenhas críticas e outros usos não comerciais permitido pela lei de direitos autorais.

Este livro é um trabalho de ficção.
Todos os nomes, personagens, locais e incidentes são produtos da imaginação da autora. Qualquer semelhança com pessoas reais, coisas, vivas ou mortas, locais ou eventos é mera coincidência.

1ª Impressão 2022

Produção Editorial - Editora Charme
Capa - Perfect Pear Creative Covers
Adaptação de capa e Produção Gráfica - Verônica Góes
Tradução - Lais Medeiros
Revisão - Equipe Charme

Esta obra foi negociada por Brower Literary & Management, Inc.

FICHA CATALOGRÁFICA ELABORADA POR
Bibliotecária: Priscila Gomes Cruz CRB-8/8207

K26c	Keeland, Vi
	Cartas Indecentes / Vi Keeland; Penelope Ward; Tradução: Laís Medeiros; Preparação e Revisão: Equipe Charme; Adaptação de capa e Produção Gráfica: Verônica Góes – Campinas, SP: Editora Charme, 2022. 336 p. il.
	Título Original: DIRTY LETTERS ISBN: 978-65-5933-070-6
	1. Ficção norte-americana. 2. Romance Estrangeiro. – I. Keeland, Vi. II. Ward, Penelope. III. Medeiros, Laís. III. Equipe Charme. IV. Góes, Veronica. V.Título.
	CDD - 813

www.editoracharme.com.br

CARTAS INDECENTES

Autoras Bestseller do *New York Times*

VI KEELAND
PENELOPE WARD

Editora Charme

Editora Charme

CARTAS INDECENTES

Tradução - Lais Medeiros

Autoras Bestseller do *New York Times*

VI KEELAND
PENELOPE WARD

Para quem sofre de ansiedade.

Você não está sozinho.

Capítulo 1
Luca

Ai, ai. Lá vamos nós de novo.

Empurrei meu carrinho de compras em frente, em vez de dar a volta para seguir pelo corredor como planejara. Mas, após dar um passo ou dois, não pude evitar. Recuei o suficiente para esconder meu corpo atrás das prateleiras e inclinei a cabeça para frente para assistir à ação.

Uma mulher com cabelos cheios de frizz em um tom nada natural de vermelho colocou um desodorante de volta na prateleira e pegou outro. Ela tirou a tampa e cheirou antes de erguer um lado da blusa e passar o desodorante na axila, fazendo o mesmo com o outro lado em seguida. Colocando a tampa de volta, ela examinou a prateleira por um momento antes de escolher outra marca. Mais uma vez, tirou a tampa, cheirou e passou em cada uma das axilas. Fiquei observando, fascinada com a seriedade em seu rosto enquanto experimentava seis desodorantes diferentes, antes de um funcionário da loja finalmente perceber o que ela estava fazendo. Quando os dois saíram pelo corredor gritando, decidi que era minha deixa para continuar me movendo e terminar minhas compras.

Alguns meses atrás, vi um homem experimentar uma dúzia de frangos assados inteiros. Ele abria a embalagem plástica de cada um, arrancava uma coxa, dava uma mordida, enfiava a coxa de volta na cavidade do frango e colocava o plástico novamente. Quando contei ao gerente, ele suspirou e pediu a um repositor que fosse buscar o Sr. Hammond. Comprar comida às duas da manhã em um supermercado vinte e quatro horas significava o aumento da tendência a se deparar com compradores peculiares. *Eu me encaixava perfeitamente.*

— Como você está hoje, Luca? — Doris, a operadora de caixa, perguntou enquanto eu colocava minhas compras na esteira.

Ela trabalhava nesse supermercado desde que comecei a frequentá-lo, há cinco anos. Era uma senhora muito gentil. Eu sabia que ela era avó de nove netos e o décimo estava a caminho. Ela cuidava de alguns durante o dia, por isso trabalhava no turno da madrugada. Doris também era uma das poucas pessoas para quem eu havia contado a verdade sobre o motivo pelo qual eu fazia compras a sessenta e cinco quilômetros de distância de casa no meio da noite.

— Estou bem. — Ela passou um pacote de alcaçuz preto, seguido de duas latas de Pringles e duas caixas de brownies. Não são itens que costumo comprar no mercado, então expliquei: — Estou comprando isso para uma viagem de carro, não estou grávida.

Doris ergueu as sobrancelhas.

— Uma viagem de carro? Deve ser algo especial, já que você pretende entrar em um pequeno carro para percorrer uma longa distância.

— Tenho que limpar o apartamento do meu pai em Manhattan.

— Ele faleceu ano passado, não foi?

Assenti.

— Passei todo esse tempo evitando. Prefiro ser torturada por afogamento a colocar os pés em uma ilha minúscula com uma população de oito milhões e meio de habitantes. Sem contar as horas presa em um carro no trânsito engarrafado para chegar lá. Pura tortura.

Doris franziu a testa.

— Você não pode contratar alguém para fazer isso?

Eu *tinha* contratado alguém. Mas então, uma combinação da minha própria culpa e o Dr. Maxwell, meu terapeuta, me fizeram decidir que eu mesma deveria fazer isso. No entanto, o estresse de ficar pensando em todas aquelas pessoas na cidade de Nova York começou a me tirar o sono, e então contratei a empresa novamente. Depois, cancelei. *De novo.* Aí, contratei uma empresa nova, porque estava com muita vergonha de contratar a mesma empresa pela terceira vez. E, mais uma vez, cancelei. *Lavar. Enxaguar. Repetir.* Até que meu tempo começou a esgotar e, bom, agora teria que fazer no dia seguinte.

— Acho que é algo que eu mesma preciso fazer.

Doris pareceu preocupada de verdade.

— Você vai ficar bem? Sou uma boa companhia, se precisar de alguém para ir junto.

Sorri.

— Obrigada, Doris. É uma oferta muito generosa. Mas já tenho uma pessoa para ir comigo. Vamos sair amanhã no início da noite para evitar o trânsito o máximo possível.

Doris terminou de passar minhas compras, e eu paguei com meu cartão. Antes de ir embora, coloquei a mão no carrinho e peguei a embalagem de cerejas e um pacote de biscoitos Milano de chocolate amargo. Coloquei sobre o balcão de seu caixa, como sempre.

— As cerejas são para os seus netos. Esconda os biscoitos daqueles monstrinhos.

Ela me agradeceu.

— Tenha uma boa viagem, querida. Mal posso esperar para saber como foi.

É, eu também. Essa seria uma viagem de carro para lá de interessante.

— Você poderia focar mais em relaxar se aceitasse que fôssemos no meu carro e eu dirigisse. Talvez possa ouvir as gravações de técnicas de respiração que te dei.

Olhei para o Cadillac amassado do Dr. Maxwell estacionado em frente à minha casa. Esse homem não deveria estar dirigindo. Na verdade, ele era um exemplo primordial do motivo pelo qual pessoas em idade avançada deveriam passar por testes para renovar a carteira de motorista. *Relaxar* seria a última coisa que eu conseguiria fazer com ele ao volante. Além disso, ele sabia que eu precisava estar o mais humanamente no controle possível.

Liguei a ignição, e meu copiloto de gravata borboleta posicionou seu binóculo, espiando pela janela do lado do passageiro. Eu precisava de um novo terapeuta por pensar que era uma boa ideia fazer essa viagem como o meu atual.

— Está pronto, Doc?

Ele assentiu e não abaixou o binóculo.

— Nunca estive na *Big Apple*. Mal posso esperar para ver quais pássaros iremos encontrar por lá.

Sacudi a cabeça.

— Pombos, Doc. Ratos com asas. É isso que iremos encontrar.

Partimos em nossa viagem de sete horas de Vermont para Manhattan. As primeiras horas foram tranquilas, até nos depararmos com um congestionamento. Comecei a suar — literalmente — e as pontas dos meus dedos formigaram. *Ai, não. Não enquanto estou dirigindo*. O medo do ataque de pânico iminente era, às vezes, pior do que o ataque em si. Meu coração acelerou e fiquei tonta. Eu poderia vomitar durante um episódio grave, e *não* queria que isso acontecesse enquanto eu estava na estrada. Tomei a decisão impulsiva de dirigir pelo acostamento para poder fugir da sensação de estar presa entre carros parados. As faixas sonoras da estrada despertaram o Dr. Maxwell de sua soneca. Ele acordou e agarrou a barra sobre sua porta, mais conhecida como "puta merda".

— O que foi? O que está acontecendo?

— Nada. Só entramos em um engarrafamento. Meu coração acelerou e precisei fazer um desvio.

Somente Doc faria uma expressão aliviada diante do que eu tinha acabado de dizer. Ele soltou a barra, a qual estava agarrando com uma força mortal, e falou em uma voz calmante:

— Relaxe as mãos no volante, Luca.

Olhei para baixo. Os nós dos meus dedos estavam brancos, e as falanges, vermelhas. Fiz o que ele me instruiu, porque, por mais que eu não confiasse no doutor doidinho dirigindo o carro, ele sabia como me ajudar a sair dos meus ataques de pânico. Assenti.

— Tentei uma técnica de respiração. Obviamente, não funcionou.

— Me diga o que está fazendo agora.

Virei a atenção para ele rapidamente antes de tornar a olhar para a estrada, continuando a dirigir pelo acostamento.

— O que estou fazendo? Estou dirigindo.

— Não. Me diga o que acabou de conseguir fazer quando sentiu o pânico começar a se instalar.

— Desviei para o acostamento? — Não sabia bem aonde ele estava querendo chegar.

— Isso mesmo. Você desviou o carro de uma pista para outra, e isso a fez se sentir mais segura. Você pode fazer isso. E também pode parar a qualquer momento e sair do carro, se quiser.

Assenti. É claro que ele tinha razão, mas não estava meramente constatando o óbvio. Ele estava me lembrando de que *eu* estava no controle da situação e havia exercido esse controle quando senti que precisava. A parte mais dominante do meu transtorno de ansiedade era o medo avassalador de ficar presa. Era por isso que eu evitava lugares cheios de pessoas, engarrafamentos, transportes públicos ou espaços pequenos — no entanto, caminharia tranquilamente ao ar livre em uma cidade agitada. Exercitar o controle para me remover da situação ajudava a aliviar a ansiedade.

— Respire fundo, Luca.

Inspirei pelo nariz e soltei uma lufada de ar profunda pela boca. Um arrepio atingiu minha pele, e aquilo, na verdade, acabou me confortando. Meu corpo ficava pegajoso quando eu me via prestes a ter um ataque de pânico; uma camada de suor permeava meu rosto inteiro com o aumento da temperatura do meu corpo. Um arrepio significava que estava esfriando novamente.

— Conte-me sobre o encontro que você teve sábado à noite.

Eu sabia que ele estava tentando me distrair, manter minha mente focada em algo que não fosse o ataque de pânico se formando, mas eu estava bem com isso.

— Ele levou... *a mãe dele.*

Doc franziu o cenho.

— A mãe dele?

— Aham. Para um piquenique que eu fiz. — Piqueniques no parque eram o meu tipo de primeiro encontro de praxe, independentemente do tempo. Eles me permitiam evitar restaurantes cheios e, ainda assim, manter tudo casual. Era isso ou a minha casa, mas o último cara que eu tinha convidado para lá presumiu que eu queria fazer sexo no primeiro encontro.

— Por que raios ele levaria a mãe?

Dei de ombros.

— Ele disse que mencionou nossos planos para ela, que disse que nunca tinha ido àquele parque.

Era isso que eu ganhava por ser honesta com homens sobre os meus problemas antes que nos encontrássemos: *esquisitões*. Mas não era justo esconder o fato de que eu não podia ir a encontros como uma mulher normal de vinte e cinco anos. Nem me chocava com o fato de que os homens tendiam a desaparecer rápido quando eu falava sobre mim e usava as palavras *agorafóbica* e *ansiedade*. O que significava, na verdade, que as pessoas restantes no mundo dos solteiros precisavam melhorar e muito.

Percebendo que a conversa havia me distraído e me ajudado a reprimir meu iminente ataque de pânico, eu disse:

— A propósito, obrigada por isso. Já me sinto bem melhor. Só vou parar ali naquele estacionamento vazio e sair do carro para me alongar um pouco.

Doc sorriu, sabendo que yoga era uma das minhas técnicas para me acalmar.

— Isso, garota.

O restante da viagem foi quase todo tranquilo — exceto por mais alguns desvios e o Doc conversando com sua *amiga* ao celular com o volume tão alto que pude ouvir quando ela o lembrou de pegar a receita de Viagra. Planejei o tempo para que chegássemos em Manhattan no meio da noite para evitar o máximo de trânsito possível, e tivemos sorte por encontrar uma vaga na rua, já que pagar um estacionamento estava fora de questão para mim. Meu terapeuta se hospedaria em um hotel, que ficava a apenas meio quarteirão do apartamento do meu pai.

— Doc. Acorde. Chegamos.

Ele acordou parecendo confuso, e me senti mal por ter que interromper seu sono.

— O quê? Hã? Ah. Ok. Chegamos. Sim. Ok.

Eu o acompanhei até o hotel e esperei do lado de fora para me certificar de que ele faria o check-in sem problemas.

— Obrigada mais uma vez por fazer essa viagem comigo, Doc. Me ligue se quiser tomar café amanhã. Sei que está tarde, então, se não quiser, talvez possamos almoçar.

Doc deu tapinhas no meu ombro.

— Você pode me ligar se precisar. A qualquer hora, Luca. E você se saiu bem hoje. Muito bem. Estou orgulhoso. — Eu sabia que aquilo era sincero.

Embora eu tenha me sentido cansada nas últimas horas da viagem, quando entrei no apartamento, fiquei repentinamente desperta. A sensação de entrar no lugar onde o meu pai morou sem ele estar lá era muito estranha. Já fazia um ano que ele tinha morrido — embora não parecesse, julgando pelo apartamento dele. A vizinha, Sra. Cascio, dava uma conferida no lugar a cada poucos dias, trazia a correspondência e tirava ao menos as teias de aranha.

Andei pelo apartamento e abri todas as janelas, porque ar fresco sempre ajudava a me sentir menos presa. As estantes de livros ainda estavam cheias de porta-retratos, que não era atualizados há cinco anos, desde a morte da mamãe. Peguei um porta-retratos pequeno prateado de duas fotos. A da esquerda era uma foto minha usando meu uniforme de escoteira, e na da direita eu estava sentada no colo do meu pai, me inclinando para frente e soprando as velas do meu bolo de aniversário. Eu devia ter seis anos. Uma moldura grande de marfim exibia a foto de casamento dos meus pais. Tracei o véu da minha mãe com o dedo. Todo mundo sempre me dizia que eu me parecia com ela, mas eu não via semelhança conforme fui crescendo. Contudo, agora, eu era uma cópia dela. Era difícil acreditar que os dois não estavam mais aqui.

A pequena mesa de jantar tinha uma pilha de correspondências. As importantes do meu pai eram encaminhadas para a minha casa, então a maioria ali eram catálogos e bobagens. Uma vez por mês, a Sra. Cascio me enviava tudo que chegava, mesmo que eu tivesse dito a ela que não era necessário.

Mexi um pouco na pilha, esperando que não fosse ver nada que valesse a pena guardar. Mas parei quando cheguei a um envelope endereçado a mim — bem, não a mim, mas a *Luca Ryan.* Aquele era um nome que eu não ouvia há muito tempo. Na segunda série, minha professora, Sra. Ryan, começou um programa de amizade por correspondência com uma cidade pequena na Inglaterra. Não tínhamos permissão para usarmos nossos sobrenomes reais por razões de segurança, então a turma inteira usava o sobrenome dela — logo, eu era Luca Ryan.

Conferi o endereço do remetente para ver seu nome.

G. Quinn.

Uau. Sério? Não podia ser.

Estreitei os olhos ao analisar o carimbo postal. Era de uma caixa postal da Califórnia, não da Inglaterra, mas eu não conhecia outra pessoa com sobrenome Quinn além de Griffin. E a letra parecia muito familiar. Mas fazia quase oito anos desde que havíamos parado de trocar cartas. Por que ele me escreveria agora?

Curiosa, rasguei o envelope e fui direto até o final da carta, buscando o nome. Eu estava certa: era de Griffin. Voltei para o início e comecei a ler.

Querida Luca,

Você gosta de vísque? Lembro que você disse que não curte o gosto de cerveja. Mas nunca cheguei a comparar nossos gostos em relação a bebidas mais fortes. Ah, você quer saber por quê? Deixe que eu te lembre: porque você parou de responder às minhas cartas há malditos oito anos.

Eu queria que você soubesse que ainda estou zangado por isso. Minha mãe costumava dizer que eu guardo rancores. Mas prefiro pensar que eu me lembro dos fatos. E o fato é que você não presta. Pronto, falei. Estive guardando essa merda há muito tempo.

Não me entenda mal, não sou obcecado ou algo assim. Não fico parado em casa pensando em você o dia inteiro. Na verdade, passo meses seguidos sem pensar em você sequer uma vez. Mas aí, alguma coisa aleatória surge na minha mente do nada. Por exemplo: vejo alguma criança em uma praça comendo alcaçuz preto e penso em você. Nota: experimentei de novo depois de adulto e ainda acho que tem gosto de sola de sapato, então talvez o problema seja você não ter um gosto confiável. Você provavelmente nem gosta de vísque.

De qualquer jeito, tenho certeza de que essa carta não vai chegar até você. Ou, se por algum milagre, ela chegar, você não vai me responder. Mas se está lendo isso, deveria saber de duas coisas:

1. O preço alto do vísque Macallan 1926 vale a pena. Desce suave.

2. Você NÃO PRESTA.

Até, traidora,

Griffin

Que droga é essa?

Capítulo 2
Luca

Você não presta.

Você não presta.

Não consegui me concentrar em mais nada depois que abri aquela carta.

Conforme guardava mais coisas do meu pai, minha mente foi inundada com lembranças de um garoto — bem, agora um homem — que, um dia, foi muito querido para mim.

Uma mensagem do Doc interrompeu minha viagem mental à terra das memórias.

Doc: Eu poderia jurar que acabei de ver um caralhinho no Central Park.

Um caralhinho?

Luca: O quê?

Doc: Um passarinho, um chapim-azul eurasiático. Um dos pássaros mais exóticos da família dos chapins.

Luca: Ahhh. Não tinha lido direito. Você está observando pássaros. Eu já devia saber.

Doc: É um pássaro não-migratório encontrado do outro lado do oceano, então não devia ser um. Mas se não era um chapim, era o quê? Na última vez que vi um, eu estava na Inglaterra!

O fato de ele mencionar a Inglaterra foi estranho — quase como se fosse um sinal do Universo, diante da carta de Griffin. Entretanto, tecnicamente, a carta viera da Califórnia. Eu realmente precisava fazer uma pausa e conversar com Doc sobre isso. Nunca tinha mencionado Griffin para ele.

> **Luca: Preciso falar com você sobre uma coisa. Pode vir aqui?**
>
> **Doc: Acho que seria bom você tentar dar uma saída.**

Suspirei, sabendo que ele tinha razão. No entanto, eu precisava me certificar de que ele não estava em um lugar muito cheio.

> **Luca: O parque está cheio agora?**
>
> **Doc: Não. Pelo menos, não onde estou sentado.**
>
> **Luca: Ok. Pode me dizer exatamente onde posso encontrá-lo?**

Doc estava sentado em um banco rodeado por pombos quando cheguei à escultura *The Falconer*, no Central Park. Seu binóculo estava apontado para o céu, e quando ele o abaixou na minha direção, sobressaltou-se como se eu o tivesse assustado.

— Bem, parece que eles encontraram o espírito animal deles — provoquei. — Acho que espalharam a notícia de que o maior amante de pássaros que já visitou a cidade de Nova York estava por aqui.

— Quem me dera. Foi o pão. Não é preciso muito para chamar a atenção deles. O problema é que eles não entendem quando o pão que você tinha acaba. Quando se dá conta, está em um filme do Alfred Hitchcock. — Ele virou-se para mim e examinou minha expressão. — O que está havendo, Luca? Você parece um pouco ansiosa. Estar fora de casa está te incomodando?

— Não, não é isso.

— Arrumar as coisas do seu pai está te estressando? Você precisa da minha ajuda?

— Não. Na verdade, estou sendo bem produtiva quanto a isso. — Abri cuidadosamente o café que tinha acabado de comprar no *food truck* da esquina e soprei o líquido. — Mas aconteceu outra coisa.

— Foi?

Tomando um gole, assenti.

— Recebi uma carta inesperada de um antigo amigo por correspondência. O nome dele é Griffin. A carta estava na pilha de correspondências que, normalmente, é encaminhada para mim em Vermont.

— O que está te incomodando em relação à carta?

— Foi a primeira vez que tive notícias dele depois de muitos anos, e a carta era... um pouco agressiva... insultante. Basicamente, ele disse que sou uma pessoa horrível. Isso doeu, porque... ele tem razão, de certa forma. Nunca expliquei apropriadamente a ele por que parei de responder suas cartas há oito anos.

Doc fechou os olhos brevemente de maneira compreensiva, parecendo saber bem aonde eu estava querendo chegar com isso.

— Há oito anos... o incêndio.

Só confirmei com a cabeça.

Há oito anos, minha vida inteira mudou.

Aos dezessete anos, eu era uma adolescente normal. Passava as noites de sexta-feira em arquibancadas abarrotadas assistindo ao *meu namorado capitão do time de futebol americano* fazer arremessos, ia ao shopping com minhas amigas e a shows de música. Naquela época, eu nem ao menos sabia o que era agorafobia. Eu não tinha medo de nada.

A vida como eu conhecia acabou no dia quatro de julho do meu último ano do ensino médio. Deveria ter sido o verão dos meus sonhos, mas, ao invés disso, tornou-se o meu pior pesadelo.

Minha melhor amiga, Isabella, e eu tínhamos ido ver a nossa banda favorita, *The Steel Brothers*, em um show em Nova Jersey, quando fogos de artifício que estavam explodindo perto dali atingiram o teto da casa de shows, dando início a um incêndio que tomou conta de todo o lugar. Mais de cem pessoas morreram, incluindo Isabella. Minha vida só havia sido poupada porque, por acaso, eu estava na fila em uma área que ficava longe do local da explosão.

— Bem, você sabe quanto tempo passei sentindo que não merecia viver, já que Izzy teve que morrer — eu disse. — Se ela tivesse ido comprar os refrigerantes, ainda estaria viva. Meu estado mental naquele tempo ficou tão ruim que eu não me permitia mais aproveitar as coisas que me traziam felicidade. Uma dessas coisas era escrever para Griffin. Ele morava na Inglaterra, e nos correspondíamos há uma década, desde a segunda série. No decorrer dos anos, nos tornamos mais do que somente amigos por correspondência. Éramos confidentes um do outro. Depois do acidente... eu simplesmente parei de mandar cartas para ele, Doc. Me fechei no meu próprio mundinho e parei de responder. Deixei nossa amizade morrer junto com todas as outras partes de mim que senti que estavam mortas.

Logo após aquele acontecimento, também comecei a evitar lugares cheios e, no decorrer dos anos, meus medos só foram piorando. Agora, aos vinte e cinco anos, minha lista de fobias era comprida. A única coisa boa resultante de ser uma pessoa reclusa e antissocial foi que isso me permitiu inúmeras horas de solidão para escrever. Meu primeiro livro autopublicado acabou viralizando há alguns anos, e quando dei por mim, tinha escrito três thrillers bestsellers sob o pseudônimo Ryan Griffin e fechado um acordo de publicação com uma editora enorme.

— Você disse que o nome dele é Griffin? Esse não é o seu...

— Sim. Ryan era o sobrenome que eu usava nas minhas cartas para ele. Era o sobrenome da minha professora. E o Griffin é *desse* Griffin.

Ele ficou intrigado.

— Isso é tão interessante, Luca. — Fazia um bom tempo desde que forneci ao Doc um material novo para ponderar e analisar.

Por volta do tempo em que meus livros começaram a ir bem, percebi que queria tomar o controle não somente da minha carreira, mas da minha vida. Foi aí que encontrei o Dr. Maxwell, que estava semiaposentado e era o único terapeuta em Vermont que fazia atendimentos agorafóbicos em domicílio. O que eu não sabia naquela época era que Doc era ainda mais peculiar do que eu — o que, é claro, significou que ele acabou se tornando meu melhor amigo. Muito estranho para um relacionamento médico e paciente, eu sei. O fato de que a minha propriedade era rodeada por árvores ajudou, já que isso era basicamente o paraíso de um amante de pássaros.

— Quando foi a última vez antes disso que Griffin escreveu para você? — ele perguntou.

— Ele me escreveu algumas vezes durante o primeiro ano em que parei de responder antes de finalmente desistir da possibilidade de receber alguma carta minha. Eu estava entorpecida naquele tempo. E quando enfim percebi o que tinha feito, que tinha sabotado uma das coisas mais preciosas da minha vida, fiquei envergonhada demais para escrever para ele. — Suspirei e admiti a verdade dolorosa. — De muitas formas, perder Griffin foi minha autopunição por ter sobrevivido ao incêndio.

Ele ficou olhando para o nada por um instante para absorver tudo.

— Bem, o seu pseudônimo é certamente uma evidência de que você se manteve ligada ao Griffin de alguma forma.

— Com certeza. Nunca o esqueci. Eu só não achava que fosse ter notícias dele novamente. Estou chocada. Mas nem ao menos posso culpá-lo por ter sido tão ríspido. Em seu ponto de vista, eu merecia isso. Ele não sabe o que realmente aconteceu.

— O que te impede de explicar tudo agora? Escrever para ele com certeza seria terapêutico e algo que você já deveria ter feito há muito tempo.

— Ele me odeia, Doc.

— Ele não te *odeia*. Não teria te mandado uma carta depois de todos esses anos se odiasse. Claramente, ele ainda pensa em você. Pode estar zangado, mas você não deixa a raiva te atingir dessa forma a menos que, em algum nível, você se importe.

Eu sabia que houve um tempo em que Griffin se importou comigo. Eu me importei muito com ele também. Interromper a nossa comunicação era provavelmente um dos maiores arrependimentos da minha vida. Bom, além de ter me oferecido para ir comprar os refrigerantes naquele show.

Ao revisitar algumas memórias sobre Griffin na minha mente, soltei uma risada.

— Ele era tão engraçado. Eu sempre sentia que podia contar qualquer coisa a ele. Mas a parte estranha é que, mesmo que não soubesse a minha identidade e vice-versa, ele provavelmente conhecia quem eu realmente sou mais do que qualquer pessoa naquele tempo. Bom, ele conhecia quem eu realmente *era*.

— Você ainda é essa pessoa, Luca. Só um pouco mais... — Ele hesitou.

— Excêntrica?

— Não.

— Maluca?

— Eu ia dizer vulnerável.

Doc virou sua atenção para um pássaro que havia pousado no banco em frente ao nosso, do outro lado do parque. Ele imediatamente colocou o binóculo no rosto.

— Um cardeal-do-norte! — Ele virou para mim. — Sabe que dizem sobre os cardeais?

— O quê?

— Eles são mensageiros das pessoas que amamos e já faleceram. Talvez você queira pensar sobre o que o nosso amiguinho vermelho possa estar tentando te dizer nesse exato momento, Luca.

Ficamos em Nova York por cinco dias antes da longa viagem de volta a Vermont.

Entrar na minha preciosa casa — meu porto seguro — depois de passar tanto tempo fora me trouxe um imenso reconforto.

Busquei minha porca de estimação, Hortencia, em um fazendeiro que concordara em ficar com ela durante minha ausência. Ah, você quer saber como uma garota que nunca sai de casa acabou adotando uma porca? Bom, há alguns anos, houve um incêndio em uma fazenda próxima à minha casa. Quando fiquei sabendo que alguns animais tinham morrido, foi naturalmente um gatilho para mim. Doc achou que seria um bom exercício de exposição visitar o local do incêndio. Quando fiz isso, descobri que nem todos os animais tinham morrido. Alguns deles ainda estavam ali, abrigados temporariamente em um celeiro. Quando olhei nos olhos da minha porquinha, me vi nela: um ser triste e solitário. Ela provavelmente também tinha perdido a melhor amiga. Então, fiz o que qualquer pessoa que acabou de encontrar sua alma gêmea faria: levei-a para casa. Desde então, ela era como minha filha, e bem mimada. Como eu pretendia nunca ter filhos, concluí que poderia tratá-la como uma.

Conforme segui tentando voltar à minha rotina em casa, continuava assombrada pela carta de Griffin.

Você não presta.

Você não presta.

Você não presta.

Ele nunca foi do tipo de pessoa que pisa em ovos na hora de escolher as palavras, mas, depois de todo esse tempo, aquilo foi chocante.

Sentia que aquela era uma situação sobre a qual eu deveria chorar, mas não conseguia mais chorar. Na verdade, Doc e eu fazíamos piada vez ou outra sobre o fato de que eu era incapaz de derramar lágrimas. Ele já havia me incentivado a tentar chorar, a colocar tudo para fora, mas nunca consegui — não desde o acidente. Não chorei nem mesmo quando meu pai morreu.

Desci para o porão e fui em busca do recipiente plástico com tampa onde eu havia guardado as cartas de Griffin. Eu havia guardado todas.

Talvez, se eu conseguisse, de alguma forma, me reconectar com ele ao reler uma ou duas, isso me ajudaria a decidir se eu deveria ou não escrever para ele. Responder a sua carta irritada poderia desenterrar muitas coisas. Talvez fosse melhor não mexer no que está quieto, deixar minhas lembranças em relação a ele continuarem positivas. Mas responder também poderia me trazer a conclusão de que eu tanto precisava, mesmo que ele nunca mais me mandasse outra carta.

Abrindo o recipiente, fechei os olhos ao selecionar uma. Eu não queria manipular o destino ao escolher uma carta em particular para ler. Então peguei uma aleatória.

Ao ver a data, percebi que era uma das mais antigas, de quando tínhamos por volta de dez anos.

Querida Luca,

Como você está?

Eu estou triste porque minha mãe e meu pai me disseram que vão se separar. Eles disseram que não é por minha culpa.

Como foi o seu recital de dança? Você ganhou flores depois, como queria? Eu te mandaria algumas, se tivesse dinheiro. É muito caro enviar coisas para os Estados Unidos.

Escrevi uma música para você. Começa assim:

Luca. Luca. Luca.

Quero te comprar uma bazuca.

Ainda não terminei. Estou procurando mais palavras que rimam com Luca.

Até, jacaré,

Griff

Segurando a carta com força contra o peito, pensei sobre a imagem que eu tinha dele na minha mente. Em algum lugar naquele recipiente, estava a única foto que ele havia me mandado. Quando tínhamos por volta de doze anos, quebramos as regras não-oficiais e finalmente trocamos fotos. Eu escolhera uma na qual estava vestida para uma competição de dança, usando maquiagem e sapatos de sapateado. Ele me enviara uma foto dele em frente a um prédio em Londres. Naquela idade, eu estava começando a ficar de olho em garotos. Fiquei bem surpresa ao saber que Griffin, com seus grandes olhos castanhos e cabelos escuros, era um gatinho.

Nunca esquecerei do que ele escreveu depois de receber a minha foto.

Vire esta carta para ver a minha reação à sua foto.

E quando fiz isso, estava escrito:

Uau, Luca! Você é muito bonita!

Acho que nunca ruborizei tanto na vida. Aquele foi o primeiro momento em que me caiu a ficha de que meus sentimentos por Griffin podiam ser mais do que somente platônicos. É claro que escondi isso bem lá no fundo, porque não era como se algo pudesse acontecer, dada a nossa distância. Nenhum de nós tinha dinheiro para pegar um voo para nos vermos. Contudo, a distância fez com que fosse bem mais fácil nos abrirmos um com o outro.

Lembrar-me das palavras daquela versão tão fofa de Griffin e compará-las com as ríspidas que eu tinha recebido há uma semana me deixou com um gosto amargo na boca. Ainda sem uma decisão clara em relação a entrar em contato com ele ou não, peguei outra carta.

Essa, de acordo com a data, era de quando tínhamos por volta de quinze ou dezesseis anos.

Querida Luca,

Vou te contar um segredo. Não confie em garotos. Tipo, nunca. Nós diremos qualquer coisa para conseguir levar uma garota para a cama. E quando fizermos isso, vamos estragar tudo em, tipo, dois segundos.

Ok... você pode confiar em mim, mas em outros caras, não.

(E isso é só porque estou longe e não posso tentar nada, senão talvez eu também não confiaria em mim.)

Enfim... eu transei. Acho que você já deve ter sacado isso.

Foi bom, mas não tão incrível como achei que seria. Foi um pouco esquisito, na verdade. E rápido. Você ainda não fez sexo, não é? Espero que a resposta seja não. É melhor que seja não, Luca. Se for sim, não me conte. Eu não aguentaria saber.

(Na verdade, eu quero, sim, que você me conte. Só acho que talvez eu vá precisar roubar um pouco do vísque do meu pai antes de saber.)

Minha mãe está melhor. Obrigado por perguntar. Disseram que o câncer não se espalhou além dos ovários dela. Então, isso é bom. (Isso é bom, não é?) Você sabe alguma coisa sobre câncer de ovário? Eu ficaria mais aliviado se você me dissesse isso. Acho que só preciso ouvir isso. Porque eu não posso perder a minha mãe.

Não demore muito para me responder. Receber uma carta sua sempre me deixa de bom humor.

Até, jacaré,

Griff

Suspirei e coloquei a carta de volta no envelope. Tantos sentimentos.

Ok, talvez só mais uma.

Pegando outra carta, abri e li.

Querida Luca,

Preste atenção. Se você tiver que acreditar em qualquer coisa que eu te diga, acredite nisso: quem trai uma vez, trairá sempre. Como eu sei disso? Porque a porra do meu pai é um traidor! Sei bem como é um traidor.

Então, se estiver querendo ser traída novamente, continue com aquele otário que está namorando.

Ouviu isso? Sou eu gritando aqui da Inglaterra, porra! NÃO dê uma segunda chance àquele filho da puta. Não importa o quanto ele diga que se arrepende.

Ele não te merece, Luca. Não merece.

Sorte a dele ter um oceano entre nós, porque eu teria quebrado a cara dele por ter te magoado desse jeito. Eu estaria na cadeia, e aí as minhas cartas chegariam para você com o aviso de que estão sendo enviadas de um presídio.

Dá para perceber que estou zangado? Porque eu estou zangado pra caralho!

Enfim... (agora que desabafei isso) quais são as novidades?

Eu tenho uma. Entrei para uma banda. É com uns caras da escola. Não ria, mas é tipo... uma boy band. Só que sou bem mais bonito que o Harry Styles. Mas não tem como você saber disso, porque não viu como estou recentemente. Vamos mudar isso em breve? Tipo me mostre o seu que te mostro o meu? Brincadeira. Sem pressão. Só algo para se pensar. Sei que você gosta do mistério. E eu meio que gosto disso, também.

(Mas, só para constar, se eu tivesse escolha, gostaria de ver como você está agora.)

Responda-me em breve.

Até, jacaré,

Griff

P.S.: Ainda estou com os punhos a postos aqui.

Fechei os olhos e sorri.

Havia apenas uma carta que eu nunca tinha lido. Era a última que havia chegado quase um ano depois que parei de responder. Àquela altura, eu estava tão envergonhada por ter passado tanto tempo sem escrever para ele que não aguentaria mais ler as que ainda chegavam. Na época, eu não sabia que aquela seria a última carta.

Quebrei minha regra e vasculhei a pilha, procurando pela única não aberta, até que a encontrei. Eu sabia que não teria nada de bom nela, mas a abri mesmo assim.

Entretanto, nada poderia ter me preparado para o que descobri dentro dela. *Nada.*

Luca,

Percebeu que deixei o "Querida" de fora? Você não é mais querida para mim. Por que você parou de responder às minhas cartas, porra. É melhor que tenha morrido. É tudo que tenho a dizer.

Espere. Isso não foi de coração. Eu nunca desejaria que você estivesse morta. Nunca. Só estou confuso pra caralho. Estou escrevendo para te dizer que esta é a última carta que você vai receber de mim.

É uma pena, porque eu preciso muito de uma amiga agora, Luca.

A minha mãe morreu.

Nem consigo acreditar que estou escrevendo isso.

Descobrimos há dois meses que o câncer voltou e se espalhou. Tudo aconteceu tão rápido depois disso.

A minha mãe MORREU, Luca.

Ela se foi.

Não consegui ler o que mais tinha na carta, porque a tinta estava borrada com as lágrimas dele.

E agora, sem aviso, minhas próprias lágrimas estavam jorrando em um choro sem fim — lágrimas que eu nem ao menos sabia que ainda tinha a capacidade de produzir.

Devia ter se passado uma hora até eu finalmente conseguir parar de chorar.

Eu não chorava desde a morte de Isabella no incêndio. Pensei que minhas lágrimas haviam secado. Ao que parece, era simplesmente porque nada havia me afetado o suficiente para chorar desde então.

Ele havia perdido a mãe, e eu nem sabia.

Agora eu sabia, sem a menor sombra de dúvidas, que tinha que mandar uma carta. Eu devia a ele uma explicação completa sobre o que acontecera comigo e por que eu tinha parado de responder.

Mesmo que ele continuasse a me odiar depois disso, o mínimo que ele merecia era um pedido de desculpas.

Isso não podia mais esperar.

Eu sabia que ficaria acordada a noite toda despindo a minha alma para ele.

Só esperava que ele pudesse me perdoar.

CARTAS INDECENTES

Capítulo 3
Luca

Fazia duas semanas desde que eu havia enviado a carta. Bom, estava mais para um livro — com várias páginas. Expliquei todos os detalhes sobre o incêndio e o meu estado emocional depois disso, e pedi desculpas por não saber sobre a morte da mãe dele, certificando-me de que ele soubesse que eu somente havia aberto a última carta recentemente, depois de perder o meu pai.

Contei sobre meus problemas com ansiedade — explicando com detalhes o que era agorafobia e como não era um distúrbio mental que se desencadeava da mesma maneira em todas as pessoas. Eu queria que ele entendesse que eu não era completamente reclusa, que eu adorava estar ao ar livre e podia ter relacionamentos íntimos.

Sinceramente? Eu nem sabia direito o que mais, além disso, eu tinha escrito na carta. Fiquei acordada durante aquela noite inteira, até esvaziar todo o meu coração. Na minha cabeça, eu não estava escrevendo para o cara que disse que eu não prestava. Eu estava escrevendo para o Griffin que eu tinha esperanças de que fosse a mesma pessoa da qual gostei tanto.

Eu normalmente ia ao correio duas vezes por semana nos horários em que tinha pouca gente para checar a caixa postal que eu usava para receber correspondências de leitores. No entanto, uma semana após enviar a carta, passei a checá-la todos os dias à tarde.

Durante vários dias, não encontrei nenhuma carta de Griffin ali. No décimo quarto dia, um envelope vermelho-vivo destacou-se no meio das correspondências. O nome do remetente: Griffin Quinn.

Minhas mãos estavam tremendo. *Será que abro logo e leio aqui?* Será que eu conseguiria esperar até chegar em casa?

Decidi que não seria uma boa ideia ler ali, porque havia a possibilidade de receber notícias ruins em um lugar público. Deus me livre desmaiar e acordar com um monte de pessoas amontoadas pairando sobre mim ou algo assim. Pensar nisso me fez estremecer.

Então, decidi ir correndo para casa.

Assim que cheguei, alimentei Hortencia rapidamente para que ela ficasse contente e quietinha enquanto eu lia a carta.

Sentada no conforto do meu sofá e com o coração martelando, abri o envelope com cuidado.

Querida Luca,

Eu não presto.

Você ainda pesquisa uma palavra no dicionário para memorizar todos os dias, como costumava fazer? Bom, caso não tenha chegado nessa ainda, deixe-me fazer as honras.

Egocêntrico

e-go-cên-tri-co

adjetivo

1. preocupado apenas com os próprios sentimentos, interesses ou situação.

2. um amigo que despeja um monte de merda em você porque ele nunca parou um minuto para pensar que, talvez, existisse uma razão para que sua melhor amiga tivesse parado de escrever para ele.

Sorri e ergui o olhar, pousando-o no meu dicionário Merriam-Webster antigo e surrado no canto da mesa. Meu exemplar era de 1993 e tinha 470 mil palavras. A lombada estava com múltiplas camadas de fita adesiva prendendo-a devido a todos os anos de uso. Desde os quatro anos, quando aprendi a ler, toda manhã, eu abria numa página aleatória, fechava os olhos e apontava para uma palavra para memorizar. Eu destacava as que decorava, o que significava que o velho livro estava cheio de marcas amarelas. Só que, pelos meus cálculos, eu teria que viver até os 1.288 anos para poder finalizá-lo. Mas aquilo nunca me desencorajou nem um pouco.

Adorei saber que Griffin se lembrava daquele pequeno hobby. Somente quatro pessoas sabiam disso. Senti um peso no peito ao perceber que, agora, ele era o único que restava — mamãe, papai e Izzy não estavam mais aqui. Nem mesmo Doc sabia. Não que eu tenha escondido dele ou algo assim. Só nunca houve uma razão para tocar nesse assunto.

Voltei para a leitura, ansiosa para ver o que ele havia escrito.

Lamento muito por tudo que você passou, Luca. E lamento ainda mais por não estar ao seu lado quando tudo aconteceu. Eu perdi a minha mãe, e ela era jovem demais para morrer, mas é natural perdermos os pais. Não deveríamos enterrar nossos amigos na adolescência. Principalmente da maneira como você perdeu a Izzy. Jesus, a minha carta foi insensível pra caramba. Isso não justifica, mas eu tinha bebido um pouco além da conta quando a escrevi. Acha que podemos começar de novo? Que tal tentarmos? Sim? Que legal da sua parte. Ok. Eu vou primeiro.

Querida Luca,

Oi! Quanto tempo. Pensei muito em você esses anos, me perguntei o que estaria fazendo. Por algum motivo, esses pensamentos têm sido mais frequentes ultimamente. Que pena termos perdido contato. Provavelmente foi culpa minha. De qualquer jeito, vou te atualizar sobre a minha vida. Me mudei para os Estados Unidos há quatro anos. Ainda toco guitarra. A minha carreira musical tem sido... interessante. Não se tornou exatamente o que achei que seria, mas paga as contas. Não estou casado, não tenho filhos. Tive uma namorada por um tempo. Agora, não tenho mais. Amo o Oceano Pacífico. Comprei uma prancha de surfe. Sou péssimo nisso, mas gosto de flutuar nela para escapar da vida o máximo que posso.

Então... agorafóbica, hein?

É uma palavra meio legal, até. Quantos pontos daria para fazer no Scrabble com ela? As letras B, F e C valem ao menos três cada. Mas, espere... não quero que você pense que sou um esquisitão que fica jogando Scrabble o tempo todo. Mas você não pensaria que isso é esquisito — você memoriza o dicionário, caramba. Um jogo tranquilo deve ser a sua praia. Talvez um jogo para duas pessoas? Três pessoas no mesmo lugar te fariam surtar? Ou existe um outro determinado número que seja o seu limite? Dezessete, talvez? Isso é muito. Muita gente para jogar Scrabble ao mesmo tempo, com certeza.

Pena que você não tenha agrizoofobia. (Medo de animais selvagens, caso você também não tenha chegado a essa palavra no dicionário ainda, molenga.) Você ganharia dez pontos só pelo Z.

Fica para a próxima, quem sabe. Vamos combinar que alguns animais selvagens são assustadores pra cacete.

Até, jacaré,

Griff

P.S.: A sua carta me disse tudo que há de errado com você... ou pelo menos tudo que você acha que há de errado. Me diga três coisas das quais se orgulha na sua próxima carta.

P.P.S.: Eu menti. Você nunca deixou de ser querida para mim.

P.P.P.S.: Eu lamento muito mesmo pela sua perda, Luca.

— Então, deixe-me ver se entendi: ele zombou da sua condição, e essa é uma das coisas que você gosta nele? — Doc parou e colocou um dedo nos lábios para que eu ficasse calada, embora ele tivesse acabado de me fazer uma pergunta.

Nossas sessões de terapia definitivamente não eram tradicionais. Duas vezes por semana, caminhávamos pela floresta por algumas horas e conversávamos enquanto ele procurava por pássaros. Ele levava um caderno, mas, durante metade do tempo, fazia anotações sobre as espécies de pássaros que via, não exatamente algo que eu dizia.

— É. Eu sei que é estranho. Mas ele não estava realmente zombando de mim. Quer dizer, ele estava, mas não estava. É uma das coisas que sempre amei no nosso relacionamento. Ele era sempre sincero, e suas brincadeiras nunca tinham maldade. Era sua maneira de me mostrar que o que quer que estivesse me deixando obcecada não era grande coisa. Como quando eu tinha dezessete anos e ainda era virgem. Contei a ele que estava nervosa, com medo de que, quando finalmente perdesse a virgindade, todo mundo fosse mais experiente e eu parecesse uma amadora desajeitada. Então, ele inventou uma música maluca chamada *Incitando a Virgem*. Ele simplesmente tem um jeito de me fazer enxergar que está tudo bem rir dos meus medos.

— Hummm — Doc disse. Presumi que sua resposta tinha sido relacionada à sua observação de pássaros, e não ao que eu tinha acabado de tagarelar. Quando olhei para ele, seu binóculo não estava erguido.

— Hummm o quê?

— Bem, você demitiu sua antiga agente porque ela fez algumas piadas sobre a sua condição, mesmo que ela sempre tenha dito que estava brincando. Você nunca se convenceu de que a natureza das provocações dela não tinha maldade. No entanto, com Griffin, um homem que você nem ao menos conheceu, consegue aceitar as brincadeiras como inofensivas e quase reconfortantes. Parece que você depositou bastante confiança nesse seu amiguinho por correspondência.

Pensei sobre isso.

— Eu confio *mesmo* nele. Posso não tê-lo conhecido pessoalmente, mas o considerava um dos amigos mais próximos que já tive. Compartilhamos muitas coisas no decorrer dos anos. Ele morava na Inglaterra, então não existia a chance de nos esbarrarmos nos corredores da escola, o que ajudava a quebrar as barreiras normais que crianças erguem para se proteger. Éramos realmente muito próximos. Até mesmo quanto a coisas muito íntimas.

— E, ainda assim, você quebrou qualquer contato com ele após o incêndio.

— Já te disse, eu fiquei muito autodestrutiva naquele tempo. Parecia tão injusto eu ainda estar viva, e Izzy não. Não permiti que nada que pudesse me causar felicidade permanecesse na minha vida. E acho que parte de mim estava com vergonha de contar a ele o que tinha acontecido. Sei que isso não faz sentido, mas eu estava envergonhada por não ter conseguido salvar a Izzy.

Doc e eu caminhamos em silêncio por um tempo. Por fim, ele parou para espiar através do binóculo. Ele falou comigo enquanto observava algo à distância.

— Permitir que ele volte para a sua vida pode ser bom por vários motivos. Primeiro, o seu relacionamento com ele está interligado ao período da sua vida que mais te causou tristeza e luto. Você eliminou permanentemente quase tudo daquele tempo: saiu de Nova York, parou de ouvir música, passou a evitar multidões, reuniões, e até mesmo os seus pais faleceram, infelizmente. Então, em uma frequência diária, é muito fácil para você fingir que aquela parte da sua vida não existiu. Mas existiu, e por mais que possamos empurrar coisas sobre as quais não queremos pensar lá para o fundo da nossa mente, a única maneira de realmente deixá-las para trás é lidando com elas. Griffin faz parte da antiga vida que você tentou enterrar. Lidar com esse relacionamento é um passo em direção ao progresso.

Assenti. Fazia sentido.

— Quais são os outros motivos?

Doc ajustou seu binóculo.

— Hum?

— Você disse que permitir que o Griffin volte para a minha vida poderia ser bom por vários motivos. Mas só me disse um.

— Ah, sim. Aceitação. Quanto mais você conseguir se abrir com as pessoas sobre a sua condição, menos terá medo das reações dos outros e melhor será a sua rede de apoio.

— Acho que sim...

— Além disso, tem a parte do coito.

Deduzi que tinha ouvido errado.

— O quê?

— Coito. Você sabe, a união das genitálias masculina e feminina. Faz um tempo desde que você esteve com um homem.

Ai, Deus.

— Hã. Certo. Entendi. Vamos dar um passo de cada vez.

Uma vez, escrevi 14.331 palavras em um dia. Foi o dia de escrita mais produtivo que já tive. Em média, eu costumava escrever duas mil por dia, normalmente. No entanto, levei metade de um dia para escrever algumas centenas de palavras em uma carta para Griffin. Não foi muito fácil responder à pergunta que ele havia feito.

Querido Griffin,

Dez páginas de tragédia e mágoa que escrevi para você sangraram pelos meus dedos. Porém, você me fez uma pergunta simples – três coisas das quais me orgulho –, e estou olhando para a página vazia há quase uma hora.

A primeira é fácil. Meu trabalho. Tenho orgulho dos livros que escrevi. Acho que, na minha depressiva primeira carta, acabei não mencionando que o meu sonho se tornou realidade: sou escritora, Griff! Há quatro anos, meu primeiro livro de ficção criminal se tornou bestseller do New York Times. Publiquei mais três desde então, e estou atualmente no meio do processo de edição e revisão do quinto.

As outras duas coisas das quais me orgulho não são muito fáceis de escolher. Mas acho que uma coisa da qual me orgulho muito é de ter buscado ajuda depois que Izzy morreu. Levei mais tempo do que provavelmente deveria, mas encontrei um terapeuta e estou trabalhando para enfrentar meus medos. Uma das coisas mais difíceis que já fiz foi pegar o telefone e marcar minha primeira consulta. Isso pode soar bobo, mas até mesmo explicar o meu problema por telefone pela primeira vez foi difícil. Ainda não estou melhor, mas estou me esforçando para melhorar hoje em dia, e tenho muito orgulho disso.

Deus, como isso é difícil. Por que você teve que pedir três coisas? Estou chegando à conclusão de que não sou muito boa em contar vantagem. Mas a última coisa da qual me orgulho é algo que faço com a maior frequência que posso – acho que eu descreveria como atos aleatórios de gentileza. Por exemplo, já paguei pelas compras de um estranho atrás de mim na fila do mercado. Ou, quando o dia está muito frio, às vezes levo chocolate quente para os guardas de travessia na rua da escola, porque eles têm que ficar do lado de fora no frio. Sei que não é algo grandioso, mas gosto de fazer essas coisas. Uma vez por mês, passo o dia cozinhando várias refeições diferentes e as levo para a casa do Sr. Fenley, meu vizinho que perdeu a esposa ano passado e sente muita falta da comida caseira dela.

Ok, chega de falar sobre mim. Agora é a minha vez de fazer uma pergunta para você.

Me diga três coisas das quais você tem medo.

Sua amiga por correspondência favorita,

Luca

P.S.: Eu amo cartas escritas à mão, mas se você se sentir mais confortável com e-mails, podemos trocar mensagens assim.

P.P.S.: Eu adoraria trocar fotos mais recentes. Te mostro a minha se você me mostrar a sua? ;)

P.P.P.S.: Agrizoofobia dá trinta pontos sem bônus. Mas logizomecanofobia, medo de computadores, dá quarenta e três.

Pensei em incluir uma foto minha no envelope, mas, no fim, decidi não fazer isso. Não éramos mais crianças. As regras da Sra. Ryan não se aplicavam mais, mas trocar fotos atuais parecia ser um passo muito grande, por algum motivo. Especialmente agora que Griffin morava nos Estados Unidos. Assim que déssemos esse primeiro passo, o que nos impediria de dar o segundo? Pensar nisso era bem assustador, mas também muito empolgante.

Dobrei a carta, coloquei em um envelope e endereçei para sua caixa postal na Califórnia. Quando terminei, coloquei um selo e olhei para o nome. Aquilo era tão louco.

Griffin Quinn.

Depois de todos esses anos.

CARTAS INDECENTES

Capítulo 4
Griffin

— Qual é o total?

Meu advogado sacudiu a cabeça.

— Quase cento e dezenove mil.

Passei os dedos pelos cabelos.

— Porra, como pude ter sido tão cego?

— Foi durante um período de dois anos e meio. Não seja tão duro consigo mesmo. Infelizmente, vejo esse tipo de coisa acontecendo o tempo todo. Já peguei casos que estavam nos milhões de dólares, Griff. Você passou muito tempo na estrada. Havia muito dinheiro entrando e saindo. Você precisava confiar em alguém.

— É. Aparentemente, meu melhor amigo de infância foi a escolha errada.

A primeira coisa que fiz quando assinei meu primeiro contrato de gravação foi trazer meu amigo Will da Inglaterra e contratá-lo como meu empresário. Eu estava viajando bastante para fazer shows e promover meu álbum. A gravadora me incentivou a voltar para o estúdio e começar o próximo, e da noite para o dia, quando meu *single* foi lançado, ganhei duzentos mil seguidores no Instagram. E isso foi antes da merda *realmente* ser jogada no ventilador. Eu precisava de alguém que me ajudasse a me manter organizado, alguém em quem eu pudesse confiar para lidar com as minhas finanças em uma frequência diária. Meu advogado, Aaron, me avisou para não contratar um amigo. Eu disse que ele estava louco — de jeito nenhum eu iria contratar uma empresa qualquer em vez do meu amigo.

Estendi a mão para Aaron.

— Obrigado por não dizer "Eu te avisei", cara.

Ele sorriu.

— Nunca. Isso não faz parte do meu trabalho. Você decidiu como vamos cuidar disso? Sabe a minha opinião. Deixe a polícia cuidar do caso. Se ele fez isso com um amigo, imagine o que poderá fazer com estranhos.

Eu sabia que ele tinha razão, mas não ia conseguir dar queixa. Lá no fundo, me sentia parcialmente responsável pelos problemas de Will. Fui eu que o levei às festas que o fizeram se viciar em drogas. E quando percebi o quanto esses seus hábitos estavam fora de controle, o que fiz? Me mandei para uma turnê de três meses e o deixei sozinho na minha casa enorme com acesso a todo o dinheiro que ele precisava para cavar a própria cova. Talvez, se eu tivesse cancelado alguns shows e o tivesse pressionado a fazer reabilitação, nenhuma dessas merdas teria acontecido.

— Ele pegou dinheiro emprestado com a família para me pagar de volta. Contanto que esse cheque compense até o fim da semana, só quero deixar essa merda para trás.

Aaron assentiu.

— Você que sabe. E a Mercedes G-Wagen dele que está na sua garagem?

— Eu disse a ele que era um empréstimo. Doe para algum lugar. Não quero esse carro.

— Tem certeza? É um carro com só dois anos de uso bem caro.

— Não quero o dinheiro dele. Vou aceitar de volta somente o que ele me roubou.

— Entendi. — Aaron levantou-se. — Alguma instituição de caridade em particular?

— Não. Pode escolher uma. — Levei-o à porta e a abri. — Pensando bem, veja se existe alguma instituição de caridade para pessoas que sofrem de agorafobia.

Meu advogado franziu o cenho.

— Está falando sério?

— Com certeza.

Ele deu risada.

— Como quiser, chefe.

Fiquei observando Aaron sair dali em seu Audi R8. Ele teve que passar pela G-Wagen de Will e pelo meu Tesla Roadster. A ostentação da Califórnia. As coisas eram definitivamente mais fáceis em Yorkshire. Não que não apreciasse fama e fortuna, mas, em certos dias, eu questionava se o preço de tudo valia a pena — amigos roubando de amigos, mulheres que usam você para conhecerem pessoas na indústria das gravadoras, paparazzi em todos os lugares, a inabilidade de entrar em uma loja de discos e passar um tempinho em paz olhando as prateleiras. Eu sentia falta das coisas simples da vida, e estava tendo um momento de calmaria no meio desses tempos loucos. Muito em breve, eu estaria em turnê novamente. E então, Cole engoliria Griffin completamente.

Isso me lembrou de uma coisa. Ao invés de voltar para dentro de casa, caminhei até a extremidade da entrada de carros para checar a caixa de correio. Fazia uma semana desde que eu tinha respondido à carta de Luca, e esperava que a minha primeira carta não a tivesse assustado. Eu achava que ela não iria nem ao menos receber a minha carta. Certamente nunca esperava ler as coisas que ela me disse quando me respondeu.

Perder uma amiga em um incêndio — em um show cheio de gente. Aquilo foi foda.

Examinei a pilha de correspondências ao caminhar de volta para casa e sorri ao ver a letra familiar de Luca.

Acomodando-me no sofá, rasguei o envelope e li cada palavra. Duas vezes.

Quando havia sido a última vez que alguém foi tão honesto assim comigo? Minha mãe, provavelmente. Com certeza não havia sido nos últimos três anos, desde que comecei a me destacar no mundo da música. Minha vida era preenchida por dois tipos de pessoa agora: as que concordavam com tudo que eu dizia porque trabalhavam para mim, ou para a minha gravadora, e as que queriam algo de mim.

Luca não era nenhuma dessas pessoas — e a menos que ela estivesse me enganando, também não fazia ideia de quem eu era. Ou não sabia quem era Cole Archer ou sabia e não me reconheceu pela única foto que trocamos há mais de dez anos. De um jeito ou de outro, ser Griffin novamente estava me fazendo bem. Falar com Luca estava me fazendo ainda melhor.

Li sua carta mais duas vezes e, depois, peguei um dos vários blocos de papel que eu mantinha espalhados pela casa para quando tivesse ideias para letras e músicas.

> *Querida Luca,*
>
> *Três coisas das quais tenho medo? Como posso responder a isso e ainda soar como um cara durão? Com certeza não posso te dizer que tenho medo de escuro, aranhas ou altura. Isso arruinaria minha credibilidade nas ruas. Então, vou ter que responder com umas merdas realmente assustadoras. Tipo fracasso.*
>
> *Se quer saber a verdade, o que eu tenho quase certeza de que sim, tenho medo de fracassar. Decepcionar os outros, me decepcionar...*

Eu estava prestes a escrever *decepcionar os fãs*. Mas o Griffin não tinha fãs. Eu não queria começar a mentir para Luca, então teria que tomar cuidado com a maneira como formularia minhas frases.

> *... deixar a vida que construí aqui na Califórnia desmoronar.*
>
> *Do que mais eu tenho medo? Da morte. Ter medo de algo que é inescapável talvez não seja o uso mais produtivo do meu tempo. Talvez eu não tenha medo exatamente da morte, mas do desconhecido. Nós vamos mesmo para o céu? Acho que qualquer pessoa que tem um medo*

saudável da morte deve ter dúvidas quanto a isso, porque se eu tivesse certeza de que iria para um lugar onde não há dor nem doenças e todo mundo ganha umas asas maneiras e reencontra velhos amigos, tenho quase certeza de que não teria medo da morte.

O último medo era novo, um sobre o qual fiquei debatendo se deveria compartilhar antes de, no fim das contas, decidir ser honesto. Quer dizer, ela tinha me contado algumas coisas assustadoras pra cacete. Era o mínimo que eu poderia fazer.

O último é um medo relativamente novo, mas não faz com que seja menos real. Tenho medo de fazer alguma merda e você se afastar de mim novamente. Então, vamos fazer um pacto, ok? Se eu fizer merda, você vai me dizer em vez de simplesmente parar de responder às minhas cartas.

Acho que, a essa altura, já compartilhamos coisas pesadas o suficiente para nos manter por um tempo. Então, vamos passar para a parte mais leve de Luca e Griffin. Tenho oito anos de perguntas não respondidas:

1. Você finalmente fez sexo? Se sim, me deve a história sobre a sua primeira vez, já que te contei a minha e você me prometeu contar a sua. (É fodido da minha parte eu meio que desejar que você não tenha feito sexo ainda?)

2. Qual a sua opinião sobre bacon? Quer dizer, você mencionou que tem uma porquinha de estimação, então estou me perguntando se isso significa que você não come bacon. Ou talvez seja vegetariana como metade das pessoas aqui na saudável Califórnia.

3. Se você fosse cantar em um karaokê, que música que escolheria e por quê?

Até, jacaré,

Griff

P.S.: Por mais que pensar em você me mostrando a sua seja uma ideia extremamente atraente, eu gostaria de segurar essa troca de fotos por um tempo. Vamos continuar mantendo o mistério.

P.P.S.: Hipopotomonstrosesquipedaliofobia, medo de palavras longas, sessenta e cinco pontos. Faz a sua agorafobia de dezenove pontos parecer uma brincadeirinha de criança, não é? Arranje um medo de verdade, Ryan.

P.P.P.S.: Você tem genofobia? Eu com certeza não tenho.

Capítulo 5
Luca

Corri até o dicionário para pesquisar a palavra *genofobia*: medo psicológico de intimidades sexuais ou relações sexuais.

Ótimo.

Bem, ele definitivamente não perdeu tempo e deixou claro sua parte. Nesse sentido, era como se o tempo não tivesse passado.

As perguntas dele me deram muito em que pensar. O engraçado? Eu sabia como queria respondê-las, exceto por uma: qual a minha opinião sobre bacon. Esse era um dilema com o qual eu lutava com frequência. *Aff!* Por que ele tinha que perguntar isso?

De qualquer jeito, eu sabia que só poderia escrever para ele à noite; estava atrasada para meu compromisso com Doc. Embora normalmente caminhássemos pela floresta, o tempo não estava cooperando hoje. Então, combinamos de nos encontrar na casa dele.

Que bom que eu tinha agorafobia e não claustrofobia, porque o Dr. Maxwell tinha uma casa minúscula — literalmente, como as que você vê em programas do canal HGTV. Até conhecer Doc, eu nunca tinha visto alguém que realmente vivia em uma.

Doc apontou para sua pintura de pássaros favorita pendurada na parede.

— Essa ainda é a minha favorita, Luca. O beija-flor.

Há cerca de um ano, Doc decidiu que iria se dedicar a um estilo de vida minimalista — por isso a casa minúscula. Aparentemente, tudo que ele precisava era de ar e pássaros. Ele também chegou à conclusão de que não queria mais que eu pagasse pela terapia em dinheiro, porque ele já tinha dinheiro suficiente. Ele insistiu que, ao invés disso, eu escolhesse outra maneira de compensá-lo e me pediu para ter uma ideia que eu achasse adequada.

O que você pode dar a um homem que, aparentemente, não quer nem precisa de nada? Eu sabia que tinha que ser algo relacionado a pássaros.

Além de escrever, eu também me aventurava um pouco com outras artes, como pinturas a óleo simples. Certa tarde, pesquisei no Google como pintar um pássaro. Durante vários meses, aperfeiçoei minha habilidade, desde os detalhes das penas até a formação do bico. Aprendi sozinha a desenhar e pintar vários tipos de pássaros, mas apenas o presenteava com as melhores pinturas. O restante, eu mantinha guardadas no meu sótão. O lugar era tipo um necrotério de pássaros. A única coisa em comum entre todos os pássaros que já pintei? Todos estavam estoicos, nunca voando, somente posados. E os bicos deles sempre estavam fechados. Apelidamos a minha arte de "A Coleção de Pássaros Estoicos". Doc tinha a teoria de que as expressões dos pássaros eram um reflexo de como eu me sentia por dentro. Isso era bem pesado. Enfim, minhas artes emolduradas agora agraciavam cada pequeno canto da casa de Doc, e eu meio que caía na risada toda vez que olhava para minhas criações.

Doc sentou-se de frente para mim.

— Então, me conte, Luca, como está sendo a sua troca de correspondências com Griffin?

A mera menção ao nome de Griffin me deixava toda agitada por dentro.

— Está sendo maravilhosa. É como se tivéssemos recomeçado de onde paramos, o que é bem inacreditável, considerando tudo o que vivemos e o tempo que passou.

— O que ele faz na Califórnia, exatamente?

— Sabe... ele não fala especificamente sobre qual o trabalho dele, mas sei que trabalha no ramo da música e é aspirante a músico. Acredito que ele deve ter aceitado qualquer cargo para dar o pontapé inicial.

— Ah. Esperto.

— Mas teve uma coisa interessante... Quando sugeri que trocássemos fotos, ele disse que preferia que continuássemos a manter o mistério. Achei isso um pouco estranho. No passado, era sempre ele que insistia em ver como eu era.

— Você está achando que talvez ele tenha vergonha da aparência?

— Não tenho certeza. É isso, ou ele apenas curte o suspense. — Suspirei. — É estranho eu não me importar nem um pouco com a aparência dele? Quer dizer... há uma parte de mim que imagina que ele seja bonito, como ele era na foto que me mandou quando tínhamos doze anos. Mas, ao mesmo tempo, isso não importa para mim.

— Na verdade, estou um pouco surpreso por você estar tão disposta a enviar a ele uma foto sua. Isso não é do seu feitio. Você tende a ser mais resguardada.

— Não com ele. Acho que é uma necessidade egoísta de que ele saiba que não sou pouco atraente... ou, pelo menos, não acho que eu seja. Acho que meio que quero que ele me queira. Por mais que eu possa ficar sem jeito perto de outras pessoas, sinto-me bem confortável com a minha aparência. As pessoas já me disseram que sou atraente vezes suficientes para que eu acreditasse nisso, mesmo que algumas delas só estivessem tentando me levar para a cama.

— Fico feliz por você ver beleza em si mesma, Luca, como deveria mesmo, por dentro e por fora. É claro que não importa o que os outros pensam, somente o que você pensa.

Por mais que eu soubesse que ele teoricamente tinha razão — o que as outras pessoas pensam não deveria importar —, eu me importava com o que Griffin pensava. Talvez um pouco mais do que eu deveria, assim tão cedo.

— Às vezes, quando estou entediada à noite, eu passo maquiagem e visto uma roupa bonita sem motivo algum.

— Eu diria que isso é estranho, mas passei metade da minha vida tendo conversas filosóficas unilaterais com pássaros.

— É. Você não pode mesmo falar de mim, Doc. — Dei risada. — Enfim... eu me arrumo toda sem ter lugar algum para ir. É bem patético. Mas assim posso ver como eu estaria se realmente saísse de casa. Tiro algumas fotos. Fico bem bonita quando me arrumo.

— Você sabe que está me dando uma ótima ideia para o seu próximo exercício de exposição, não é?

— Deixe-me adivinhar. Você vai fazer eu me arrumar toda e, de fato, sair e encontrar pessoas, não é?

— Sim. E sei exatamente o lugar para onde iremos.

Eu deveria me preocupar.

— Ótimo.

Finalmente aninhada no meu lugar confortável no sofá com uma xícara de chá quente ao meu lado, comecei a responder à carta de Griffin.

Querido Griffin,

Tive que pesquisar o que é genofobia. A princípio, pensei que você estava se referindo a ser germofóbica, o que eu certamente não sou, considerando que moro com uma porca! (Eu a mantenho o mais limpa possível, mas é só mostrar a ela um monte de lama e já era. As verdadeiras tendências de porco que ela tem se manifestam.)

Se eu sou genofóbica? Não. Adoro a proposta do sexo, de me abrir para alguém dessa maneira – me abrir literal e figurativamente. :) Pode ser um pouco assustador, mas não ao ponto de ser uma fobia. No entanto, minhas experiências sexuais até hoje não atenderam às expectativas que acredito serem possíveis com o parceiro certo. Em outras palavras, ainda não fiz o sexo alucinante que provavelmente existe. Pelo menos, espero que exista. Ainda estou esperando viver essa experiência.

Isso me conduz a responder à sua primeira pergunta, o que basicamente acabei de fazer. Eu finalmente fiz sexo? Sim, mas minha primeira vez foi aos vinte anos. Levei um tempo para começar a sair com caras depois do incêndio. Acabei perdendo a virgindade com um cara que conheci em um grupo de apoio para pessoas afetadas pelo incêndio. Michael tinha perdido o primo. Após uma das sessões, acabamos indo para o carro dele para conversar e uma coisa levou à outra. Ele não fazia ideia de que eu era virgem. Enfim, foi rápido e doloroso. E a propósito, couro contra a bunda nua não é uma sensação muito confortável. Ele parou de ir às reuniões pouco tempo depois disso e não tivemos mais nada. Não foi exatamente a "primeira vez" dos sonhos. Mas a sua também não foi. Tive outros dois parceiros desde então, e eles não foram lá essas coisas, não ofereceram nada de interessante para que eu contasse ao meu amigo por correspondência. Mas não foi somente culpa deles. Quando um não quer, dois não brigam, e acho que não me permiti ser vulnerável da maneira que provavelmente se precisa para se perder em outra pessoa. Você tem comentários ou opiniões para mim sobre esse assunto?

Então, karaokê... só cantei em karaokê uma vez, mas descobri ser bem mais divertido do que imaginei, embora eu estivesse sozinha na minha sala de estar com somente Hortencia me assistindo. Talvez eu estivesse um pouco bêbada, quase como você estava quando me escreveu aquela carta depois de tantos anos. (A propósito, aquela foi a melhor decisão bêbada que alguém já tomou na história.) Está vendo? Estou enrolando porque estou relutante em te contar que a minha música favorita de todos os tempos para cantar em um karaokê é: (rufar de tambores) Fernando, do ABBA! Mas pensando bem, talvez você tenha adivinhado que eu escolheria uma música do ABBA, se lembra das coisas que eu já disse nas nossas dezenas de cartas.

Deixei a pergunta mais difícil por último. Sério, levei o dia inteiro para decidir como responder a isso, porque é, sinceramente, um dilema moral enorme para mim. Não como mais, mas EU AMO bacon. Passei muitos anos proclamando-o como minha comida favorita: ovos com bacon, bacon moído, vieiras enroladas em bacon. O desejo não vai embora da noite para o dia só porque você se torna a mãe adotiva de um porco. O fato de que minha boca está salivando agora me deixa enojada. Então, meu sentimento em relação a bacon é meio que o mesmo sentimento que tenho em relação a muitas coisas na vida. Procuro ficar longe, mas não posso evitar o fato de que gosto. (Tipo pornografia, talvez?) É claro que, enquanto estou escrevendo isso, Hortencia está me encarando e estou me sentindo o Hannibal Lecter.

Com esse último comentário, espero que você me responda em breve. Estou curtindo tanto a nossa reconexão. Está realmente começando a parecer os velhos tempos.

Você ainda acredita em Deus?

Sua amiga por correspondência favorita,

Luca

P.S.: Já que você não quer trocar fotos, pensei em te contar um pouco sobre a minha aparência agora. Tenho um metro e sessenta e oito de altura, cinquenta e sete quilos e me arrumo bem, quando preciso. Quando não preciso, posso ser encontrada na maioria das noites enrolada em um cobertor de lã e parecendo uma batata.

P.P.S.: Essa foi a sua deixa para me contar mais sobre a sua aparência agora.

A espera para receber uma carta sempre era uma tortura. Eu nunca tinha garantias de que ele me escreveria de volta. Só me restava confiar cegamente toda vez. Então, enquanto eu esperava, passava o tempo seguindo com a minha vida: cumprindo minha meta diária de palavras escritas, indo às sessões de terapia com Doc, cuidando de Hortencia. Mas a expectativa para receber as correspondências estava cada vez mais presente.

Levou mais de uma semana, mas finalmente o envelope vermelho-vivo apareceu na minha caixa postal. Os "dias da carta" sempre eram algo para celebrar. Eu voltava para casa, acomodava Hortencia e relaxava no sofá para saborear cada palavra.

> Querida Luca,
>
> Bacon e pornografia combinam maravilhosamente, se quer saber.
>
> Na minha próxima vida, quero voltar como um porco e ser adotado por você. Isso é estranho?
>
> Eu amo as suas respostas às minhas perguntas e o quão honesta você é. Não me importaria em rolar pela lama com você e Hortencia. Ironicamente, comi bacon no café da manhã hoje e, preciso confessar, fiquei analisando demais essa decisão, então muito obrigado por isso.
>
> Acho que se você vai escolher uma música do ABBA, Fernando é uma boa escolha. Você poderia ter escolhido Dancing Queen, e isso teria sido obviamente básico e tedioso, duas coisas que você definitivamente não é, Luca.
>
> Você me perguntou se eu ainda acredito em Deus. Sinto que a presença de Deus alterna entre aumentar e diminuir nas nossas vidas, mas sim, acredito que Ele ou Ela existe. Os momentos em que nos sentimos mais distantes de Deus são aqueles nos quais estamos sofrendo ou com dor. Apesar da falta de força durante esses momentos, Deus nos faz encontrar o caminho de volta para Ele novamente. E então, Ele nos recompensa por nossa fé e perseverança. Às vezes, sinto que me

reconectar com você é um exemplo de recompensa, da maneira com que Deus faz Sua mágica. Ter fé não é fácil. Acho que não é para termos todas as respostas ou compreendermos por que coisas ruins acontecem. Não sabemos, por exemplo, se nossas pessoas queridas estão em um lugar melhor. Talvez nós achemos que elas foram punidas quando morreram, mas talvez tenham sido poupadas. Talvez sejamos nós que estamos no inferno. Simplesmente não temos todas as respostas, e é assim que tem que ser. Entende? Nota para Luca: não faça o Griffin começar seus discursos filosóficos, ou ele pode nunca mais parar de tagarelar.

Obrigado pela imagem que me forneceu ao descrever a sua aparência. Agora não consigo tirar da cabeça. Eu? Eu pareço um pouco com a foto que te enviei anos atrás, só que um pouco mais musculoso (graças a Deus) e com um pouco de barba agora. Espero que não pense que estou sendo suspeito por não querer compartilhar fotos. Esse anonimato com você me dá um certo nível de conforto que não consigo em nenhum outro lugar.

Li e reli a seção da sua carta em que você respondeu minha pergunta sobre sexo algumas vezes, mas teve uma coisa que não consegui deduzir. Você NUNCA TEVE um orgasmo? Tem como eu ser MAIS intrometido? (Sim, estou soando como Chandler, de Friends.) Por favor, me diga que você gozou pelo menos uma vez nas vezes que transou.

Entendo o que você disse sobre precisar confiar em alguém para se entregar verdadeiramente. Essa é a diferença entre somente foder e ter uma conexão sexual de verdade com alguém. Essa última é rara. Já transei muito, mas, na maior parte das vezes, é somente um meio para um fim, e quando acaba, não há nada em que valha a pena se apegar. Não tenho orgulho disso, mas as mulheres (pelo menos aqui) facilitam demais para os homens. Na maioria das vezes, vamos aceitar o que nos oferecem, é claro, mas é bom ter que lutar por isso, às vezes. Tenho a impressão de que você não é fácil, e isso é um tesão, Luca. Acredite em mim. Não quero estar com alguém que se conforme que eu apenas enfie meu pau nela e vá para casa depois. Eu quero alguém que compreenda que vale mais que isso e que queira mais do que isso. Você nem acreditaria com quantas mulheres rasas eu me deparo todo dia que se conformam perfeitamente em, como dizem por aqui, fazer um rala e rola e depois vazar. Eu também quero sentir algo a mais. Acho que você é o tipo de pessoa que quer mais e espera mais, mas que não estava em um momento da sua vida propício para fazer escolhas sábias quando transou com esses sujeitos sortudos. Acho que a pessoa que você é agora é muito mais sábia e seletiva. Isso é bom, porque você merece mais.

Só para contar, eu ficaria perfeitamente bem se você decidisse nunca mais transar. ;) Brincadeira. Mas eu tinha ciúmes pra caralho daquele namorado jogador de futebol americano que você teve no ensino médio. Eu morria por dentro cada vez que você falava sobre a possibilidade de transar com ele. Então, fico feliz por não ter sido com ele, mesmo que tenha desperdiçado a sua primeira vez com uma pessoa que "alegava" estar de luto pelo primo, mas que podia muito bem estar procurando uma pessoa vulnerável naquelas reuniões. De qualquer forma, aquele traidor que você namorou no ensino médio não valia a pena. Adoro o fato de que agora posso admitir os meus ciúmes para você. Ou talvez eu só pense que posso, mas, na realidade, estou te deixando muito desconfortável e você já mandou instalar um sistema de segurança na sua casa. Me diga qual das duas. E alguém já fez sexo oral em você?

Até, jacaré,

Griff

P.S.: Você não precisa responder a isso, mas, se o fizer, talvez eu entenda como um sinal de que quer falar um pouco mais sobre sexo. Agora que somos adultos, acho que pode ser divertido explorar nossas opções — e nossas fantasias.

P.P.S.: Na sua carta, você disse que não fez o "sexo alucinante que PROVAVELMENTE existe". Ele com certeza existe, Luca.

P.P.P.S.: Prefira um sistema de alarme com câmera de vídeo.

Li aquela carta pelo menos cinco vezes. Deus, ele me fazia rir e sorrir tanto. E, puta merda, ele nem ao menos havia me tocado, e ainda assim, fiquei completamente excitada com suas palavras. Não importava que eu não soubesse nada sobre sua aparência. A nossa química nunca foi baseada em coisas físicas, mas sempre na conexão mental e emocional intensa que tínhamos. Eu confiava nele mais do que em qualquer outra pessoa, e isso significava que eu realmente queria explorar quaisquer que fossem os caminhos pelos quais nossas palavras nos levariam. Tanta coisa aconteceu comigo desde que éramos adolescentes. A única coisa boa disso tudo foi o fato de que eu não acreditava mais que era melhor guardar tudo para si. Se você tem algo a dizer, diga, e se tem algo que quer fazer, faça. Eu ainda tinha que superar a minha agorafobia, mas, de dentro dos confins da minha casa, sentia como se pudesse dominar o mundo. Pelo menos, Griffin me fazia sentir assim.

Capítulo 6
Griffin

O dia havia sido longo e árduo no estúdio de gravações. Meus companheiros de banda já tinham ido embora quando a coordenadora de produção veio de mansinho por trás de mim enquanto eu me aprontava para ir embora.

— Oi, Griffin.

— Oi, Melinda.

Na última vez que vi Melinda, há alguns meses, eu a estava prendendo contra a parede enquanto fodíamos na cabine de som. Ela era tão atraente quando qualquer pessoa com quem já me envolvi: loira e siliconada. Mas eu, com certeza, não estava a fim de repetir. Ultimamente, eu vinha tendo dificuldade em focar em qualquer outra coisa além das cartas de Luca, e isso era completamente doentio.

— Eu e uma galera vamos ao The Roxy esta noite para comemorar o encerramento das gravações de hoje — Melinda disse. — Você vai?

— Hã… ainda não sei quais são os meus planos.

— Eu estava esperando muito que você fosse.

— É, eu te aviso.

— Se você não for… talvez eu possa ir à sua casa para ficarmos de boa por lá mesmo.

Minha casa? Hã, não.

— Tenho que ver se vai ser possível.

Mas nem vou.

— Ok... bom, quem sabe você me avisa mais tarde.

— É. Tchau — falei ao passar por ela e sair da gravadora.

Após entrar no carro, hesitei antes de ligá-lo. Pensamentos sobre Luca estavam inundando a minha mente, junto com fortes sentimentos de culpa. Sempre tivemos orgulho por sermos completamente honestos um com o outro, e aqui estava eu, escondendo dela a maior parte da minha vida. Eu nem havia perguntado sobre os seus livros, embora estivesse bastante curioso. Não achei que seria justo ela ter que falar sobre sua carreira quando eu estava sendo vago em relação à minha. Mas, sinceramente, que escolha eu tinha? Se eu quisesse viver com ela as coisas exatamente como eram antes, não podia contar que seu confiável amigo Griffin agora era Cole Archer, vocalista da banda Archer, muito conhecida por legiões de fãs no mundo inteiro. Luca surtaria. Minha vida era uma antítese da sua. Ela não conseguia nem ao menos fazer compras no mercado durante o dia, pelo amor de Deus, imagine lidar com o ataque de pessoas que inevitavelmente passariam a segui-la se a notícia sobre nós se espalhasse algum dia.

Eu me sentia em uma enrascada. Se não contasse, ela iria descobrir eventualmente e ficaria com raiva por eu ter escondido. Se contasse, não existiria a menor chance de ela querer me conhecer. Ao mesmo tempo, eu honestamente sentia que não conseguiria mais continuar sem saber quem *ela* realmente era. Essa mulher era uma das pessoas mais importantes da minha vida. Com o passar dessas semanas, comecei a precisar saber mais e mais como era a mulher sem rosto com a qual eu sonhava. Com a turnê se aproximando em alguns meses, eu sentia que precisava de um pouco de paz de espírito antes de ter que trabalhar sem parar.

Após rolar pela tela do celular para encontrar o nome de um investigador particular que já havia me ajudado uma vez, iniciei a chamada.

— Julian... é o Cole Archer.

— Cole... quanto tempo.

— Sim, bastante.

— O que posso fazer por você?

— Bom, preciso de algo um pouco diferente, desta vez. Você está podendo viajar agora?

— Para onde?

— Vermont.

— O que está rolando por lá?

— Tenho uma amiga que quero que você localize. Não quero que fale com ela ou a aborde. Só quero que tire fotos e a siga por alguns dias, me diga como é a rotina dela, e também que confira e me diga se acha que ela está segura por lá.

— Presumo que você tem o nome e o endereço dela.

— Essa é a parte complicada. Essa garota... ela é uma velha amiga, mas não sabemos os nomes verdadeiros um do outro.

— Tem alguma coisa bizarra no meio disso aí?

— Nah. Nada desse tipo. Nós éramos amigos por correspondência na infância. Usávamos sobrenomes falsos desde o começo, porque eram as regras naquela época. Voltamos a nos corresponder recentemente e nunca mudamos esse hábito. Ela nem ao menos sabe que sou Cole Archer.

— Hum. Ok. Bom, que informações você pode me dar para começar?

— Tenho o número da caixa postal dela. Você teria que ficar por perto da agência de correios local até ela ir checá-la e, então, segui-la até em casa. Não posso garantir quanto tempo levará até ela aparecer, mas pagarei a quantia que pedir pelo seu tempo.

— É frio pra cacete lá, sabia?

— Pode comprar os agasalhos que precisar e adicione o custo ao valor do serviço. Vou te enviar o endereço da caixa postal. Quando acha que pode começar?

— Posso ir nesse fim de semana.

Suspirei, sentindo um misto de medo e empolgação.

— Perfeito.

Após encerrarmos a chamada, comecei a ser consumido pela culpa. Eu odiava ter que fazer as coisas dessa maneira, mas realmente precisava saber mais antes de decidir como avançar as coisas. Sendo sincero, foi a última carta de Luca que finalmente me fez querer isso, porque comecei a sentir que as coisas entre nós estavam desviando para outro território.

Peguei-a e reli.

Querido Griffin,

Comecei essa carta cinco vezes. Cada vez terminei jogando o papel amassado no cesto de lixo ao lado da minha mesa. Na verdade, isso foi meio que mentira – nem todos os cinco papéis amassados caíram dentro do cesto de lixo. Tenho péssima mira. Mas, enfim... o motivo pelo qual levei cinco vezes para conseguir redigir esta carta é porque fiquei tentando me impedir de responder algumas das suas perguntas, para você não achar que sou uma maluca, embora eu já tenha te contado tudo sobre os meus medos, minha luta em relação a bacon, e que converso com um porco de vez em quando. Infelizmente, talvez esse barco já tenha zarpado, de qualquer forma. Então, lá vai... a verdade nua e crua sobre sexo oral, orgasmo e masturbação...

Eu já tive orgasmos antes. Infelizmente, não foram com um parceiro. Não sei bem se a minha incapacidade de chegar ao clímax durante relações sexuais com um homem tem relação com o parceiro em questão – tradução: os homens simplesmente não foram capazes de me fazer chegar lá – ou se é um problema físico meu. Mas consigo chegar ao orgasmo, só não com a presença de nenhum dos homens com quem já estive. Na verdade, chegar ao clímax sozinha é bem fácil para mim. Tenho uma coleção decente de vibradores – o Lelo Ina Wave estilo rabbit é o meu favorito. Ele oferece estimulação interna e externa. Mas, sendo honesta, consigo chegar lá com a minha mão rapidinho.

Minha cabeça caiu para trás no encosto do banco do carro e fechei os olhos. Jesus Cristo, a visão de Luca se tocando me deixava enlouquecido pra caralho. Por um rápido segundo, pensei em abrir o zíper da calça e bater uma bem ali no carro mesmo. Mas a última coisa de que eu precisava era ser preso por me masturbar em frente ao estúdio de gravação. Ou pior ainda, algum fã se aproximar e me filmar enquanto eu fazia isso — essa merda viralizaria em um piscar de olhos. Minha calça jeans estava ficando apertada. Eu precisava me lembrar de não ler as cartas de Luca em outro lugar além da privacidade da minha casa, no futuro.

Respirei fundo algumas vezes e abri os olhos. Não ia conseguir dirigir naquele momento, então decidi só curtir aquele tempinho e terminar a carta pela sexta vez.

Por mais estranho que seja, esse não era o parágrafo que eu estava hesitante em escrever. É o próximo...

Eu nunca te contei isso, mas tenho um apelido secreto para você: Mee-Mee. A história por trás dele é bem constrangedora. Mas dane-se... lá vai. Eu tinha quase treze anos quando você me enviou a sua única foto. Passei bastante tempo olhando para ela. Caso você não estivesse ciente naquele tempo, você era muito, muito lindo. Eu já tinha uma paixonite enorme por você – e isso foi antes de você me enviar aquela foto. Mas assim que pude ver o quão lindo você era... aquilo levou as coisas a um novo nível para mim. Lembre-se, eu era uma adolescente com hormônios em fúria. Certa noite, eu estava deitada na minha cama, olhando para a foto, quando deslizei a mão para dentro da calcinha pela primeira vez. Foi tão gostoso, mas eu ainda não tinha um vibrador, obviamente, e precisava de mais estímulo. Então, tive que improvisar. Essa é a parte mais constrangedora. Você se lembra daqueles chaveiros Furby? Aqueles que vibravam e vinham de brinde no McLanche Feliz do McDonald's anos atrás? Tenho certeza de que agora você sabe o rumo que essa história está tomando. Enfim... eu tinha alguns brindes de um Furby em particular. Aham, você adivinhou... o nome dele era Mee-Mee.

Bom, eu tive a brilhante ideia de experimentar o Mee-Mee dentro da minha calcinha. Eu o segurei contra minha parte íntima e deixei a vibração estimular o meu clitóris. Tenho quase certeza de que eu não tinha ideia do que estava fazendo, mas, olha, aquilo acertou em cheio. Foi a noite em que tive o primeiro orgasmo da minha vida – com uma mão segurando a sua foto para que eu pudesse olhá-la e a outra pressionando o Mee-Mee contra o meu corpo. Então, basicamente, você fez parte do meu primeiro orgasmo.

Isso foi informação demais? Espero que não. A propósito, o meu pai nunca descobriu por que eu, de repente, fiquei obcecada pelo McDonald's. Nem preciso dizer que o McLanche Feliz me fez bem feliz por um bom tempo, depois disso.

Por falar nisso, estou sentindo um desejo repentino por nuggets de frango, tortinha de maçã e uma caixa de leite. E você? ;)

Ok, sobre a última pergunta – sexo oral. Sim, já fiz e já recebi. Por mais que eu tenha sentido prazer ao receber, não terminou em orgasmo. Talvez o cara não fosse bom em fazer isso? Não sei bem. Mas tenho que dizer que estudei para fazer o meu primeiro oral. Você sabia que existe uma série Para Leigos versão pornô? Boquetes Para Leigos me custou trinta dólares por um vídeo de quinze minutos. Mas já me disseram que foi um investimento muito bom.

Acho que respondi a todas as suas perguntas. Minha vez!

Me conte a sua fantasia mais sombria.

Sua amiga por correspondência favorita,

Luca

P.S.: Tenho quase certeza de que ainda tenho um Mee–Mee em alguma caixa no meu closet. Se você me enviar uma foto atual, talvez eu o desenterre...

P.P.S.: Tenho quase certeza de que o Lelo vai precisar de novas pilhas depois dessas últimas cartas.

CARTAS INDECENTES

Capítulo 7
Luca

— Luca? — Cecily, a moça que trabalhava na recepção da pequena agência de correios que eu frequentava, gritou meu nome. Por sorte, o lugar estava vazio hoje. Tranquei minha caixa postal, sentindo-me um pouco decepcionada por ainda não ter recebido uma carta de Griffin. Fazia mais de uma semana desde que eu havia enviado minha última carta para ele, e comecei a ficar preocupada, pensando que talvez eu tivesse sido honesta demais compartilhando minhas travessuras sexuais, ou seja, minha história de masturbação com um Furby, e o assustado. Quando entrei na área principal, adjacente à área das caixas postais, Cecily ergueu um dedo. — Tenho um pacote para você. Não coube na sua caixa postal. Deixe-me ir buscar.

— Ah. Ok.

Eu estava esperando minha editora me enviar exemplares antecipados do meu último livro completo, mas, quando Cecily veio na minha direção carregando uma caixa vermelha enorme, meu coração começou a acelerar. *Será que Griff me mandou alguma coisa?*

Ela colocou o pacote sobre o balcão.

— Normalmente, as suas caixas são bem pesadas; esta é bem leve, para o tamanho.

Tive que ficar nas pontas dos pés para ver o endereço do remetente. Um sorriso de orelha a orelha espalhou-se pelo meu rosto quando vi a letra familiar de Griffin. Cecily percebeu.

— Parece que é algo que você está feliz que tenha chegado.

— É. Mas eu não estava esperando uma caixa, só uma carta.

Ela abriu um sorriso caloroso.

— Bem, espero que seja algo bem legal.

Carreguei a caixa até meu carro, quase incapaz de me impedir de abri-la ali mesmo no meio do estacionamento. Normalmente, eu esperava até chegar em casa para ler as cartas de Griff, mas estava animada demais para conseguir fazer isso com sua caixa. Então, eu a coloquei no banco do passageiro, dei a volta até o lado do motorista, entrei no carro e comecei a abrir a caixa enorme.

Havia um envelope vermelho com meu nome em cima do papel de embrulho vermelho. Eu o peguei e debati se deveria ler, mas a curiosidade venceu e acabei fazendo a coisa menos educada, que foi abrir o presente antes de ler o cartão.

Após tirar o papel de embrulho e abrir a caixa, arregalei os olhos.

Ai, meu Deus!

Caí na risada. Devia ter mais de cem chaveiros de Furbys vibratórios dentro dela. Eu nem conseguia imaginar onde diabos ele os havia conseguido, já que pararam de colocá-los no McLanche Feliz há mais de uma década. Peguei um deles, busquei a parte de baixo e deslizei o botãozinho de "off" para "on", ligando-o. Como esperado, ele começou a vibrar na palma da minha mão. Aquilo me fez dar gritinhos como se eu tivesse treze anos novamente.

Agora é que eu não ia mesmo conseguir esperar até chegar em casa para ler a carta. Rasguei o envelope com a ansiedade a mil.

Querida Luca,

Se você tivesse me perguntando qual era a minha fantasia mais sombria há um mês, eu provavelmente teria respondido que talvez eu tenha fantasiado uma vez ou duas com um pouco de BDSM. Privar uma mulher de todos os seus sentidos, colocar uma venda em seus olhos e cobrir seus ouvidos com fones. Ela estaria usando uma calça de couro com cortes na parte da bunda para deixá-la de fora e sapatos de salto alto com spikes. As mãos dela estariam amarradas para trás e seu corpo, curvado sobre um spanking horse, e suas nádegas estariam vermelhas e ardendo com as marcas da minha mão. Sei que você já entendeu o cenário, considerando a sua obsessão com bacon, pornografia e tal.

Mas as coisas mudaram para mim, recentemente. Hoje em dia, minha fantasia mais sombria e profunda é praticamente depravada. Depravada, Luca. Não consigo parar de pensar em uma certa mulher de um metro e sessenta e oito deitada na minha cama, com as pernas bem abertas e a porra de um Furby pressionado em sua boceta.

É triste, mas estou falando muito sério. Pensei até mesmo em procurar um grupo de apoio – talvez um para pessoas que gostam de se vestir de animais peludos? Acho que elas iriam me entender.

Luca, Luca, Luca. O que você fez comigo?

Com amor,

Mee-Mee

P.S.: Você sabe o que fazer com os itens da caixa. Pense em mim quando estiver fazendo.

P.P.S.: Você é do tipo que grita? Que geme? Já fez sexo em público?

P.P.P.S.: Encerraram a minha conta do eBay alegando possível atividade fraudulenta devido a múltiplas compras feitas sucessivamente. Nenhum vendedor tinha um grande estoque de Mee-Mees que vibram, mas setenta e sete pessoas juntas somaram cem!

Hortencia pensou que eram brinquedos para morder. Corri atrás dela pela casa, tentando tirar o Furby de sua boca, mas isso só a fez pensar

arrancá-lo dela, ela correu de volta até o meu escritório e pegou mais um da caixa. Eu precisava encontrar um local mais seguro para guardar minha nova coleção antes que Doc chegasse para a sessão de hoje. Então, peguei uma caixa de plástico com tampa no porão e comecei a transferir os brinquedinhos para ela. Debaixo de todos os Furbys, no fundo da caixa, preso sob uma das abas, estava um pedaço de papel dobrado ao meio. Eu o abri, pensando que talvez Griffin tivesse escrito uma segunda carta para mim. Mas, em vez disso, tratava-se de um recibo do eBay de um dos chaveiros vibratórios. Ele devia tê-lo colocado ali acidentalmente quando estava embalando os brinquedos. No canto superior esquerdo, havia as informações do destinatário:

MARCHESE MUSIC

VIA CERRITOS, 12

PALOS VERDES ESTATES, CA 00274

Uau. Deve ser o lugar onde Griffin trabalha. Marchese Music.

E agora eu tinha seu endereço, ou pelo menos um lugar onde poderia encontrá-lo. Minha mente começou a acelerar na mesma hora. Imagina se eu aparecesse na porta do seu trabalho? Ele provavelmente nem me reconheceria. Eu poderia ter a chance de vê-lo pessoalmente, e ele não faria a menor ideia de que era eu. Isso seria uma loucura.

Dei risada daquela ideia e terminei de guardar os Furbys. Mas, ao invés de jogar o endereço fora, guardei-o na gaveta da minha mesa.

Alguns minutos depois, Hortencia começou a pirar. Ela grunhia e corria para lá e para cá entre o escritório e a porta da frente. Sempre pensei que o som que porcos faziam era *oink*, mas o som que a minha porca fazia estava mais para *groink*. Pelo menos era o que ela fazia sempre que Doc estacionava em frente à minha casa.

— Mudança de planos para hoje, Luca — ele gritou ao abrir minha porta.

Puxei Hortencia pela coleira para afastá-la da porta.

— Venha, garota, deixe o doutor em paz. Ele só vai querer brincar com você se você criar asas.

Doc curvou-se e entregou um petisco que tirou do bolso para Hortencia. O homem carregava petiscos crocantes de manteiga de amendoim para porcos em um bolso e biscoitinhos de cachorro no outro, mesmo que ele nem ao menos tivesse um cachorro.

— Prepare-se, querida Luca. Vamos à loja de animais hoje.

Congelei.

— Não, nós não vamos. Você disse que iríamos caminhar hoje.

— Eu disse isso porque quando te falo que vamos fazer qualquer tipo de terapia de exposição, você fica se estressando nos dias antes do combinado. Dessa forma, você tem menos tempo para se estressar com antecedência.

— Só que, agora, cinco dias de estresse vão se acumular nos quinze minutos que levarmos para chegar à loja de animais de carro, e a minha cabeça talvez exploda.

Doc franziu o cenho.

— Não acho que funcione dessa maneira.

— Você não se lembra da última vez que fomos à loja de animais?

Tentamos terapias de exposição alguns meses antes, no fim de semana que antecedia a Páscoa. Doc e eu não sabíamos disso, mas aquele também era o mesmo dia em que a loja de animais havia contratado uma pessoa vestida de Coelhinho da Páscoa para tirar fotos com animais de estimação. Entramos por uma porta lateral, então não vimos o estacionamento lotado. O lugar estava uma loucura, cheio de pessoas com seus animais. Quando chegamos à metade do primeiro corredor, fiquei tão tonta e enjoada que tive que sentar no chão, hiperventilando. Infelizmente, eu, por acidente, acabei sentando em uma pequena poça de urina de cachorro. Quando enfim reuni coragem suficiente para me levantar e ir embora da loja, todos os cachorros pensaram que eu era um hidrante e queriam me cheirar — ou melhor, cheirar a minha bunda.

— Vamos a uma loja menor, desta vez. Passei por lá no caminho até aqui e me certifiquei de que não há eventos acontecendo hoje.

Aquilo não me fez sentir melhor.

— Por que não podemos ir à loja na nossa próxima sessão, e ir caminhar hoje? O dia está lindo.

Ele sacudiu a cabeça.

— Preciso comprar um comedouro novo para pássaros. Um esquilo derrubou e quebrou o que eu tinha para beija-flores.

— Você tem pelo menos vinte comedouros no seu jardim. Os beija-flores podem comer outra coisa por alguns dias.

Doc se aproximou e colocou as duas mãos nos meus ombros.

— Confie em mim, Luca. O objetivo das nossas terapias de exposição não é ir à loja e não ter um ataque de pânico. Ter um ataque de pânico enquanto estiver lá é perfeitamente esperado. O objetivo da exposição é entrar em uma situação temida e lidar com o pânico quando ele surgir. Vamos superar isso juntos.

Fechei os olhos.

— Está bem.

— Essa é a minha garota.

— Então, me conte o que há de novo entre você e o seu amigo por correspondência.

Doc e eu deixamos o carro no estacionamento da loja de animais, mas eu precisava de alguns minutos para me acalmar o suficiente para conseguir entrar. Então, fomos dar uma volta pelo quarteirão. Eu sabia que ele estava mencionando Griffin para me distrair, mas, sinceramente, se pensar em Griffin não conseguisse fazer com que minha mente fosse para outro lugar, acho que nada mais conseguiria.

— Ele me mandou um presente.

— Foi?

Eu não ia contar para Doc a minha história de masturbação com Furbys, então dei uma distorcida na verdade.

— Só uns brinquedinhos com os quais eu era meio obcecada quando éramos crianças. Não me mandou diamantes ou algo assim.

— Tenho certeza de que o fato de ele se lembrar de algo que você gosta significou mais para você do que qualquer joia, de qualquer jeito.

Sorri. Doc me conhecia bem.

— Já faz um tempo que estamos trocando cartas uma vez por semana, e as coisas meio que... ficaram mais pessoais. Nós conversamos abertamente sobre namoros e nossas vidas sexuais, ou a minha falta de vida sexual, para ser mais precisa.

— E vocês dois ainda não trocaram fotos recentes ou se falaram ao telefone?

— Eu tentei, mas Griff disse que gosta que as coisas continuem nesse mistério.

Doc ficou quieto por um momento.

— Você acredita que ele está te dizendo a verdade?

Isso era algo em que eu vinha pensando muito ultimamente. Eu tinha a sensação de que talvez Griff não fosse mais tão confiante como quando éramos mais novos. Ele não queria falar sobre seu trabalho, só comentou que as coisas não se desenrolaram como o planejado. E ele tem evitado falar até mesmo sobre sua descrição física. Isso me fazia pensar que talvez Griff tivesse vergonha por não ter se dado tão bem quanto gostaria na indústria da música, e talvez isso tenha abalado sua confiança de modo geral. Talvez não tenha ajudado o fato de que fiquei me gabando sobre o meu romance de estreia ter entrado na lista dos mais vendidos do *New York Times*.

— Não sei bem. Mas tenho uma teoria de que talvez ele tenha um pouco de vergonha do emprego dele, e sua confiança tenha se deteriorado por isso. É engraçado porque nada disso importa. Não me importo com a aparência dele ou se trabalha repondo mercadorias em um mercado. Em todas as vezes que conheci alguém através de aplicativos de relacionamentos no passado, não dava chance a nenhum homem que não fosse fisicamente atraente para mim. Ainda assim, eu honestamente não me importo se Griffin não tiver envelhecido bem e agora tenha uma cicatriz enorme no rosto. Gosto do cara que ele é por dentro e seu senso de humor.

— Isso é muito maduro. Parece que você está realmente começando a ter sentimentos por esse homem.

Suspirei.

— Acho que estou. Mas não sei como fazer Griffin saber que gosto dele por quem ele é e que sua aparência não importa. É um assunto difícil de ser discutido através de cartas. Acho que vou tentar e insistir um pouco mais.

— Que bom. Estou bem curioso para conhecer o homem que capturou seu interesse.

— Somos dois, Doc. E o mais engraçado é que nós poderíamos fazer isso. Encontrei um recibo no fundo da caixa que ele me mandou, e nele tinha o endereço para onde o meu presente tinha sido enviado quando ele o encomendou. Acho que deve ser onde ele trabalha. Tecnicamente, nós dois poderíamos aparecer lá, e ele nem saberia quem somos. Eu mudei bastante na última década, em termos de aparência. É uma pena ele não morar mais perto, porque talvez eu realmente fizesse isso, de tão curiosa que estou.

Chegamos novamente à parte da frente da loja de animais depois da caminhada em volta do quarteirão. O estacionamento tinha alguns carros, mas nada como da última vez.

Doc olhou para mim.

— Pense na terapia de hoje como mais um passo em direção a ver Griffin. Nunca se sabe. Hoje, estamos visitando uma loja de animais; mês que vem, você pode estar embarcando em um avião para a Califórnia.

Ah, se fosse fácil assim.

Respirei fundo e puxei a gola da minha camiseta. Já estava me sentindo quente e confinada só de olhar para a porta.

— Vamos acabar logo com isso.

— Você se saiu muito bem hoje, Luca — Doc disse conforme eu estacionava em frente à minha casa. Ele curvou-se para frente e pegou sua sacola da loja de animais do chão do carro.

— Acho que muito bem é um exagero.

— Você está se subestimando. Você ficou dentro da loja por quase dez minutos completos.

— Eu fiquei na porta durante nove minutos e meio desses dez.

— Tudo bem. Não importa até onde você entrou no local. O que importa é que sentiu pânico e lidou com ele. Você poderia ter facilmente corrido dali. Mas, em vez disso, manteve-se firme e juntou forças. Isso é progresso.

Doc podia ter achado que eu tinha feito algum progresso, mas eu me sentia derrotada. Por que me importava saber como Griffin era? De jeito nenhum eu entraria em um avião.

Forcei um sorriso triste.

— Obrigada, Doc. Sou grata pelo que você tentou fazer hoje.

— Progresso leva tempo, Luca. Não se sinta mal. Você pode não estar onde gostaria, mas também não está mais onde estava ontem. Cada dia é um passinho de bebê. Você só precisa continuar olhando adiante e dando esses passos, e eu prometo que, um dia, você irá olhar para trás e se surpreender com o quão longe esses passos minúsculos te levaram.

— Imagino quantos passinhos de bebê são precisos daqui até a Califórnia — brinquei. — Pelo menos não vou precisar me preocupar com a aparência de Griffin quando eu finalmente chegar lá, porque não vou conseguir vê-lo através da minha catarata, mesmo.

O papo motivacional do Doc não conseguiu me animar muito. Estava cansada de querer tanto fazer coisas de pessoas normais e frustrada por não conseguir dominar os meus medos. Naquela noite, não escrevi uma resposta para Griff, por não querer que ele sentisse a ira do meu mau humor. Além disso, não consegui dormir. Fiquei me revirando por horas, até que finalmente saí da cama e tomei um remédio para dormir — algo que não gostava de fazer com frequência. Essas coisas me apagavam de verdade.

Então, não foi uma surpresa eu ter dormido até tarde no dia seguinte. Acordei ao ouvir o som de uma buzina alta — não uma buzina de carro; estava mais para a buzina de um trem ou um trator. Nas primeiras vezes que a ouvi, puxei as cobertas sobre a cabeça e tentei ignorá-la. Mas, após a terceira vez, Hortencia já estava grunhindo enlouquecida, então saí da cama para ver o que estava acontecendo.

Mas que diabos?

Esfreguei os olhos e abri as cortinas da janela frontal para ver melhor. Confirmei então que meus olhos não estavam me fazendo imaginar coisas. Um motor home gigantesco, com painéis de madeira, que parecia pertencer aos anos setenta, estava estacionado em frente à minha casa. Ao me ver, o motorista abriu a janela.

Ai, meu Deus. Estou apavorada.

Era o Doc. Ele inclinou metade do corpo para fora pela janela, sacudindo os braços como se eu não conseguisse vê-lo.

— Olhe o que minha irmã Louise tem! Aposto que poderemos ver muitos pássaros durante a nossa viagem.

Abri a porta da frente e protegi meus olhos dos raios solares com a mão.

— Nossa viagem para onde?

De jeito nenhum eu iria entrar naquele troço com Doc dirigindo-o.

— Para a Califórnia, bobinha!

Capítulo 8
Griffin

Puta merda. Não conseguia parar de olhar para ela.

Julian havia me enviado as fotos de Luca há quase duas horas, e eu ainda não tinha me movido do lugar onde estava. Ela era muito mais linda do que imaginei. Para ser sincero, diante de suas peculiaridades, eu quase esperava que ela tivesse apenas uma beleza mediana. E isso estaria perfeitamente bom, porque, tirando a aparência, nossa química era fora de série. Mas agora? Agora que eu havia descoberto que Luca era linda de morrer? Isso somente adicionou ainda mais gasolina ao fogo, e eu duvidava que ele pudesse ser apagado algum dia.

Ela tinha os mesmos cabelos castanhos compridos que eu me lembrava da foto que ela me enviara anos atrás. Seus olhos verdes eram gigantes e brilhantes como duas lindas esferas que permitem que enxerguemos sua alma. Eu queria passar horas encarando seu olhar.

Uau.

Ela parecia uma versão melhorada de uma... como era mesmo o nome daquelas bonecas... aquelas que a garotinha doente no hospital me pediu? Eu tinha enviado uma dúzia delas. *Bonecas Blythe*! Isso mesmo. Com seus lindos olhos, Luca era uma boneca *Blythe* em forma humana.

A culpa pareceu piorar dez vezes depois de vê-la. Além disso, Julian havia tirado fotos no correio do momento exato em que ela recebeu meu presente. A alegria em seu rosto quando abriu a caixa de Furbys era algo de que eu nunca me esqueceria. *Ah, linda garota. Como é bom ver o seu sorriso, te ver feliz.*

Julian enviou várias fotos junto com um e-mail reportando o que ele tinha encontrado inicialmente em Vermont.

Saudações de Montpelier!

Em anexo, estão as fotos que tirei desde que cheguei aqui.

Aqui vai o que sei até agora. Como você pode ver, sua amiga é a maior gata. Essa é a notícia boa. O resto é bizarro pra caralho, na minha opinião, então aperte os cintos.

Para começar, ela passeia com um porco em uma coleira. Sim, foi isso que eu disse… um PORCO. Um porco, caramba. Não entendi bem essa. Além de fazer isso, ela parece sair de casa somente para ir ao correio e depois volta para casa. Então, é bem fácil monitorá-la.

Essa é a parte realmente esquisita. Tem um velhote que a buscou em casa uma vez, e eles saíram juntos. Eu os segui até uma loja de animais e, depois, de volta para casa. E pronto. Não sei se ele é avô dela, um sugar daddy, ou o quê. Mas acho que ele é meio tarado, porque o vi usando um binóculo do lado de fora da casa dela. Um pervertido. As merdas aqui são esquisitas, cara. Se quiser que investigue mais sobre isso, me avise.

A história fica ainda mais estranha. No dia seguinte, o mesmo cara apareceu na casa dela dirigindo um motor home enorme antigo. Ela entrou, ficou lá dentro por alguns minutos e depois voltou correndo para dentro de casa. Não faço ideia de que droga foi essa.

Isso é basicamente tudo o que tenho, por enquanto. Eu não conseguiria juntar essas peças para fazer algum sentido nem se você me pagasse o dobro ou a minha vida dependesse disso. Não sei bem de quantas informações você ainda precisa.

Bom, mudando um pouco de assunto, meio que conheci uma gatinha em um bar aqui ontem à noite. O nome dela é Vanessa. Estou pensando em ficar pela cidade por um tempo, se você quiser que eu continue o serviço. Aquele velhote está aprontando alguma. Eu sei disso.

É só me avisar!

Julian

Por mais estranho que o estilo de vida de Luca possa ter parecido para ele, tudo fazia perfeito sentido para mim. Eu sabia que aquele cara era seu excêntrico terapeuta com quem ela saía com frequência, porque ela o havia mencionado na primeira carta. E, é claro, eu também já sabia sobre Hortencia. Então, estranhamente, nada disso me alarmou.

Respondi ao e-mail, pedindo a Julian que ficasse por lá até que eu dissesse o contrário. Eu não achava que ele fosse encontrar alguma outra informação valiosa, mas ele claramente não tinha nada melhor para fazer — além de coisas com a tal "Vanessa" — no momento, então decidi mantê-lo por lá por mais um tempo.

— Sr. Archer?

Merda. Aparentemente, meu boné e óculos escuros não estavam ajudando em nada a esconder minha identidade quando tentei passar despercebido ao entrar na agência dos correios.

— Sim.

— Pode me dar seu autógrafo?

— Claro — eu disse, rabiscando rapidamente a minha assinatura em uma das correspondências de uma garota.

— Eu sou uma grande fã sua. — Ela deu um gritinho. — Você não faz ideia. *Luca* é, tipo, a minha música favorita de todos os tempos.

Aff. Ela tinha que me lembrar disso.

— Obrigado — falei antes de me afastar com pressa.

Aquela seria outra coisa sobre a qual eu teria que pensar em como lidar. Como eu poderia explicar para Luca que havia escrito a minha música de maior sucesso — que estava mais para um desabafo — em sua homenagem enquanto eu estava bêbado e zangado, certa noite? Quem iria saber que essa música iria ficar no topo das paradas? Eu certamente nunca imaginei, quando a escrevi, que Luca e eu acabaríamos nos reconectando.

Suspirei. Decidi que a música era o menor dos meus problemas no momento.

Puxando meu capuz sobre a cabeça, acelerei o passo para que ninguém mais me reconhecesse. Afinal de contas, eu tinha a carta de Luca nas mãos e mal podia esperar para entrar no carro.

Rasgando o envelope, comecei a ler avidamente.

Querido Griffin,

Eu oficialmente queimei três Furbys. Ainda bem que você me mandou muitos, mesmo que a sua conta do eBay tenha sido sacrificada no processo. Me desculpe por isso, mas, por alguma razão, gargalhei quando você me disse que ela foi encerrada. Sério, obrigada pelo presente surpresa. Acho que fazia anos desde que ri e sorri como fiz quando o abri. E, sim, estou falando sério quando digo que já queimei três deles. (Ops.) A propósito, pensei em você durante cada segundo. ;) Pensei em te mandar um vídeo para provar o quanto apreciei o seu presente, mas achei que isso poderia te assustar. Você gostaria de receber algo assim de mim? Um vídeo? É claro que isso exigiria que trocássemos números de celular ou e-mails. E isso também poderia levar a – Choque – falar ao telefone. E falar ao telefone poderia levar a – Choque – nos vermos. E nos vermos poderia levar a... bom, você entende aonde quero chegar. Sei que você disse que gosta dessa dinâmica que temos agora e o mistério disso tudo. Não me entenda mal, eu AMO o que temos. Mas, sei lá... você não quer mais, às vezes?

Tive que parar de ler a carta por um instante.

Merda.

Porra.

Merda.

Uma sensação de medo me preencheu. Sem contar que eu estava duro pra caramba. Combinação estranha. Eu sabia o rumo que isso estava tomando, e estava me deixando todo ferrado por dentro. Respirei fundo e continuei.

Me desculpe se estou ultrapassando algum limite ao tocar nesse assunto. Mas isso tem pesado bastante em mim nos últimos tempos. Eu realmente adoraria que o que temos fosse mais do que somente as cartas. Sou louca por você. Pronto, falei. Sinta-se à vontade para fingir que eu não disse isso. Vou entender que você não falar sobre isso é um sinal para não tocar mais no assunto. (Quem é que vai precisar instalar câmeras de segurança agora, hein?)

Ok, agora que desabafei, vou responder às suas perguntas. Você queria saber se sou do tipo que grita ou que geme. As duas coisas, na verdade – mas acontece mais quando estou me dando prazer sozinha, porque é quando me sinto mais confortável e sem me preocupar com o que os outros pensam. Também moro em um lugar bem isolado, então ninguém além de Hortencia pode me ouvir gritar. Isso dá muito certo se você quer privacidade, mas não é exatamente conveniente se você for assassinada com um machado ou atacada por um urso pardo.

Respondendo a sua outra pergunta, eu nunca fiz sexo em um local público, mas acho que, se fizesse, seria na Califórnia. ;) A propósito, essa é a segunda carinha com piscadinha que desenho nessa carta, e estou começando a me achar meio esquisita. Chega de carinhas com piscadinhas.

Por favor, me diga que não o assustei com a minha sugestão de vídeo acima.

Sua amiga por correspondência favorita,

Luca

P.S.: Você prefere depilada, com uma pista de decolagem ou tapete completo? Perguntando para uma amiga.

P.P.S.: Talvez essa amiga se chame Luca.

Soltei uma lufada de ar pela boca e apoiei a cabeça no assento do carro. *Pooooorra*. E agora?

Tê-la espionado tinha sido injusto pra cacete. Eu não conseguia mais continuar sem vê-la, e ainda não estava dando a ela a mesma oportunidade comigo? Senti como se estivesse roubando.

Tenho que contar a verdade.

Mas quando ela descobrisse quem eu era, o que tínhamos estaria arruinado. Eu vivia por suas cartas, por seu jeito de não julgar. Luca era literalmente a única pessoa restante nesse mundo que me via verdadeiramente por quem eu era. Pensar que isso poderia mudar... eu nem conseguia imaginar. Ao mesmo tempo, agora que eu a tinha visto, queria mais que tudo poder sentir seu cheiro, seu sabor, *estar* com ela em carne e osso. Embora nossa relação nunca tivesse sido baseada em contato físico e aparência, eu não poderia simplesmente esquecer sua imagem agora.

Luca, Luca, Luca. O que vou fazer com você?

Eu só precisava de mais um tempinho para descobrir.

Levei alguns dias para decidir como eu queria responder a sua carta.

Após retornar ao estúdio certa tarde, apertei o gatilho e tentei me comprar um pouco mais de tempo.

Querida Luca,

Se essa carta chegar um pouco mais tarde que as outras... é porque passei dias trancado no meu quarto batendo uma pensando nesse videozinho pornô que você gostaria de me enviar. O que me faz perguntar: você está tentando me matar? Existem outras maneiras de matar pessoas além de machados e ursos pardos. Propor uma coisa dessas quando não posso te tocar é uma delas. Tenho quase certeza de que isso é crime de tortura. Fico feliz que você esteja fazendo bom proveito dos Furbys, mesmo que três deles tenham sido sacrificados no processo. Eles claramente não foram projetados para uso a longo prazo.

Estou desviando do assunto principal, não é?

Ok.

Lá vai.

Uma das coisas que sempre definiu o nosso relacionamento, eu acho, foi a fé cega. Você concorda com isso? Você confia cegamente em mim? Posso dizer com honestidade que confio cegamente em você. Mesmo que nunca tenhamos nos encontrado, confio a minha vida nas suas mãos. Acho que não posso dizer isso de mais ninguém no mundo. Então, dito isso, preciso te pedir um favor. Preciso que confie em mim quando digo que o melhor para nós agora é deixarmos as coisas como sempre foram. Você é muito especial para mim, Luca. E quero poder ser o homem certo para você. É triste, mas preciso dizer que, atualmente, eu não sou. Às vezes, ao seguir os seus sonhos, você percebe que eles não são de graça, e que o custo é muito maior do que você poderia prever.

Mas estou tentando descobrir como mudar as coisas, o quanto antes possível. Eu quero, sim, desesperadamente te conhecer, te tocar e fazer muitas outras coisas com você. Quando chegar o momento certo para darmos o próximo passo, prometo que vou te dizer. E espero que tudo isso faça sentido.

Você pode fazer isso por mim? Pode ter fé cega em mim? Não responda a essa pergunta agora. Tire um tempo para pensar. Pense em mim e se pergunte se realmente acredita que eu nunca te magoaria intencionalmente ou te enganaria.

Seguindo para o próximo assunto, especificamente a sua vagina e as minhas preferências. Acredite quando digo que te aceito de qualquer maneira que você se entregar para mim, seja lisinha ou mais cabeluda do que o urso pardo antes mencionado. Vou adorar cada segundo que passar te chupando e te dar o melhor orgasmo da sua vida, melhor do que qualquer Furby poderia fazer. Sonho com isso todo dia, Luca.

Até, jacaré,

Griff

P.S.: Você prefere encapado ou redondinho? (Circuncidado ou não). Perguntando para um amigo.

P.P.S.: Talvez esse amigo se chame Mee-Mee.

Capítulo 9
Luca

Doc tinha realmente pirado. Ele deixou o motor home estacionado em frente à sua casa e me disse que ele estava pronto para a estrada a qualquer momento que eu decidisse aceitar sua oferta para irmos dirigindo até a Califórnia. O troço era maior do que a casa dele.

Ele teria caído na estrada comigo no dia em que o trouxe para minha casa pela primeira vez, se eu tivesse concordado. Eu disse a ele que realmente precisava de um pouco de tempo para pensar sobre isso.

Parte de mim queria aceitar sua ideia maluca, mas ir em frente com isso de fato significaria ter que enfrentar a possibilidade de descobrir algo que eu não queria realmente saber. Griffin estava escondendo alguma coisa. Disso, eu tinha certeza. Perceber aquilo doeu. Em sua carta mais recente, ele me pediu para confiar cegamente nele, mas como é possível fazer isso quando uma pessoa já te deu muitos motivos para suspeitar de que algo está errado? Uma batalha sobre como eu deveria agir de agora em diante estava começando a se formar dentro de mim.

Uma batida na porta me sobressaltou. Eu sabia que era Doc, mas não estava nem um pouco pronta para ir para onde quer que ele estivesse ameaçando me levar esta noite.

Abri a porta. Doc estava usando um terno. *Ah, não.*

— Você ainda não se vestiu? — ele perguntou.

— Não. Porque você não quer me dizer aonde vamos.

— Luca... esse é o objetivo. Eu prometo que não será nada que você não possa aguentar.

Algumas horas depois, usando meu vestido preto mais chique, estremeci no carro de Doc conforme seguíamos pela estrada.

Ele me lançou um olhar rápido.

— Você está esplêndida.

— Obrigada. Agora, pode me dizer aonde estamos indo, por favor?

— Logo chegaremos lá.

Acabamos estacionando em frente a um lugar feito de tijolos antigos. Do lado de fora, havia uma placa que dizia: sociedade audubon de vermont.

— Você está me levando para conhecer um monte dos seus amigos nerds que curtem pássaros?

— É o baile de gala anual. É cheio de gente e a oportunidade perfeita para praticar suas habilidades com o pânico. Não se preocupe. A festa é no jardim dos fundos ao ar livre, não do lado de dentro.

Afundei-me no assento.

— Ainda assim, não consigo lidar com isso.

— É aí que se engana. Você pode fazer qualquer coisa que colocar na mente ou, nesse caso, *não* colocar na mente. Mantenha a sua mente livre disso e siga o fluxo, um momento de cada vez. Fique lá e experimente todas as sensações de pânico sem fugir.

Eu já queria fugir do seu carro, imagine do baile de gala.

— Não consigo.

— Você consegue. A verdadeira liberdade está esperando você aprender a sentir essas coisas sem escapar. Assim que o pânico retroceder, vai perceber que nunca houve nada a temer, no fim das contas. Não aprendeu nada com os nossos estudos das aulas da Dra. Claire Weekes[1]?

---

1   Escritora australiana considerada pioneira nos tratamentos modernos de ansiedade, tendo escrito vários livros sobre como lidar com transtorno de ansiedade. (N.E.)

— Por que você está fazendo isso esta noite? — Meu tom foi severo.

— Porque, Luca, está na hora. A sua vida está passando. Precisamos fazer você chegar a um ponto em que pode ser funcional quando está perto de pessoas novamente. Isso significa ser capaz de aguentar estar perto delas.

Quando eu não falei nada, ele continuou:

— Vamos fazer assim... se conseguir aguentar ficar quinze minutos no evento, podemos ir embora depois disso. Não vou te incomodar pelo resto da noite. Vou te levar direto para casa.

— Não sei... — eu disse, soltando um suspiro trêmulo.

— Se não quiser fazer por mim, faça pelo seu Griffin.

Meu Griffin.

Pensei bastante sobre o que essa sentença realmente significava — fazer por Griffin.

Pensei nos muitos quilômetros de distância entre nós.

Pensei no estilo de vida que ele devia levar como um homem solteiro na Califórnia, o quão diferente devia ser do meu.

Se eu realmente queria ter alguma chance de conhecê-lo um dia, tinha que ao menos tentar enfrentar meus medos. Pensei que, se eu fizesse papel de boba na frente de um monte de gente que curtia pássaros, seria melhor do que fazer isso na frente de Griffin.

Me rendi e comecei a sair do carro.

— Quinze minutos.

Uma onda de náusea me atingiu quando nos juntamos às pessoas reunidas no jardim dos fundos da sociedade. A adrenalina começou a pulsar imediatamente em mim, e fiquei em modo pânico total quase no mesmo instante. O som de todas aquelas pessoas conversando se misturava em uma única bagunça barulhenta. O céu acima de nós parecia estar balançando.

Quando chegamos a uma mesa, sentei-me e fiquei tremendo ali.

— Você está indo muito bem, Luca.

Doc começou uma conversa com a mulher sentada ao nosso lado, deixando-me sofrer em silêncio bem ao lado dele. Suor permeava meu corpo conforme os minutos torturantes passavam e eu agarrava com força a toalha de mesa de linho.

Faça pelo Griffin, fiquei dizendo para mim mesma.

Em determinado momento, algo interessante aconteceu. Os flashes quentes e nauseantes de pânico começaram a se dissipar depois de terem atingido seu pico. Minha frequência cardíaca desacelerou. Fui inundada por alívio. Senti vontade de chorar, porque era como se eu tivesse sobrevivido a uma experiência de quase morte. Não me lembrava de isso já ter acontecido antes, porque eu geralmente nunca permanecia tempo suficiente para ir até o fim.

Quando dei por mim, Doc anunciou:

— Acabou o tempo, Luca. Como se sente?

— Ainda estou viva. Podemos ir embora agora? Estou me sentindo um pouco exausta depois disso.

— Você se saiu muito bem. Estou muito orgulhoso. Sim, podemos ir embora.

Assim que retornamos ao carro dele, desabei e minhas lágrimas começaram a cair. Era a primeira vez que eu chorava desde que havia lido a carta de Griffin sobre a morte da sua mãe. Parecia que, depois que permiti que a torneira se abrisse, lágrimas seriam uma coisa que aconteceria com mais regularidade para mim. *Ótimo. Que ótimo.*

Ele ficou chocado.

— Você está chorando...

— Esta é a segunda vez que choro depois de muito tempo.

— Eu sei. Não é por causa do que aconteceu lá dentro, é?

— Não. É porque eu... estou com medo.

— Ok. Me conte por quê.

— É o Griffin. A última carta dele. Ele basicamente deixou implícito que existe algum motivo pelo qual não quer levar as coisas adiante comigo. Ele me pediu para confiar cegamente nele, que continuar como estamos agora é a decisão certa por enquanto, sem nos falarmos por telefone e sem nos vermos. Parte de mim quer muito acreditar nele, e a outra parte está com muito medo de que eu vá me machucar.

— Você não acha que ele é casado, acha?

— Não. Não acho que seja algo desse tipo. Griffin sempre foi muito intolerante com traidores. Então isso nem ao menos me passou pela cabeça.

— Você acha que está acontecendo alguma outra coisa suspeita?

Eu havia memorizado a parte da carta que mais tinha me incomodado. *Às vezes, ao seguir os seus sonhos, você percebe que eles não são de graça, e que o custo é muito maior do que você poderia prever.*

— Não tenho certeza, mas acho que talvez ele tenha problemas financeiros. Ele mencionou antes que a carreira dele não aconteceu como o planejado. E depois, em sua última carta, disse que os sonhos dele custaram mais do que ele pôde prever. Não sei se quis dizer isso literal ou figurativamente. Mas não me importo se ele leva uma vida simples ou passou por dificuldades. Eu tenho dinheiro, juntando o que o meu pai deixou para mim e o sucesso dos meus livros, e veja o quanto isso ajudou a minha vida pessoal. Dinheiro e bens materiais não compram felicidade. Um coração bonito é muito mais valioso do que qualquer coisa que pode ser comprada.

Doc sorriu.

— Você é muito sábia para uma pessoa da sua idade, Luca.

— Que nada. Eu só tive uma mãe inteligente. Ela costumava dizer: "Dinheiro impressiona garotas preguiçosas. Garotas inteligentes se tornam ricas quando têm algo que não podem comprar".

— Mãe sábia, filha sábia. — Ele assentiu. — Então, quais são os seus planos? Você vai abordar esse assunto com Griffin e ver se ele muda de ideia em relação a dar o próximo passo juntos?

— Eu sinceramente não faço ideia de como agir, Doc. Nenhuma ideia. Parte de mim quer aceitar a sua oferta de dirigir até a Califórnia, mostrar a ele que eu não ligo se ele mora em um apartamento de um quarto só ou canta no ponto de ônibus para ganhar uns trocados. Mas a outra parte sente que isso seria uma violação terrível de confiança.

— Posso te dizer, por experiência própria, que, às vezes, nós homens precisamos de um empurrãozinho. Lembro-me de quando conheci a minha Geraldine. Eu estava na faculdade de Medicina e fazia oito dias que só tinha macarrão instantâneo para comer. Minha conta de água estava atrasada há dois meses, e eu prendia a respiração a cada noite quando ligava a torneira, torcendo para que não tivessem cortado a água porque, assim, eu ficaria sem metade dos ingredientes da minha refeição. Geraldine tinha um emprego e sempre se vestia muito bem. Ela trabalhava na biblioteca que eu frequentava, e eu tinha uma enorme paixonite por ela. Mas o que eu ia fazer, chamá-la para dividir um pacote de macarrão instantâneo e ficar sem jantar na sexta-feira da semana seguinte?

— Você esperou se formar para chamá-la para sair?

Doc olhou pela janela por um momento, e fiquei observando o carinho se formar em seu rosto conforme ele se recordava. Ele balançou a cabeça.

— Minha Geraldine era uma pessoa direta. Um dia, ela marchou até a mesa onde eu estava estudando e disse: "Toda noite, antes de ir embora, você passa dez minutos no meu balcão conversando. Você *está* flertando comigo, não é?". Eu disse que estava, de fato, flertando, ou pelo menos tentando, e a resposta dela foi: "Bom, por que ainda não me chamou para sair?" — Doc riu. — Ela me pegou tão desprevenido que não tive tempo de inventar uma desculpa. Então, contei a verdade, que eu gostaria muito de levá-la para sair, mas estava quebrado demais porque os meus livros e o aluguel sugaram até o último centavo da minha conta bancária.

— O que ela disse?

— Nada. Nem uma palavra. Ela simplesmente saiu dali. Pensei que eu tinha perdido minha chance com ela. Mas, na noite seguinte, quando apareci na biblioteca, encontrei uma revista sobre a mesa onde eu normalmente sentava. Estava aberta em um artigo intitulado "Cinquenta Primeiros Encontros dos Sonhos Que São Grátis".

Dei risada.

— Funcionou?

— Eu arranquei as páginas da revista e a levei a cada um daqueles cinquenta encontros toda semana durante cinquenta semanas consecutivas. Quando chegamos ao último, eu tinha acabado de me formar e conseguido meu primeiro emprego. Eu a pedi em casamento no nosso quinquagésimo encontro grátis, dentro de uma tenda que montei com lençóis no quintal.

— Adorei essa história! Por que nunca me contou antes?

Doc deu de ombros.

— Acho que ainda não havia chegado o momento certo. Diferente de agora.

Suspirei.

— Acho que poderíamos fazer a viagem para a Califórnia e ver como agir quando chegarmos lá. Quer dizer, Griffin não precisaria descobrir que estaríamos lá se eu me recusar a deixá-lo saber quem eu sou. Poderíamos só ir para descobrir o que preciso e virmos embora em seguida. Ele não conhece a minha aparência. Mas e sobre a fé cega? Eu estaria violando a confiança dele.

— Bem, minha querida, você precisa decidir se pode ser paciente com ele ou se precisa saber o que realmente está acontecendo. Eu acredito que uma viagem para a costa oeste seria vantajosa de várias maneiras. Poderia não somente satisfazer a sua curiosidade em relação ao Griffin, como também serviria como um exercício de exposição excelente ao desbravarmos o desconhecido no caminho.

Meu coração estava acelerado.

— Então, você acha que deveríamos ir para a Califórnia...

— Acho que não haverá mal algum em descobrir a verdade e aventurar-se fora da sua zona de conforto. É um pouco tendencioso da minha parte, visto que já marquei alguns locais fantásticos para observação de pássaros no caminho, mas não deixe que isso influencie a sua decisão. Precisa ser uma escolha sua.

Mais tarde, naquela noite, eu estava andando de um lado a outro na sala de estar.

— Me dê um sinal, Hortencia. Preciso saber qual a coisa certa a fazer.

Groink.

A verdade era que eu sabia que a resposta certa era aceitar a oferta de Doc. Em que outro momento da minha vida eu teria acesso a um motor home todo equipado e um parceiro de viagem disposto? Mas também poderia ser a resposta errada para dar um passo adiante entre Griff e mim.

Fé cega. Foi o que ele me pediu. Eu não estaria exatamente honrando seu desejo se o encontrasse trabalhando na recepção de uma gravadora e entrasse lá fingindo ser outra pessoa. Estaria violando sua confiança. Mas, ao mesmo tempo, isso não significaria ter fé cega em *nós*? Parecia que talvez ele não confiasse cegamente em mim — não confiava que eu gostaria dele pela pessoa que ele era por dentro, independentemente dos problemas que ele tivesse. Talvez eu tivesse que ter fé suficiente por nós dois? Mais ou menos como Geraldine havia feito com Doc. Eu não estaria desrespeitando seu desejo; eu estaria dando um salto de fé por dois.

Ai, meu Deus.

Eu vou fazer isso, não vou?

Olhei para Hortencia, que estava deitada ao lado da minha mesa.

— O que você acha, garota? Devo fazer essa viagem?

Minha companheira fiel sentou-se e ergueu uma orelha.

— Devo ir e dar um salto de fé ou não?

Hortencia respondeu correndo para fora do cômodo. Por um segundo, pensei que ela estava correndo até a porta da frente, para me mostrar que estava pronta para ir, também. Mas ela retornou um minuto depois e colocou sua resposta bem aos meus pés.

Mee-Mee. Eu nem havia percebido que ela tinha roubado mais um Furby. Mas o *timing* não poderia ser mais perfeito.

Peguei o chaveiro peludo molhado do chão e afaguei a cabeça de Hortencia.

— Ok... se está dizendo. Vou cair na estrada!

CARTAS INDECENTES

Capítulo 10
Luca

— Vire à esquerda aqui.

Estacionei perto de uma placa "Pare", que também marcava o fim da estrada pela qual viajamos durante a última meia hora. Nós basicamente tínhamos duas escolhas. Virar para a esquerda ou dar a volta.

— Hummm... Doc. Não há mais estrada pavimentada. Se eu virar à esquerda, só terá caminho de terra.

— Bem, então acho que vamos dirigir por um caminho de terra por um tempinho.

Suspirei.

— Posso ver o mapa, por favor?

Doc passou os últimos três dias revirando meia dúzia de mapas dobráveis. Ele também tinha um atlas gigantesco. Eu não via um desses desde que era criança — *por um ótimo motivo, aparentemente.* Peguei o mapa da mão de Doc e tracei a rota que ele havia destacado em amarelo.

— Não sei por que não podemos usar o Waze. Ele diz quando devemos ir para a esquerda ou direita e também como evitar engarrafamentos.

— Esses aplicadores são dispositivos de rastreamento.

— Você quer dizer *aplicativos*.

— Que seja. O governo já sabe coisas demais sobre nós. Nossos antepassados lutaram por liberdade, e as pessoas jovens de hoje em dia estão entregando-a muito facilmente.

Inclinei-me para frente no assento e olhei para a estrada de terra na qual Doc queria que eu seguisse. Parecia muito suspeita. Nosso veículo não tinha tração nas quatro rodas, e o caminho era bem estreito.

— Não acho que deveríamos ir por esse caminho. Tenho medo de atolarmos.

— Ok. Então, vamos andando.

— Andando? — Franzi o cenho. — Para onde você está nos levando?

— É só um pequeno desvio. Não deve ficar a mais de oitocentos metros da estrada.

Sacudi a cabeça.

— Pensei que tínhamos parado com os desvios ontem, depois que você me fez dirigir trezentos e vinte quilômetros fora do itinerário para ver uma mariquita-papo-de-fogo.

— Um desvio significa sair do caminho. Essa pequena visita fica bem no nosso caminho.

Olhei novamente para a estrada de terra.

— Acho que o nosso caminho é na interestadual.

Doc desafivelou o cinto de segurança e começou a sair do veículo. *Acho que vamos fazer mais um desvio.*

— O tecelão baya constrói os ninhos mais lindos. Ele os constrói para a fêmea e, se ela aprovar, passará a ser sua companheira. Eles nunca foram vistos nesse país antes do mês passado.

Desliguei o motor home e tirei o cinto. Pensei que, já que o homem havia tirado duas semanas de sua vida para fazer essa viagem maluca comigo, o mínimo que eu poderia fazer era ceder a sua animação em relação a pássaros. Não tinha alguém nos esperando na Califórnia. Desci do banco do motorista e alonguei os braços acima da cabeça antes de retorcer o corpo de um lado para o outro. Uma caminhada seria uma boa ideia, afinal de contas. Já que eu não queria deixar Doc dirigir, tinha passado quase oito horas ao volante hoje.

— Imagine se humanos fizessem isso — devaneei. — Se homens tivessem que construir uma casa inteira para tentar atrair uma mulher.

— Eu estaria encrencado. Nunca tive muito jeito para manusear um martelo.

Doc e eu começamos a caminhar pela estrada de terra. Eu nem ao menos sabia para onde estávamos indo — presumi que era para mais algum parque.

— Tem certeza de que é por esse caminho? Parece uma área bem residencial, e imagino que não exista um parque nacional que não tenha um caminho pavimentado que conduz até a entrada.

— Acho que esse é o caminho certo, sim. Martha disse que, quando chegássemos em sua rua, deveríamos seguir por mais ou menos um quilômetro e procurar por latas de lixo pintadas.

— Martha?

— A mulher que estamos indo visitar, do meu clube de admiradores de pássaros on-line. O tecelão baya construiu um ninho no quintal dela.

Parei no lugar.

— Estamos indo para a casa de alguém? Como podemos saber que ela não é uma *serial killer*?

Doc empurrou os óculos para cima no nariz.

— Eu poderia dizer o mesmo sobre o Griffin, não é?

Ótimo. Mais uma coisa para eu me preocupar. Griffin ser um *serial killer* devia ter sido a *única* coisa que não passou pela minha cabeça durante três dias de viagem. Já tinha entrado em pânico pensando que ele podia ser casado, gay, um gigolô, um acumulador... Teve até mesmo um momento quando estávamos passando por Illinois em que considerei a possibilidade de Griffin ser, na verdade, uma mulher — uma que vinha brincando comigo há dezoito anos e havia me enviado a foto do seu irmão caçula. Aquele pensamento insano me levou a passar algumas horas debatendo se eu poderia me sentir fisicamente atraída por uma mulher, por ele... por ela... ele... sei lá. Eu estava considerando seriamente virar lésbica por um homem que nunca conheci que, na verdade, era uma mulher. Agora eu teria que lidar com pensamentos sobre a possibilidade de Griffin ser um *serial killer* pelo restante de Nebraska até pelo menos metade do Colorado.

Ótimo. Que ótimo.

Martha era a pessoa mais colorida que eu já tinha visto. *Literalmente*, não figurativamente. Ela havia dito ao Doc para procurar por suas latas de lixo pintadas, mas deixou de mencionar que *tudo* que ela tinha era pintado.

O exterior do seu pequeno lar, que parecia uma casa de bonecas, era pintado com três tons de rosa, com contornos em amarelo e azul-turquesa, e cada cômodo no interior era pintado de uma cor neon diferente. As roupas dela também eram tão vibrantes quanto — ela usava uma blusa amarelo-vivo com uma calça de um vermelho mais vivo ainda, e seus óculos tinham uma armação violeta. Se Doc tinha ficado surpreso com o choque de cores, conseguiu disfarçar direitinho. Ele e Martha pareceram bem animados por enfim se conhecerem. Aparentemente, faziam parte do mesmo grupo e conversavam há alguns anos. Essa viagem estava me fazendo perceber que havia muitas coisas sobre Doc que eu não sabia.

Nós três caminhamos em volta da propriedade de Martha por um tempo. Ela nos mostrou tudo e, no final, seguimos para uma árvore ao lado de um riacho bem largo. Ela apontou para o cobiçado ninho, e embora fosse bem mais legal do que eu esperava, ainda não conseguia entender completamente a reverência de Doc. Ele ficou do lado de fora perto do ninho para esperar o tecelão baya retornar, enquanto Martha e eu voltamos para o interior da casa para fazer chá.

— Então... você e Chester... vocês... são um casal?

Levei alguns segundos para me dar conta de que ela estava falando sobre Doc. Esqueci que ele tinha um primeiro nome.

— Meu Deus, não!

Ela encheu a chaleira e virou-se para mim com o objeto nas mãos.

— Você tem certeza? São só vocês dois viajando juntos naquele motor home, e também viajaram para Nova York mês passado, não foi?

— Hã, sim. Tenho certeza. Doc é meu... doutor.

Ela franziu o cenho, então esclareci.

— Ele é meu terapeuta. Sou paciente dele.

Uma expressão de alívio tomou conta do seu rosto. Ela achou mesmo que meu médico de setenta e tantos anos era meu namorado?

Ela me deu tapinhas no ombro.

— Ele se refere a você como uma amiga especial.

Sorri.

— Ele provavelmente não queria mencionar nada, por causa da confidencialidade entre médico e paciente e tal.

Martha pareceu ficar satisfeita com aquilo. Aparentemente, a senhora amante de pássaros estava interessada em mostrar ao Doc mais do que somente seu ninho.

— Ah! Bem, isso faz sentido. Então, qual é o seu problema?

Pisquei algumas vezes. Ninguém nunca me fez uma pergunta tão direta sobre a minha saúde mental antes.

— Hã... eu tenho medo de multidões e locais fechados.

Ela colocou a chaleira no fogão e acendeu a boca.

— Tudo bem. Eu não gosto de palhaços.

Não é exatamente a mesma coisa, mas ok, né.

— Então... você e Doc são amigos há algum tempo, presumo?

— Deve fazer uns três ou quatro anos.

— Você sempre foi admiradora de pássaros?

— Minha mãe tinha um pássaro de estimação quando eu era criança. O nome dela era Kelly. Ela tinha cores muito vibrantes nas asas, e eu poderia passar horas vendo-a batê-las. Mas somente depois que me juntei ao grupo do qual Doc e eu fazemos parte percebi a verdadeira magia em se observar pássaros.

Ela havia sido franca ao me perguntar sobre os meus problemas, então deduzi que tudo bem eu insistir em saber mais.

— Que é...?

Martha sorriu.

— A magia em se observar pássaros está na jornada. Você nunca sabe aonde esse hobby irá te levar. Passei meses experimentando diferentes comidas e comedouros para ver como mudar o habitat pode atrair diferentes espécies. Alimentar os pássaros também atrai outros tipos de vida selvagem, como borboletas, libélulas, até mesmo esquilos. Além disso, há também as amizades que trilhas e festivais trazem, sem contar os clubes on-line. Já visitei amigos até no Alasca para observar pássaros, amigos que nunca teria conhecido se não tivesse começado essa jornada. — Ela inclinou a cabeça para o lado e me analisou. — É por isso que Doc leva tanto jeito. Você sabe como ele é... tudo é sempre sobre a jornada, não o destino final.

Essa era a filosofia de Doc. Ele sempre me incentivava a dar pequenos passos, a aprender a sentir felicidade *aqui*, em vez de esperar chegar *lá*. Mas sempre estive tão focada em encontrar uma cura para os meus medos que não havia parado para perceber que ele vinha tentando me ensinar a aceitar quem eu sou durante cada passo da jornada.

Há dois anos, eu nunca teria aceitado fazer essa viagem de carro. Era algo muito fora da minha zona de conforto. E eu com certeza não teria saído em busca de um relacionamento que era tão aterrorizante quanto empolgante. Por mais que Griffin sempre tivesse sido uma das poucas pessoas com as quais me sentia verdadeiramente confortável, havia uma diferença enorme entre aceitar a sua amiga por correspondência por quem ela realmente era e ter um relacionamento de verdade. E ele havia acabado de voltar para a minha vida. Eu não estava pronta para perdê-lo. Era um risco enorme, mas algo me dizia que a potencial recompensa poderia fazer tudo isso valer a pena. Então, dei um salto enorme e assustador. E, no entanto, pela primeira vez em muito tempo, tive uma sensação de esperança. Quer as coisas dessem certo com Griffin ou não, eu iria curtir essa viagem e essa experiência o máximo que pudesse.

Capítulo 11
Luca

Puta merda.

PUTA MERDA.

Esse não podia ser o lugar onde Griffin trabalhava, podia? Ele devia trabalhar para alguma pessoa famosa. Mas quem? Alguém que eu conhecia?

Espiando pela janela do veículo ao estacionarmos em Via Cerritos, virei-me para Doc.

— Isso é loucura.

— É possível que Griffin seja rico e more aqui? Baseado no nome da empresa, presumi que estávamos indo até um prédio comercial, não uma residência.

— Não acho que seja isso, mas, sinceramente, estou tão confusa. A verdade é que nem ao menos sei se o endereço naquele recibo do eBay tem mesmo algo a ver com Griffin. Foi somente uma suposição baseada na palavra *música*. — Agora eu estava começando a me perguntar se toda essa viagem havia sido uma perda de tempo.

Doc espiou pela janela com seu binóculo.

— Acho que é apenas questão de tempo até sermos expulsos desta rua. Talvez devêssemos perguntar a quem essa casa pertence antes que isso aconteça.

Alguns minutos depois, avistei uma mulher saindo pelos portões da mansão que fica algumas casas depois da que supostamente tinha alguma ligação com Griffin.

— Será que devo abordar aquela moça e perguntar se ela sabe quem mora na casa?

— Acho que não faria mal — ele disse.

Saí do veículo quando ela se aproximou de nós.

— Com licença. Olá. Você pode me dizer quem mora naquela propriedade ali... Via Cerritos, número 12?

Ela puxou a coleira do seu cachorro para impedi-lo de se mover e estreitou os olhos para mim.

— Você está em algum tipo de viagem de turismo? Os residentes não gostam de pessoas *curiosas* do seu tipo por aqui. Minha patroa é um deles. Ela vai chamar os seguranças se você...

— Não estou fazendo turismo. Estou procurando um amigo. Você pode apenas me dizer quem mora lá?

— É a casa de Cole Archer.

— Cole Archer? Ele é famoso?

— Sim. É o vocalista da banda Archer.

Archer?

— Acho que nunca ouvi falar deles.

Uma expressão incrédula surgiu em seu rosto.

— Você mora em uma caverna, por acaso?

Dei risada diante da ironia.

— É, basicamente.

Ela olhou para Doc atrás de mim, que agora estava do lado de fora do veículo com o binóculo apontado para uma árvore.

— Por que ele está com um binóculo, se vocês dois não estão espionando os ricos e famosos?

— Ele está procurando por pássaros, não pela Beyoncé.

— Bem, sugiro que você tire aquele motor home dessa rua antes que alguém mande prender vocês.

— Obrigada pelo seu tempo — falei antes de caminhar de volta até Doc.

Ele abaixou o binóculo.

— O que ela disse?

— Ela disse que a pessoa que mora lá se chama Cole Archer. Aparentemente, ele é um músico famoso. Talvez Griffin trabalhe para esse homem. — Quando Doc e eu entramos de volta no veículo, perguntei: — Você trouxe o seu laptop, não trouxe? Podemos conectá-lo à internet?

— Claro. Você vai pesquisar quem é esse músico?

— Sim. Preciso ver quem é Cole Archer.

Depois que ele me entregou o computador, abri o YouTube e digitei *Cole Archer*. Vários resultados apareceram. Pensando melhor, eu tinha quase certeza de que já tinha ouvido falar sobre a banda Archer, mas como meu gosto por música tendia a ser menos atual, eu não sabia nada sobre eles nem o nome de nenhuma das suas músicas.

O primeiro vídeo que coloquei para tocar era intitulado *Archer Ao Vivo no Pavilhão*. Era uma filmagem profissional de uma de suas apresentações. Parecia ser um local de shows de menor porte. O vocalista, presumivelmente Cole Archer, estava sentado em um banco tocando violão enquanto fazia amor com um microfone durante uma balada lenta. Ele tinha uma voz poderosa, hipnótica e um pouco rouca. Ele era extremamente atraente, exatamente como se imaginaria o vocalista de uma banda: cabelos cheios e desgrenhados como se tivesse acabado de transar, traços esculpidos e um corpo incrível. Alguns anéis prateados adornavam suas mãos grandes que envolviam o violão.

Como esse vídeo não estava me dando muitas respostas, busquei outro.

O próximo em que cliquei era intitulado *Entrevista com Archer, Liam Stanley Tonight*. Os membros da banda estavam sentados um ao lado do outro respondendo perguntas do entrevistador.

— *Conte-me como vocês se juntaram.*

Cole respondeu:

— *Bom, não sei quanto tempo você tem. É uma história um pouco longa.*

Imediatamente notei que Cole tinha sotaque *britânico*.

Espere.

Uma onda de adrenalina percorreu meu corpo. Era a primeira vez que eu considerava o impensável. *Não*. Não podia ser. Griffin não podia SER Cole Archer. *Podia?* De jeito nenhum. Não tinha como. O sotaque devia ser uma coincidência. Pelo menos, era nisso que eu queria acreditar.

— Você encontrou alguma coisa? — Doc gritou de um dos cantos do motor home.

— Nada que me leve à conexão entre Griffin e Cole Archer. Tenho que continuar procurando.

Fiquei relutante em admitir para Doc que eu suspeitava que Cole poderia ser Griffin. Ainda parecia muita loucura, e eu não tinha nenhuma evidência para provar.

Durante a hora seguinte, vasculhei a internet por qualquer informação que pudesse encontrar sobre Cole Archer. Sua página na Wikipédia informava que ele havia crescido na Inglaterra, o que não era novidade diante do seu sotaque, mas não havia nenhuma informação que indicasse qualquer outra coisa que me fizesse acreditar que esse homem era Griffin.

Somente quando me deparei com a seção de comentários de um artigo de uma revista de música... foi que encontrei minha resposta. Estava ali, clara como o dia, no meio de uma mensagem ofensiva.

Não entendo esse apelo todo. A voz dele é péssima. Parece que não consegue decidir se quer soar britânico ou americano. Ah, e o nome dele de verdade nem é Cole Archer. Parece que é Griffin Marchese.

Meus olhos grudaram na palavra.

Griffin.

Griffin Marchese.

Griffin Marchese.

Marchese Music.

Ai. Meu. Deus.

Meu corpo congelou completamente enquanto todo o meu sangue viajava até minha cabeça. Meu coração estava acelerado. *Griffin É Cole Archer? Cole Archer É Griffin? Griffin é... um superastro? MEU Griffin?* Fiquei pausando o vídeo em diferentes momentos para ver se conseguia ter um vislumbre do garoto de doze anos do qual me lembrava da única foto que ele me enviara. Cheguei a um momento no vídeo que me tirou todas as dúvidas. Era a mesma expressão daquela foto.

— Luca, qual é o problema? Você parece ter visto um fantasma.

Após vários segundos, eu finalmente reuni a capacidade para respondê-lo.

— Eu nem sei o que dizer... eu... Griffin é... ele é... ele *é* Cole Archer. É por isso que ele mora em um lugar desses. — Tirei o laptop do meu colo e cobri a boca. — Ele é famoso. Isso é... inacreditável.

Doc cobriu a boca também.

— Minha nossa. Você acha que isso explica por que ele não queria que você soubesse a identidade dele?

Pensei novamente nas palavras da sua última carta: *Às vezes, ao seguir os seus sonhos, você percebe que eles não são de graça, e que o custo é muito maior do que você poderia prever.*

Ele estava se referindo a um custo figurativo, não um literal. Ele não era pobre, mas talvez tenha pagado o preço pela fama.

— É isso, Doc. Tudo está começando a fazer sentido agora. Ele deve ter pensado que, se eu soubesse, mudaria a maneira como o vejo.

A realidade dessa situação estava me atingindo em ondas. Griffin é um rockstar.

Um rockstar, porra.

Seu estilo de vida devia envolver carros velozes, sexo e multidões. Era provavelmente o completo oposto da minha existência isolada. Compreender isso de verdade também significava perceber que era provável que não *poderíamos* ser mais que apenas amigos. Aquela epifania foi de partir o coração. *Tem como sermos MAIS diferentes? Por que estou ouvindo Chandler Bing de,* Friends, *em um momento como esse?*

— E agora? — perguntei, apavorada. — Essa era a última coisa que eu esperava. O que eu faço, Doc? Sinto-me seriamente paralisada.

— Nós viemos até aqui, Luca. Agora que você sabe o que ele esconde... por que não ir até ele, contar a verdade e cortar isso pela raiz? Tudo irá se revelar, no fim das contas. Acho que seria extremamente difícil para você guardar o que sabe agora e fingir que nada mudou.

Doc tinha razão sobre uma coisa. Isso mudava tudo.

— Como conseguirei ter acesso a ele? Os seguranças dele não vão deixar uma maluca qualquer chegar perto.

Quando peguei o laptop novamente, Doc indagou:

— O que você está fazendo?

— Preciso assisti-lo um pouco mais.

Fiquei rolando os vídeos pela tela. Ficava paralisada sempre que olhava em seus olhos e percebia que aquele homem era o meu Griffin. Ao pensar nisso, quanto mais eu assistia, mais podia enxergar vislumbres do rosto do qual me lembrava daquela foto de anos atrás.

Havia um vídeo que mostrava Griffin — ou melhor, Cole — dando um monte de autógrafos no meio de uma multidão de mulheres enlouquecidas. Ele parecia frustrado e cansado, mas, ainda assim, deu autógrafos para cada uma até não ter mais ninguém esperando.

Qualquer uma dessas mulheres ficaria feliz de estar ao lado dele enquanto ele cumpria os deveres do seu trabalho. Eu? Somente pensar em estar no meio daquele monte de gente me fazia começar a entrar em pânico.

Engoli em seco. Sentia como se tivesse um peso gigantesco no peito. De repente, entrei em luto, tendo que me despedir do futuro que imaginei que poderia ter com Griffin. Não existia uma maneira de fazer isso dar certo. Agora eu podia compreender por que ele achava que era melhor continuarmos somente nos relacionando por cartas e que isso era a única coisa que poderia acontecer entre nós. Sinceramente, talvez tivesse sido melhor se eu nunca tivesse descoberto isso.

Quando pensei que nada mais poderia me surpreender, meus olhos pousaram em um dos clipes da Archer. Foi o título da música que chamou minha atenção: *Luca*.

O quê?

Antes que eu pudesse clicar nela, uma batida alta na porta do motor home me sobressaltou. Ao espiar pela janela, senti meu coração descer para o estômago. O homem mais lindo que eu já tinha visto em carne e osso estava ali com os braços cruzados, usando um... roupão de banho?

Ah, não.

Ai, meu Deus. Ai, meu Deus. Ai, meu Deus.

— Quem é, Luca?

Sentindo-me prestes a entrar em colapso, olhei para Doc e choraminguei:

— É o Griffin.

CARTAS INDECENTES

Capítulo 12
Griffin

Uma hora antes

Fazia dois dias que eu não tinha notícias de Julian. Quando o contratei, deduzi que ele tiraria algumas fotos, talvez fosse seguir Luca por um tempo para ver como era seu dia a dia — nada muito extremo. No entanto, esse meu trabalhinho de espionagem já havia se tornado uma expedição para o outro lado do país.

Luca não havia mencionado em sua última carta que estava planejando fazer uma viagem de carro. Então, quando Julian me ligou para dizer que ela havia entrado em um motor home carregando uma mala com seu terapeuta, pedi que a seguisse para ver para onde estavam indo. Doze horas depois, ele me ligou e disse que tinha acabado de cruzar a fronteira de Ohio. Pensei então que, visto que ele já tinha ido tão longe, podia continuar a segui-los para ver para onde os dois estavam indo. Além disso, eu estava curioso. Até então, eles haviam visitado três parques nacionais diferentes, passado dois dias em Nebraska na casa bem estranha de uma senhora, e depois foram para o Grand Canyon. Não que Luca me devesse alguma explicação sobre seu paradeiro, mas achei muito estranho ela me contar sobre suas fantasias, mas não mencionar uma viagem de carro por quinze estados.

Se eu não tivesse que ir ao estúdio todos os dias naquela semana, eu mesmo teria dirigido até Nevada, só para poder ter um vislumbre ao vivo de Luca. Pensar que ela estava tão perto de mim me deixou distraído o dia inteiro.

Mas, quando meu celular tocou às seis da manhã, eu não fazia ideia do quão perto ela realmente estava.

— O que é? — Nem ao menos olhei para o identificador de chamadas na tela ao atender. Era melhor que quem quer que estivesse do outro lado da linha tivesse um motivo muito bom para estar me ligando àquela hora. Fiquei no estúdio até depois das duas da manhã ontem à noite, ou melhor, hoje.

— Vamos acordar, Sr. Rockstar. Tenho notícias muito interessantes.

Ao ouvir a voz de Julian, sentei-me na cama.

— O que houve?

— A sua queridinha chegou ao próximo destino.

— Onde ela está agora? México?

— Perto. Um pouco mais para o norte. Você nunca vai adivinhar.

— Estou te pagando por hora, então que tal deixarmos de lado o joguinho de adivinhação e irmos direto ao ponto?

— Ela está em Palos Verdes Estates.

O quê? Ela está aqui? Na minha pequena cidade? Isso não podia ser somente uma maldita coincidência. Que porra é essa?

Saí da cama, peguei uma calça de moletom e comecei a vesti-la.

— Onde ela está?

— Via Cerritos, meu amigo. Ela estacionou aquela lata velha enorme a mais ou menos meio quarteirão da sua casa e desligou os faróis.

Meu coração começou a acelerar descontrolado, e minha mente girava ainda mais rápido. Milhões de perguntas me vieram ao mesmo tempo.

O que diabos ela está fazendo aqui?

Ela sabe quem eu sou?

Há quanto tempo ela sabe?

Que porra é essa?

QUE PORRA É ESSA?

— Você ainda está aí? — Julian perguntou. Eu tinha esquecido que ele ainda estava na chamada comigo, embora eu estivesse com o celular na orelha.

— Sim, estou aqui.

— O que você quer que eu faça?

Passei uma mão pelos cabelos.

— Não sei. Continue vigiando-a. Preciso de alguns minutos para pensar. Me ligue se ela sair do motor home.

— Pode deixar, chefe.

Encerrei a ligação e fiquei olhando para o celular durante uns cinco minutos. Eu realmente não conseguia acreditar no que estava acontecendo. Luca estava aqui... dezoito anos depois, a garota que eu nunca havia conhecido e que, mesmo assim, me conhecia melhor que qualquer pessoa sem nem ao menos saber o meu nome real... estava bem ali, do lado de fora da minha casa.

Qual era seu plano? Ela ia bater à minha porta?

Como ela achava que ia passar pela segurança no meu portão?

Como diabos ela me encontrou?

Melhor ainda, o que eu ia fazer agora que ela havia me encontrado?

Eu estava puto, mas será que eu tinha mesmo algum direito de estar zangado se ela tivesse contratado alguém para ajudá-la a me encontrar? Afinal, eu tinha feito a mesma coisa. Mas eu não havia entrado em um motor home e dirigido para o outro lado do país para bater à porta dela.

O que me trouxe mais um questionamento: por que eu não tinha feito isso, porra?

Eu não tenho colhões.

Sou um covarde do caralho.

Luca tem mais colhões do que eu.

Merda. Caralho. POOOOORRA.

Se eu quisesse ter a chance de conseguir entender alguma coisa, precisava de café. Então, fui até a cozinha para preparar. Enquanto estava em infusão, olhei pelas janelas. As cercas altas que rodeavam a propriedade bloqueavam a vista da rua, então não conseguia ver o restante do quarteirão. Aquilo havia sido uma das coisas que primeiro me atraiu nessa casa — privacidade.

Quando o café ficou pronto, liguei para Julian para receber alguma atualização. Ele atendeu no primeiro toque.

— Ainda está tudo quieto no motor home da doideira.

Eu teria achado graça daquela merda se não estivesse tão apreensivo.

— Então, eles estão apenas estacionados aí? O que vão fazer, acampar no meu quarteirão?

— Não faço ideia. Mas do jeito que a polícia patrulha essa vizinhança chique, tenho certeza de que irão ser expulsos rapidinho. O sol mal nasceu. Os policiais estão pegando seus donuts e cafés, então devem chegar aqui em breve.

Ele estava brincando, mas também não estava errado. A minha área tinha sua parcela de celebridades. A polícia realmente impunha as regras de *não malandragem* pela cidade. O que significava que o que quer que ela estivesse fazendo aqui não ia fazer por mais muito tempo.

— Me avise se alguma coisa mudar nesse meio-tempo. Mas sairei em alguns minutos.

— Você vai sair? Quer que eu cuide disso para você?

— Acho que não. Isso é algo do qual eu mesmo tenho que cuidar.

— Tudo bem. Estou aqui, se precisar de mim. Vou ficar de olho de onde estou no fim do quarteirão.

— Obrigado, Julian.

Desliguei, joguei meu celular sobre a mesa e tomei o resto de café da minha caneca. Quando abri a porta da frente, o ar frio da manhã me atingiu. Eu estava usando somente uma calça de moletom, então peguei um roupão de banho que estava pendurado em um cabide e calcei um par de chinelos. Eu parecia James Gandolfini, de *Família Soprano*, prestes a ir pegar o jornal da manhã e acenar para o FBI. Esperava mesmo que não surgisse um carro cheio de adolescentes passando por ali enquanto eu descia a rua.

Quando cheguei à entrada de carros, um guarda estava sentado em um pequeno banco próximo aos portões. Acenei.

— Oi, Joe.

— Bom dia, Sr. Archer. Está indo a algum lugar?

— Só aqui na rua mesmo.

— Não acho que seja uma boa ideia. Estou de olho em um veículo estranho que estacionou ali há um tempinho. Decidi dar mais quinze minutos e depois ligar para a polícia local para escoltá-lo daqui, se ainda estiver lá. Pode ser algum fã excêntrico ou paparazzo.

A parte do excêntrico *você acertou.*

— Está tudo bem. Não chame a polícia agora. Vou cuidar disso pessoalmente.

— Tem certeza?

— Absoluta.

Joe apertou o botão para abrir os portões e saí para a rua. Como eu esperava, lá estava o motor home estacionado a algumas casas de distância. Eu estava acostumado com empolgação — entrar no palco com um estádio cheio de fãs gritando fazia a adrenalina pulsar. Mas tal sensação nem se comparava à que senti conforme descia a rua.

Dezoito anos.

E tudo levou a esse momento.

Conforme eu me aproximava, vi que não havia ninguém nos bancos dianteiros, nem do motorista nem do passageiro. Havia uma cortina fechada, então eu não conseguia ver o interior do motor home. Parecia que a minha visita seria um ataque surpresa.

Ao chegar à porta, respirei fundo. Aquilo não ajudou em nada a desacelerar minha pulsação.

Luca. Luca. Luca. O que você está aprontando?

Acho que estou prestes a descobrir, minha garota linda e excêntrica.

Meu peito parecia ter um trem descarrilhado dentro dele, e uma fina camada de suor formou-se na minha testa. Erguendo a mão para bater, eu mal conseguia fazê-la parar de tremer. Deus, eu estava um desastre. Não conseguia me lembrar da última vez que meus nervos me abalaram dessa maneira. Mas aquilo não era nada comparado ao que senti quando a porta se abriu.

Meu coração quase parou quando a vi diante de mim. Seus olhos lindos e enormes pareciam estar enxergando a minha alma, fazendo-me esquecer completamente do que dizer. Tive que pensar rapidamente e optei por não desmascará-la ainda. Eu queria ver até que ponto isso iria se eu não esclarecesse as coisas de imediato — ou seja, queria saber se ela sabia que "Cole" era *eu*.

— Você sabe que é ilegal estacionar aqui, não é? — eu disse finalmente.

Ela engoliu em seco e forçou as palavras a saírem.

— Quem é você?

Mesmo que eu não pudesse ter cem por cento de certeza de que ela sabia que era *eu*, suspeitei, baseando-me em seu estado aparentemente nervoso, que ela sabia.

— Sou Cole Archer. — Apontei para atrás de mim. — A minha propriedade fica logo ali.

Seus olhos pareciam examinar cada centímetro do meu rosto.

— Oh.

Linda, linda Luca.

Uau.

É você mesmo.

Eu queria puxá-la para os meus braços e devorar seus lábios voluptuosos, engolir todo aquele nervosismo. Ao invés disso, eu falei:

— Você deveria retirar o seu veículo daqui antes que alguém chame a polícia.

Ela sacudiu a cabeça.

— Ah, sim... claro. Podemos fazer isso.

— Já estamos indo — o coroa declarou, saltando do lugar onde estava nos fundos. Eu nem o havia notado ali até ele falar.

Ele transferiu-se para o banco do motorista.

Eu só disse que saíssem dali como uma desculpa para vir até aqui. Não queria que eles, *de fato*, fossem embora, porque e depois? Eu poderia perdê-la de vista.

Antes que ele ligasse a ignição, ergui a mão para impedi-lo.

— Espere.

Ele olhou para mim, esperando que eu continuasse.

Pense.

— Eu... acho que não há problema no que estão fazendo, somente estacionados aqui. Não posso garantir que outra pessoa não vá chamar a polícia, mas, por mim, tudo bem. Podem ficar pelo tempo que quiserem.

Luca soltou uma lufada de ar de alívio.

— Obrigada. Ficamos muito gratos mesmo.

— Sem problemas. — Nossos olhos estavam grudados um no outro conforme assenti. — Muito bem, então.

Virei e segui de volta em direção à minha casa, balançando a cabeça diante dessa situação.

Embora eu quisesse tanto tomá-la nos meus braços e contar que eu sabia quem ela era, era mais fácil falar do que fazer. Também estava esperando que ela confessasse, mas ela não fez isso. Por mais que agora eu estivesse quase completamente certo de que ela sabia quem eu era, baseado na maneira como olhou para mim, eu também não podia ter cem por cento de certeza ainda.

Eu tinha muitas dúvidas. Será que talvez ela tenha me reconhecido por ser Cole Archer, e não por saber que, na verdade, sou *eu*? Isso explicaria sua reação? Ela ainda estava procurando pelo Griffin? Ou, pior ainda, ela descobriu que eu era Cole e então decidiu que queria se aproveitar de mim, assim como todo mundo? Isso não parecia do feitio de Luca, mas, sendo sincero, essa viagem na qual ela embarcou também não. Eu estava confuso pra cacete. Parecia que o único jeito para que eu descobrisse se ela me queria por mim era continuando essa brincadeira por mais um tempinho. Se eu contasse a ela a verdade tão cedo, poderia nunca saber realmente suas verdadeiras intenções.

Passei o resto daquela tarde olhando para o motor home estacionado à distância pela janela. Fiz algumas ligações para garantir que a polícia não os removesse dali. Eu não conseguia entender por que ela havia percorrido todo aquele caminho até a Califórnia se não planejava me contar quem era. Mas eu havia estragado completamente a minha oportunidade de esclarecer tudo.

Se eu conhecia bem Luca, ela devia estar questionando tudo, cheia de dúvidas, sem saber como lidar com isso, assim como eu. Eu precisava atraí-la para fora do motor home, fazer com que fosse mais fácil ela se abrir para mim. De jeito nenhum eu a deixaria ir embora da Califórnia antes de me explicar apropriadamente.

Jesus. Ela tinha vindo até aqui, apesar de sua agorafobia. Isso era a mais pura evidência do quanto ela precisava descobrir a verdade.

Eu tinha que voltar lá fora antes que ela tomasse uma decisão precipitada e fosse embora. E seria bom se, dessa vez, eu fosse sem um roupão de banho.

Após trocar o roupão por uma camiseta decente, passei mais uma vez pelo meu — muito confuso — guarda e desci a rua em direção ao local onde o motor home estava estacionado. Ela nunca concordaria em ir a qualquer lugar público comigo e, diante dos seus problemas, eu não a faria viver o inferno que é lidar com paparazzi. Mas eu precisava ficar a sós com ela, talvez até me divertir um pouco antes de colocar tudo em pratos limpos.

Só havia um jeito de lidar com essa situação desastrosa: improvisando.

Bati à porta do motor home e esperei.

Luca a abriu, parecendo agitada novamente.

Acenei.

— Oi. Sou eu de novo.

Ela soltou uma lufada de ar.

— Você de novo...

— Só queria me desculpar se fui inoportuno ao bater à sua porta mais cedo.

— Ah... hã... não, de jeito nenhum.

— O que os traz a essa vizinhança?

Ela olhou para o amigo antes de responder.

— Nós estamos fazendo uma viagem pela estrada. Esse pareceu ser um lugar legal e seguro para estacionar.

— Me desculpe, fui tão mal-educado mais cedo que nem ao menos perguntei o seu nome.

— Meu nome? Meu nome é... — Ela hesitou, e então olhou rapidamente para a esquerda. — Mirada. E esse é meu amigo Chester.

— Mirada... — repeti.

— Sim.

— Bom, muito prazer em conhecê-los. Bem-vindos à Califórnia. Eu sou o Cole.

Estendi minha mão, e ela a aceitou. Tocá-la pela primeira vez foi eletrizante.

— Prazer em conhecê-lo, Cole.

— Quais são os seus planos enquanto estiver aqui? — perguntei.

— Não posso dizer que tenho algum. Só estamos indo para onde o vento nos levar.

Ou o ar quente...

Eu precisava levar essa loucura adiante.

— Será que você tem tempo para jantar comigo hoje à noite?

Luca não disse nada, mas o senhor respondeu por ela.

— Ela adoraria.

Ela virou-se para ele.

— Eu adoraria?

— Sim, você adoraria.

Ela olhou para mim novamente.

— Acho que eu adoraria.

— Maravilha, então. Pode ser por volta das seis? Darei o seu nome ao meu guarda... *Mirada*. Ele vai te deixar entrar.

Ela forçou uma satisfação.

— Ótimo. Obrigada. Estou ansiosa por isso.

Eu sabia que ela provavelmente estava morrendo por dentro. Odiava isso, mas tinha que ser feito.

Enquanto voltava para minha casa, tudo em que conseguia pensar era no quão ridícula era essa situação; e eu não tinha muito tempo para descobrir como raios eu iria lidar com ela.

Capítulo 13
Luca

— Mirada? Mirada! Eu não podia ter inventado nada melhor do que o nome da marca do motor home que estamos dirigindo?

— Essa foi mesmo uma escolha interessante. — Doc deu risada.

— Eu surtei e meu olhar bateu no painel, e foi o que acabou saindo.

— Tenho que dizer que fiquei muito curioso para ver como você ia lidar com essa situação.

— Eu não lidei com nada. Arrumei uma enorme confusão para mim. A propósito, muito obrigada por ter aceitado a oferta dele para jantar. Teria sido legal eu ter uma escolha.

— Você não tem escolha, Luca. Precisa dançar conforme a música.

— Nunca pensei que a *música* acabaria sendo no sentido literal. — Suspirei. — Sério, como vou lidar com isso, Doc? Ele vai pensar que sou uma pirada por tê-lo seguido até aqui e mentido sobre a minha identidade.

— Você não foi a única que mentiu. A dele foi uma mentira por omissão.

— Vou mesmo fazer isso? Jantar com ele?

— Sim.

— O que eu digo?

— Ele está te dando a chance de dizer qualquer coisa que queira. O fato de ele ter voltado aqui e te convidado para a casa dele tira de você o trabalho de ter que descobrir como ficar a sós com ele. Ele te entregou essa oportunidade em uma bandeja de prata. Agora, é você quem decide o que fazer com ela.

Uma hora depois, eu estava usando a única roupa bonita que havia trazido na mala: um vestido vermelho tubinho simples. Eu não tinha exatamente planejado ir jantar com uma celebridade em sua mansão chique quando estivesse aqui procurando por Griffin. E eu com certeza não esperava que *Griffin* seria a tal celebridade.

Com as pernas bambas, segui até a casa enorme.

Falei com o guarda.

— Oi... — *Jesus, quase esqueci meu nome falso.* — Meu nome é Mirada. Estou aqui para ver Cole Archer.

— Sim. Ele a está esperando. — Ele me direcionou à entrada.

Conforme seguia para a porta, me perguntei o que "Cole" poderia querer comigo, afinal de contas. Griffin não sabia a minha identidade. Ele achava que estava convidando uma mulher aleatória para jantar. Será que ele fazia isso o tempo todo? Ele se sentia atraído por mim? Ou estava apenas sendo hospitaleiro? Eu não conseguia compreender por que ele havia me convidado.

Antes que eu pudesse ponderar demais, a gigantesca porta de madeira se abriu para o interior da casa estilo hispano-americana. Uma mulher baixinha usando uniforme de empregada me fez um aceno com a cabeça ao me deixar entrar.

Griffin não estava em lugar algum. Meus saltos ecoavam no piso de mármore enquanto eu olhava em volta da antessala impressionante. Alguns discos de vinil emoldurados adornavam as paredes. Definitivamente, era assim que eu imaginava a casa de um rockstar.

Tudo que eu conseguia pensar agora era "Estou tão orgulhosa de você, Griffin".

A voz dele me sobressaltou.

— A gravadora manda esses discos para mim. Achei melhor pendurá-los. Não sou um egomaníaco nem nada disso. Juro.

— Eu não estava pensando isso. Você deveria se orgulhar. Fez um ótimo trabalho.

Quando me virei para olhar para ele, notei que havia se trocado e vestido uma calça preta elegante e uma camiseta cinza justa. Seus cabelos estavam úmidos. Ele era gostoso pra caralho. Eu não conseguia acreditar que aquele era o meu Griffin.

— Depende de como você define *ótimo trabalho*. Eu definitivamente acumulei riqueza e consegui impressionar certa porcentagem de pessoas com a minha música. Mas pode ser difícil, às vezes. Essa vida pode ser bem solitária.

Aquilo me deixou de coração apertado.

— É. Posso imaginar.

— Posso te oferecer algo para beber, Mirada?

— Sim. Pode ser qualquer coisa.

— Tenho um bar maior do que o de um pub irlandês. O que você prefere?

— Uma taça de vinho seria bom.

Griffin me conduziu para a sala de estar enorme. Toda a mobília era branca. Eu sabia que, de algum jeito, eu iria sujá-la antes de ir embora. Ele seguiu até o bar em um dos cantos do cômodo e serviu minha bebida. Retornou e me entregou uma grande taça de vinho.

— Desculpe... o jantar está um pouco atrasado. Meu chef está de folga esta noite, e eu não queria te envenenar ao cozinhar eu mesmo, então pedi em um restaurante. Espero que esteja tudo bem.

— Parece delicioso.

— Você ainda nem sabe o que é.

— Verdade. Mas tenho certeza de que vai ser bom.

— Parece que você confia cegamente em mim, não é?

O que ele acabou de dizer?

Confiar cegamente?

Ele deve ter simplesmente usado o termo para se expressar. Era melhor não tentar interpretar demais.

Limpei a garganta.

— É, parece.

Ele bateu palmas.

— Então... jantar. Espero que você goste de vieiras enroladas com bacon. Escolhi isso como aperitivo. E carne de porco assada ao alho com tomilho como prato principal.

Carne de porco? Ele está de sacanagem?

Engoli em seco.

— Parece delicioso.

Ele estreitou os olhos para mim.

— Você me parece tão familiar. Tem certeza de que não nos conhecemos antes?

Enrolando meu cabelo, nervosa, dei risada.

— O que você acha que sou, uma groupie?

— Rá! Não, não, não. Eu só senti uma familiaridade desde o instante em que te vi. — Seus olhos queimaram nos meus.

Eu estava seriamente começando a queimar por dentro diante da intensidade do seu olhar.

É possível que ele saiba que sou eu? Como?

Meu plano era contar a verdade a ele, mas, quanto mais essa brincadeira continuava, mais difícil era confessar, por alguma razão. Eu ficava esperando pela deixa perfeita para fazer isso, mas parecia nunca chegar. Sem contar que seu olhar penetrante meio que me deixava sem fala.

— Quem é o homem com quem você está viajando? — ele perguntou.

— Ele é um amigo próximo.

— Então, não está rolando nada entre vocês?

— Meu Deus, não. Ele é só meu companheiro de viagem. Eu não viajo sozinha.

— Ah. Saquei. É, viajar sozinho é para pássaros.

Pássaros.

— Sim.

Ele sorriu.

— Então, você me reconheceu? Não parece que foi esse o caso.

Meu coração batia com tanta força que parecia prestes a sair do peito.

— Você quer dizer... se eu sabia que você era... Cole Archer?

Griffin inclinou a cabeça para o lado.

— O que mais poderia ser?

Soltei um suspiro de alívio.

— Sim, eu sabia quem você era.

— Que droga. Eu meio que estava torcendo para que você não soubesse.

Olhei bem no fundo dos seus olhos.

— Deve ser uma loucura, não é? Ser você?

— Sim, mas em que sentido você quer dizer, exatamente?

— Todos?

Ele ficou simplesmente olhando para mim antes de responder.

— Às vezes, eu queria poder me esconder na minha casa e nunca sair.

Isso me parece familiar.

As batidas do meu coração aceleraram.

Ele continuou.

— Sinto inveja de pessoas que não são reconhecidas em todo lugar que vão.

— Posso imaginar.

— O que você faz, Mirada?

O que eu faço?

— Eu... um pouco de tudo. Estou meio que entre carreiras no momento.

— Por que está escondendo isso? Se eu posso ser franco com você, com certeza você também pode. Você por acaso... escreve pornografia ou algo assim?

— Não, nada disso.

— Que pena. — Ele piscou.

De repente, a empregada conduziu um monte de pessoas pela sala de estar para a sala de jantar adjacente.

— Ah. O jantar chegou — Griffin anunciou.

Coloquei minha taça de vinho em uma mesinha de centro e o segui até a área de jantar. Um grupo completo de funcionários estava pondo a mesa grandiosa. Um deles carregava uma bandeja de prata gigante.

— Isso parece uma refeição apropriada para um rei — eu disse.

Quando o homem retirou a tampa da bandeja, meu estômago gelou. Não era só carne de porco, mas um porco inteiro, ainda com a cabeça. Desviei o olhar. Não podia aguentar aquilo. Era como ver Hortencia queimada e exposta em seu funeral.

Os olhos de Griffin praticamente saltaram das órbitas. Sua postura tranquila havia desaparecido. Ele virou-se para o homem.

— Que porra é essa? Pedi carne de porco, não o animal inteiro. Que diabos você trouxe para dentro da minha casa? É perturbador. Por favor, cubra isso e leve de volta.

O homem fez o que ele disse apressadamente, mas perguntou:

— O que o senhor pensou que carne de porco fosse?

— Entendo o que quer dizer, mas não preciso ver o meu jantar me olhando de volta. — Ele olhou para mim. — Claramente você pode ver que a minha convidada está extremamente chateada.

Eu estava tremendo. Honestamente, eu nem sabia mais o que dizer.

Depois que o cômodo esvaziou, Griffin veio com pressa até mim.

— Você está bem?

— Aquilo foi... inesperado.

— Merda. Eu só quis me divertir um pouco pedindo a carne de porco. Eu sabia que você não comeria. Nunca faria isso com você de propósito. Sei o quanto ela é importante para você.

Espere.

O quê?

O que está acontecendo?

Ele pousou as mãos no meu rosto.

— Você parece estar prestes a chorar. Eu ferrei tudo. Eu nunca ia querer te fazer mal desse jeito. Você é importante pra caralho para mim. — Ele me empurrou até minhas costas estarem contra a parede, pressionando seu corpo rígido contra o meu. — Luca... minha linda Luca.

Minha voz estava trêmula.

— Griffin?

— Como você me encontrou, minha garota impulsiva? — Ele sacudiu a cabeça. — Deixa para lá. Não responda isso ainda.

Ele se inclinou e esmagou os lábios nos meus, beijando-me com tanta vontade que eu praticamente vi estrelas. Meu corpo inteiro pareceu flutuar conforme eu me derretia contra ele, nossas línguas colidindo em um frenesi molhado e delicioso conforme compensávamos os anos de beijos perdidos.

— Caralho, Luca, você tem um gosto tão bom — ele murmurou nos meus lábios. — Parece que passei a vida toda esperando por isso.

Correndo meus dedos por seus cabelos lustrosos, não conseguia evitar os sons que saíam da minha boca. Ninguém nunca havia me beijado da maneira que Griffin Marchese estava fazendo naquele momento. Inspirá-lo assim de perto era tudo que sempre sonhei.

Nosso beijo foi interrompido quando a empregada entrou carregando três caixas grandes de pizza.

Sentindo-me como um animal no cio, ofeguei e perguntei:

— O que é isso?

— Nosso jantar de verdade. Pizza de abacaxi. A sua favorita.

Um sentimento nostálgico me aqueceu.

— Você se lembrou.

— Como eu poderia esquecer? Eu me lembro de tudo, Luca.

— Me diga no que está pensando agora.

Pisquei algumas vezes e minha visão voltou a ter foco. Estava encarando uma fatia de pizza de abacaxi e, quando ergui o olhar, encontrei Griffin me observando. Eu o tinha ouvido falar alguma coisa, mas as palavras pareciam ter entrado por um ouvido e saído pelo outro.

— Me desculpe. O que você disse?

Ele se levantou. Estávamos sentados de frente um para o outro à mesa da sala de jantar. O dia havia sido surreal — desde descobrir que Griffin era Cole Archer, a vê-lo pela primeira vez depois de todos esses anos, àquele beijo. *Aquele beijo.*

Griffin estendeu a mão.

— Venha. Você está com muita coisa na cabeça para conseguir comer agora. Que tal irmos para a sala de estar e conversarmos?

Assenti e coloquei a mão na sua. Ele me conduziu até o sofá enorme e, quando sentei, ele se ajoelhou diante de mim e tirou meus sapatos de salto, um de cada vez.

— Estou tirando os seus sapatos para que você fique confortável, mas também tenho segundas intenções. Vou pegar mais vinho para nós na cozinha, e vou levar um deles comigo para você não sair correndo pela porta durante os dois minutos em que eu não estiver aqui.

Pensei que ele estava brincando, mas realmente levou um dos meus sapatos. Ele retornou alguns minutos depois, carregando duas taças de vinho e meu sapato de salto.

— Cabernet Nottingham Cellars. — Griff me ofereceu uma taça do meu vinho favorito. Estava cheia até a borda. — Não sabia de qual ano você preferia, então comprei alguns. Esse é o de 2014. Qual você costuma comprar?

— Hã. O que estiver mais barato.

— Merda. Usei o critério contrário.

Sorri.

— Está ótimo. Não sou tão aficionada por vinho, então nem ao menos seria capaz de diferenciar um ano de outro.

Griffin sentou-se ao meu lado no sofá e ergueu um joelho, virando-se para ficar de frente para mim. Ele parecia estar completamente à vontade, enquanto eu estava lutando para impedir minhas mãos de tremerem. Eu não queria derramar vinho tinto em sua mobília branca. Ele percebeu e pousou uma mão no meu joelho.

— Relaxe. Não vou te morder. — Um sorriso malicioso adorável repuxou os cantos da sua boca. — A menos que você queira.

Bebi metade da taça de vinho.

Griffin arqueou uma sobrancelha.

— Sente-se melhor?

Sacudi a cabeça.

— Não muito.

Ele tirou a taça da minha mão e a pousou sobre a mesinha de centro, junto com a sua ainda intacta. Então, ele segurou minhas duas mãos nas suas e olhou nos meus olhos.

— Você é ainda mais linda pessoalmente.

Senti o calor preencher minhas bochechas.

— Obrigada. Não acredito que você me reconheceu. Quantos anos eu tinha na única foto que você me viu? Doze?

Griffin olhou para nossas mãos unidas e apertou as minhas.

— Acho que nós dois temos muitas coisas para esclarecer. Então, vou começar logo. Eu não te reconheci por causa da foto que você me mandou quando estávamos no colegial. Eu contratei um investigador particular para te seguir e tirar algumas fotos suas.

Arregalei os olhos.

— Você fez o quê? Quando?

— Há algumas semanas. Ele tirou fotos de você saindo da agência de correios. E depois... ele te seguiu pelo país durante a última semana.

Não saber que havia alguém me vigiando me fez sentir muito violada. Tirei as mãos das dele.

— Por que você faria isso?

Griffin passou as mãos pelos cabelos.

— Eu queria ver como você era.

— Te *pedi* para compartilharmos fotos. Foi você que disse que não queria.

— Eu queria *te* ver. Não queria que você *me* visse. Mas parece que você já sabia quem eu era o tempo todo, então o bobo fui eu, de qualquer jeito.

Franzi o cenho.

— Do que você está falando? Eu só descobri quem você era hoje de manhã.

Ele pareceu realmente confuso.

— Então como acabou chegando no meu bairro?

— Você deixou um recibo do eBay no fundo da caixa de Furbys que me enviou. Nele tinha o endereço de entrega para Marchese Music. Deduzi que era onde você trabalhava.

Griffin sacudiu a cabeça.

— Mas, se você não sabia quem eu era, por que atravessou o país dirigindo para vir até aqui?

O fato de que ele teve que fazer essa pergunta me dizia tanta coisa. Esse homem lindo, com sua casa linda e enorme, pensava que as pessoas somente se atraíam por ele por sua fama e fortuna. Dessa vez, era eu que precisava reassegurá-lo. Estendi a mão e segurei a sua, olhando em seus olhos ao falar.

— Porque eu gostava do garoto que me escrevia cartas anos atrás, mas comecei a me apaixonar pelo homem carinhoso que parecia gostar de quem eu realmente sou, quebrada ou não, e eu precisava ver se, talvez, pudéssemos ter uma chance se enfim nos encontrássemos pessoalmente.

Griffin inclinou-se mais na minha direção. Seus olhos fitavam profundamente os meus, procurando por alguma coisa.

— Você realmente não fazia ideia de quem eu era até hoje de manhã?

Abri um meio-sorriso.

— Odeio machucar o seu ego, Sr. Rockstar, mas não somente não sabia quem você era como também nunca ouvi uma música sua.

Embora eu tivesse acabado de insultá-lo, Griffin sorriu como se a minha resposta tivesse sido a melhor coisa que ele já ouvira. Seus olhos se iluminaram.

— E se você tivesse vindo até aqui e eu fosse um sem-teto, careca e com alguns dentes faltando?

Cobri a boca e dei uma risada.

— Era basicamente isso que eu estava esperando encontrar. Você disse que as escolhas que fez na sua carreira haviam custado mais do que você pôde prever. Então, pensei que talvez você fosse pobre e tivesse vergonha disso.

Griffin pareceu confuso. Ele estreitou os olhos.

— E, ainda assim, você dirigiu quase cinco mil quilômetros?

Dei de ombros.

— Eu gosto de você por quem é. Estava disposta a aceitar qualquer situação que fosse. Mas não me entenda mal. O fato de que você é... — Gesticulei para seu rosto. — Assim... é uma bela surpresa.

Griffin envolveu as partes de trás dos meus joelhos com as mãos e me puxou para mais perto.

— Ah, é? Está dizendo que gosta da minha aparência, linda?

Linda. Eu com certeza gostei daquilo. Tentei não sorrir, mas falhei miseravelmente.

— Acho que não é tão difícil assim olhar para você.

Ele pousou a palma na minha bochecha.

— É mesmo? Bem, você também não é nada mal. — Seus olhos desceram para os meus lábios, e ele passou o polegar sobre o inferior. — Essa boca carnuda. Passei horas olhando para ela quando era adolescente. Você nem vai querer saber todas as coisas que eu costumava fantasiar em fazer com ela.

Engoli em seco.

— Sim, eu vou.

Os olhos de Griffin escureceram, e ele empurrou o polegar para dentro da minha boca. Sem pensar demais, rolei a língua por ele e fechei os olhos ao chupá-lo com força.

— Porra, Luca.

O retumbar rouco do seu gemido enviou arrepios pela minha pele. De repente, fui erguida de onde estava sentada e puxada para sentar no colo de Griffin. Ele enfiou as mãos nos meus cabelos, grudou os lábios nos meus e sua língua substituiu seu dedo dentro da minha boca. Eu tinha pensado que o nosso primeiro beijo havia sido eletrizante, mas esse me fez sentir como se meu corpo estivesse em curto-circuito. Os lábios dele eram tão macios, mas seu toque era tão firme. Esse era um homem que sabia beijar bem. Eu tinha quase certeza de que passaria horas analisando esse fato mais tarde, mas, naquele momento, não importava como ele tinha ficado tão bom nisso. Só o que importava era que sua língua experiente estava dentro da minha boca, e era como estar no paraíso. Ele me beijou com muita intensidade, com veemência suficiente para me fazer deixá-lo tomar as rédeas e me levar para onde quisesse.

Ouvi um som à distância, mas o rugido do meu sangue pulsando nos ouvidos fazia todo o resto parecer estar tão longe e embaçado. E foi por isso que, a princípio, não percebi que o barulho que ouvi era uma campainha tocando. Até que tocou pela segunda vez.

— É a… — tentei falar com nossos lábios grudados, mas Griffin intensificou ainda mais o beijo.

— Ignore — ele murmurou.

Como eu não estava a fim de parar, fingi que não tinha ouvido. Mas, quando a campainha tocou pela terceira vez, foi Griffin que se afastou.

Ele ficou de pé, cambaleante e ofegante. Tonta diante da mudança repentina no que estava acontecendo, ergui a mão para cobrir meus lábios inchados.

— Pensei que…

Foi aí que ouvi o que havia feito Griffin parar. Infelizmente, foi a voz da única pessoa que eu não podia ignorar.

Doc.

128   CARTAS INDECENTES

Capítulo 14
Griffin

— Onde está Luca? — O senhor passou por mim como se eu não existisse.

Fechei a porta e limpei a garganta.

— Ela está na sala de...

Luca entrou cambaleando na cozinha, agitada. Seus lábios estavam inchados, e seus cabelos, uma bagunça desordenada. Não tinha certeza se ela estava surtando por causa do nosso beijo ou por estar preocupada com o coroa. Ela parecia em pânico.

— Doc? Qual é o problema? Está tudo bem?

Ele foi direto até ela e colocou as duas mãos nos seus ombros.

— Você está bem? Não me mandou mensagem, como deveria.

Luca soltou um suspiro de alívio.

— Droga. Me desculpe, Doc. Griffin e eu... nós começamos a... nós nos distraímos, e acabei me esquecendo de que deveria te avisar que eu estava bem.

Doc a olhou de cima a baixo minunciosamente, depois me lançou um olhar suspeito antes de voltar para ela.

— Tem certeza de que está tudo bem?

— Sim. Eu estou bem. O Griffin... ele sabe quem eu sou agora.

A testa de Doc suavizou.

— Ah. Ok. Bem, fico feliz por ouvir isso. Eu estava preocupado com você. Não quis me intrometer.

Eu sabia que ele era importante para ela, então estendi a mão.

— Griffin Marchese. Às vezes conhecido como Cole Archer, Dr. Maxwell. Ouvi muitas coisas sobre você.

O bom doutor ficou mais caloroso.

— Me chame de Chester, por favor.

Só então percebi que o segurança não havia ligado para me avisar que estavam deixando alguém entrar na minha casa.

— Você entrou pelo portão, Chester?

Ele negou com a cabeça.

— Escalei a cerca que fica na extremidade da propriedade.

Arregalei os olhos. Minha cerca tinha mais de dois metros de altura.

— Você... escalou a cerca?

— Luca não estava atendendo ao telefone, e fiquei preocupado.

Comecei a rir ao imaginar esse senhor de setenta anos escalando uma cerca gigante para salvar sua paciente. Esses dois formavam um time e tanto.

Luca sorriu calorosamente para ele.

— Sinto muito por tê-lo preocupado, Doc.

Ele ergueu uma mão.

— Não precisa se desculpar. Eu só queria me certificar de que você estava bem. Vou deixar vocês dois sozinhos, então.

Não havia absolutamente nada que eu quisesse mais do que ficar sozinho com Luca, continuar exatamente de onde paramos. Mas, quando olhei para ela e vi o lindo sorriso que adornava sua boca transformar-se em um rosto franzido, a maior estupidez do mundo saiu da minha boca.

— Não. Fique. Por que não se junta a nós para jantar?

— Então, quanto tempo vocês pretendem ficar na Califórnia?

Luca suspirou, e eu soube antes que ela falasse que não ia gostar da resposta.

— Temos que voltar para a estrada depois de amanhã.

Senti um peso se instalar no meu peito.

— Por que tão cedo?

— São quase cinco mil quilômetros. Demoramos um pouco mais do que o planejado para chegar aqui, e precisamos de seis dias para voltar. Se eu ficar ao volante durante muitas horas por dia, começo a devanear e esqueço que estou dirigindo. Perdi metade do Colorando criando o roteiro do meu próximo livro na cabeça. Não é exatamente muito seguro.

— E se eu conseguir alguém que despache o motor home de volta e vocês pegarem um avião? Posso reservar um voo particular.

Luca abriu um sorriso triste.

— É muito generoso da sua parte. Mas eu... não entro em aviões. — Ela olhou para baixo. — Ou em trens ou ônibus. Eu nem ao menos vou ao mercado como uma pessoa normal, Griffin.

Doc manifestou-se:

— Mas ela se saiu muito bem na loja de animais semana passada.

Luca sacudiu a cabeça.

— A minha vida é... complicada.

Doc olhou para mim.

— Sim, a vida de Luca é complicada. Mas suspeito que a vida de Griffin também seja. Onde há uma vontade, há um jeito.

Era fácil esquecer dos problemas de Luca ao olhar para ela. Porra, era fácil me esquecer de tudo quando eu olhava para seu rosto lindo. Mas Doc tinha razão; a minha vida era tão complicada quanto a dela, talvez até mais — só que de maneiras diferentes. Encarei Luca — tínhamos apenas um dia e meio, e eu não queria desperdiçar um minuto do nosso tempo juntos.

— Doc, tenho uma pequena casa da piscina nos fundos da propriedade. Tem um quarto e uma cozinha. Que tal você ficar por lá durante as próximas duas noites? Tenho certeza de que as camas naquele motor home não devem ser muito confortáveis. Podemos colocá-lo na minha garagem para que fique seguro, e você pode ter privacidade.

Doc pareceu hesitante em aceitar minha oferta. Então, contei uma leve mentirinha que eu sabia que deixaria as coisas a meu favor.

— Há pássaros incríveis por lá. Acabei de instalar um comedouro novo, então aposto que parecerá um aviário assim que o sol nascer.

Os olhos de Doc se iluminaram.

— Você viu o towhee manchado? Ouvi falar que ele é deslumbrante.

O... o quê?

— Claro, claro. Lá tem desses aí também, com certeza.

Doc olhou para Luca. Seu rosto me lembrou um garotinho com o nariz pressionado contra a vitrine da sorveteria enquanto esperava sua mãe dizer que ele podia tomar um sorvete.

Luca sorriu para Doc.

— Parece uma ótima ideia, Doc.

Ele abriu um sorriso radiante.

— Tudo bem. Obrigado pela oferta, Griffin. Mas só se pudermos mesmo colocar o motor home na sua garagem. Não quero Luca dormindo lá sozinha na rua.

Ah, não se preocupe com isso. Eu também não tenho a mínima intenção de deixar Luca dormir naquele motor home.

— Claro. Vamos cuidar disso agora, e depois eu te mostro a casa da piscina.

Nós três seguimos para o lado de fora, e Doc saiu pela porta da frente primeiro. Estendi a mão para que Luca passasse antes de mim, mas ela parou, virou-se para me olhar e ficou nas pontas dos pés para sussurrar no meu ouvido:

— É melhor você arranjar um jeito de fazer pássaros aparecem por lá pela manhã, *mentiroso*.

Cole: Preciso que você me faça um favor.

Aiden: O que precisar, chefe.

Cole: Encontre uma Home Depot 24 horas e compre uma dúzia de comedouros de pássaros e sementes. Pendure tudo em volta da minha casa da piscina antes do sol nascer. Preciso que tenha pássaros por lá bem cedo pela manhã. Compre uma dúzia de papagaios na loja de animais, se for preciso.

Aiden: Ok...

Cole: E não acorde o idoso que está dormindo na casa da piscina.

Meu assistente já recebera pedidos muito mais estranhos que esse. Uma das coisas que o fazia ser tão bom em seu trabalho era que ele nunca fazia perguntas. Então, desliguei meu celular, confiante de que Doc ficaria feliz pela manhã, e direcionei a atenção para a mulher que estava ali na minha cozinha.

Sua boca linda formava uma linha.

Caminhei até ela, focado nos seus lábios. Me perguntei se ela se importaria se eu os mordesse. Mas Luca ergueu uma mão e a pressionou no meu peito, impedindo-me de descobrir.

— Eu não vou dormir com você.

Ergui uma sobrancelha.

— Nunca?

— Não esta noite.

Assenti, divertido.

— Ok. Amanhã à noite, então.

— Não foi isso que eu quis dizer.

Ela ainda estava com a palma no meu peito, então testei as águas ao me aproximar mais um pouquinho. Ela não me impediu, então me inclinei e enterrei o rosto no seu pescoço, beijando um caminho pela linha do seu pulso até a orelha para sussurrar:

— Está dizendo que não se sente atraída por mim, Luca? É uma pena, porque eu me sinto *muito* atraído por você.

Ela balançou a cabeça.

— Eu... me sinto, sim. Muito. Mas... — Suas palavras esvaneceram. Eu não tinha dúvidas de que poderia convencê-la a mudar sua decisão, se me empenhasse. No entanto, Luca significava muito mais para mim do que somente uma foda rápida.

Afastei-me para olhar para ela e segurei seu rosto entre as mãos.

— Respeito isso, Luca. Eu estaria mentindo se dissesse que a ideia de me enterrar em você não seria um sonho se tornando realidade. Mas eu nunca te pediria que fizesse qualquer coisa que não quisesse fazer.

Ela pareceu genuinamente aliviada.

— Eu só estou com medo. Conhecer você foi um passo tão grande, e não quero ficar ainda mais apegada do que já estou.

Ouvi-la dizer aquilo foi uma decepção maior do que sua declaração de que não faria sexo comigo ainda. Fazia apenas algumas horas que ela estava na minha casa, mas eu tinha certeza de que já estava mais apegado a ela do que às minhas necessidades sexuais.

— Que tal relaxarmos um pouco? Tenho mais de um quarto de hóspedes para quando quiser ir dormir. Não sei você, mas não estou nem um pouco pronto para parar de conversar com você.

Ela sorriu.

— Sim. Isso seria perfeito.

Na sala de estar, acendi a lareira e enchi nossas taças de vinho que haviam sido abandonadas mais cedo. Luca puxou os pés para o sofá, dobrando as pernas para acomodá-los sob o corpo.

— Posso te perguntar uma coisa?

— Qualquer coisa. — Tomei um gole de vinho.

— Por que você não queria me contar?

Sacudi a cabeça.

— Não sei. Acho que eu simplesmente gostava de nós sendo nós. Eu tinha medo de que as coisas mudassem se você descobrisse a verdade.

— Alguém em quem você confiou fez isso com você? Mudou por causa da sua fama?

Eu não estava surpreso por ela ter acertado em cheio. Luca era capaz de me interpretar melhor do que qualquer pessoa, mesmo sem nunca termos nos encontrado antes. Agora que ela estava sentada diante de mim, eu nem ao menos precisava dizer a resposta em voz alta. Ela viu minha expressão e falou novamente antes que eu fizesse isso.

— Sinto muito por terem feito isso com você. Que droga.

Como tínhamos um tempo limitado para ficarmos juntos, eu não queria focar nas merdas negativas que tinham acontecido na minha vida, então dei a versão resumida.

— Amigos que eu pensava que eram de verdade acabaram demonstrando não serem. E mulheres… bem, elas queriam estar comigo porque sou Cole Archer, não por quem eu realmente sou. Se é que isso faz sentido.

Ela assentiu.

— Faz, sim. Sabe, o engraçado é que ser famoso é provavelmente o pior atributo em um homem para mim. Não frequento multidões e lugares cheios, e pelas poucas coisas que vi na internet hoje, a sua vida é feita de multidões e lugares cheios.

— É, eu acho… às vezes, pelo menos. Mas, durante as últimas semanas, tenho somente frequentado o estúdio para gravar, então tem sido bem quieto. Sendo honesto, eu amo a música, mas as multidões e a fama perderam a graça bem rápido. Nunca tinha apreciado o anonimato, até não tê-lo mais. As coisas podem ficar insanas nesse ramo.

— Tipo o quê? Me conte a coisa mais louca que já aconteceu com você.

Pensei no assunto. Eu tinha histórias suficientes para escrever uma dúzia de livros, mas uma em particular me veio logo à mente.

— Uma vez, cheguei em casa e encontrei uma mulher fazendo o jantar para mim completamente pelada na minha cozinha.

As sobrancelhas de Luca franziram.

— Eu pensaria que um homem ficaria feliz por encontrar a namorada cozinhando nua, não que era uma loucura.

— Ela não era minha namorada. Eu nunca tinha visto aquela mulher na vida. Ela invadiu a minha casa e agiu como se me conhecesse, me chamado de *querido* e tudo. Parecia que eu estava no seriado *The Twilight Zone*. Ela tinha meu nome tatuado sobre o coração e tinha mudado legalmente seu sobrenome para Archer. Na cabeça dela, nós éramos casados.

Luca arregalou os olhos.

— Ai, meu Deus. Que assustador. Ela foi para a cadeia?

Neguei com a cabeça.

— Não. Concordei em retirar a queixa com a condição de que ela fizesse tratamento psiquiátrico. Ela obviamente não estava bem. Mas, depois disso, contratei os seguranças que ficam no meu portão vinte e quatro horas por dia, sete dias por semana. Eu precisava disso, mesmo. Uma semana depois da Sra. Archer ser presa, um daqueles ônibus de turismo que buscam celebridades me adicionou como parada em seu itinerário, e agora sempre tem pessoas tentando entrar na minha propriedade.

— Como eles podem fazer isso? E a sua privacidade?

Dei de ombros.

— Eu troquei a privacidade pela fama, Luca.

— Que merda. Posso entender as pessoas quererem autógrafos e tentarem tirar fotos com você quando está andando por aí. Mas a sua casa... deveria ser o seu santuário.

— É. O público meio que esquece que sou uma pessoa de verdade.

Os ombros dela caíram.

— E eu fiz a mesma coisa com você, não foi? Apareci aqui em um motor home sem ter sido convidada. Na verdade, você me disse especificamente que nem ao menos queria compartilhar fotos.

— Isso é diferente. Fico feliz que tenha tomado essa iniciativa por nós, Luca. De verdade. Isso precisava ser feito. Mas espero que possa entender por que fiquei hesitante a princípio. As pessoas não vêm aqui para ver o Griffin. Elas vêm para ver o Cole.

— Mas eu nem sabia que você era o Cole até fazer essa viagem.

— Eu sei disso agora. E peço desculpas por ter duvidado de você.

— Me desculpe por ter te forçado a sair da sua zona de conforto. Deus sabe que odeio sair da minha.

Meus olhos percorreram seu rosto.

— Obrigado por vir até aqui. Sei que não deve ter sido fácil.

Ela assentiu.

Luca ficou em silêncio por um longo tempo depois disso. Ela ficou encarando seu vinho, parecendo perdida em pensamentos. Após um minuto, deslizei o dedo sob seu queixo e ergui seu rosto.

— Se temos somente um dia e meio, você vai ter que me dizer o que está se passando na sua cabeça. Por mais que eu fosse adorar poder entrar nessa sua mente e tentar entender como funciona, acho que não temos esse luxo.

Ela assentiu.

— Eu só estava pensando que... deve ter muitas mulheres se jogando em você o tempo todo.

Não fazia sentido mentir. Tudo que ela precisava era fazer uma pesquisa no Google para encontrar mulheres me mostrando os peitos na primeira fila de quase qualquer um dos meus shows. E, no começo de tudo, eu aproveitei bastante. Os paparazzi capturaram mais caminhadas da vergonha saindo do meu camarim do que eu gostaria de me lembrar. Eu não tinha orgulho do homem que fui no início, mas aprendi a lição.

— Não vou ficar aqui e te dizer que sou virgem, mas essas mulheres não estão se jogando em Griffin Marchese. Elas estão se jogando em Cole Archer... um homem que nem existe de verdade.

— Você já teve alguma namorada séria?

Cerrei a mandíbula.

— Achei que tive, mas, no fim das contas, não tive. Haley morou comigo por cerca de três meses. Ela era aspirante a cantora. Durante minha última turnê, decidi fazer uma surpresa para ela e vir para casa entre shows, em uma visita não programada. Eu a encontrei na cama com o meu agente de quarenta e cinco anos.

— Uau. Eu sinto muito. Isso é horrível.

— Sim. Foi só o pontapé para depois eu descobrir um monte de merdas sinistras sobre as pessoas que eu achei que se importavam comigo.

Essa conversa havia tomado um rumo bem depressivo. Lembrei-me de que tínhamos pouquíssimo tempo juntos; o relógio estava correndo. Cocei a barba por fazer no meu queixo.

— Tenho uma ideia. Você se lembra daquele joguinho que costumávamos fazer quando éramos adolescentes? Aquele em que dizíamos um para o outro algumas verdades e mentiras e tínhamos que descobrir qual era qual?

Luca abriu um sorriso largo.

— Duas verdades e uma mentira. Como eu poderia esquecer? Como quando você tirou a sua carteira de motorista e ficou se achando o máximo por ir ao drive-thru do McDonald's pela primeira vez, e fez o seu pedido gritando para a lata de lixo.

Gargalhei. Eu tinha me esquecido daquilo. Parecia que Luca, não.

— Sim, esse joguinho. O perdedor tinha que mandar adesivos para o outro, se me lembro corretamente.

— Enchi uma porta inteira do meu closet com adesivos, porque ganhava de você quase sempre.

— Eu deixava você ganhar, convencida — menti.

— Claro que deixava.

— Acho que é hora de uma revanche. Temos somente um dia e meio para nos conhecermos bem de novo. Que outra maneira seria melhor, senão nosso velho jogo?

— Estou dentro. Mas não tenho adesivos comigo, caso haja a chance remota de você acertar alguma coisa.

— Tudo bem. Não vamos competir por adesivos dessa vez.

— Não? Pelo que vamos competir, exatamente, Sr. Quinn?

— Beijos. O vencedor escolhe onde quer beijar.

CARTAS INDECENTES

Capítulo 15
Luca

Pelo visto, não importava quem ganhasse esse joguinho, eu ia sair como vencedora se terminasse com um beijo de Griffin.

Nos acomodamos de maneira confortável no sofá.

— Eu começo — ele disse. — Duas verdades e uma mentira. — Ele esfregou as mãos. — Ok. Uma vez, eu ganhei uma cueca velha do Elton John no eBay. Durante um dos meus primeiros shows, me deu um branco na mente e esqueci a letra de uma das músicas na frente de milhares de pessoas. Por último para sua consideração... não falo com o meu pai há dois anos.

Absorvi as alternativas conforme massageava as têmporas.

— Acho que tem alguma pegadinha aí. A história da cueca parece tão bizarra que é como se *tivesse* que parecer ser a mentira, mas é verdade. Por mais que eu não queira acreditar que você não fala com o seu pai há tanto tempo, baseado no seu relacionamento com ele no passado, acho que isso também é verdade. Então, minha resposta é que você ter esquecido a letra da música é mentira.

Griffin me encarou por alguns segundos antes de imitar o som de uma sirene.

— Eu errei?

— Aham. — Ele riu.

— Droga. Estou perdendo o jeito.

— O que eu ia querer com uma cueca velha do Elton John? Essa era a mentira.

— Sei lá! Parece que você gostava de explorar o eBay antes da sua conta ter sido encerrada, e eu me lembro que você gostava muito dele quando éramos mais novos. Então... fez um pouco de sentido?

— Eu gosto dele. Mas não *tanto* assim!

Enxuguei os olhos, limpando as lágrimas que surgiram de tanto rir, antes de ficar séria novamente ao dizer:

— Ok, então... nossa, Griffin. Faz dois anos que você não fala com o seu pai?

Um franzido adornou sua expressão.

— Sim.

— Por quê?

Ele soltou uma lufada de ar pela boca.

— Bom... você lembra que ele nunca apoiou minhas aspirações musicais enquanto eu crescia, não é? Isso nunca mudou. Foi só quando fiz sucesso que ele começou a reconhecer que talvez eu tivesse tomado a decisão certa. De qualquer forma, a nossa relação sempre foi tensa por causa de como ele tratou a minha mãe antes de ela morrer, mas, mesmo assim, eu ainda tentava manter a paz. Isso acabou quando ele deu uma entrevista para um tabloide britânico por uma grande quantia em dinheiro. O título do artigo era "Pai de Cole Archer Revela Todos os Seus Segredos", ou algum lixo desse tipo. Parei de falar com ele depois disso.

Aquilo partiu meu coração. O pai de Griffin era o único familiar imediato que ele ainda tinha, depois da morte da mãe. Eu me identificava com isso; era horrível ser filha única e não ter quase ninguém. Devia ser um tipo diferente de dor quando um dos seus pais te trai.

— Eu sinto muito mesmo, Griff.

Ele deu de ombros. Dava para ver, pela maneira como cerrou a mandíbula, que falar sobre aquilo o deixou chateado.

— Azar o dele. Talvez algum dia eu supere isso e ligue para ele, mas esse dia ainda não chegou.

Busquei sua mão e a apertei. Até mesmo tocá-lo dessa maneira inocente era absolutamente eletrizante.

— Enfim... — ele disse. — A noite em que esqueci a letra da música foi filmada e está no YouTube. Você pode procurar depois, se quiser a prova. Naquele tempo, a fama tinha me subido à cabeça, e eu pegava muito pesado com bebidas e festas. Aquele show foi a gota d'água. A gravadora ameaçou me expulsar. Procurei recuperar minha compostura bem rápido depois disso. Nunca mais bebi antes de um show.

— Uau. Se você conseguiu se recuperar depois de esquecer a letra diante de milhares de pessoas, pode sobreviver a qualquer coisa. Somente ficar ali na frente de tanta gente seria o meu pior pesadelo, imagine ter que cantar e me lembrar das palavras. — Estremeci diante do pensamento.

— Sua vez, amor. Duas verdades e uma mentira.

Respirei fundo e pensei no que ia falar.

— Ok. Duas verdades e uma mentira. — Fiz uma pausa. — Desenvolvi um medo intenso de aranhas... nunca transei com as luzes acesas, e... meus leitores pensam que sou homem.

Ele arregalou os olhos. E então, uma expressão divertida tomou conta do rosto de Griffin.

— Por que os seus leitores pensam que você é homem?

— Como você sabe que essa é verdade?

— É tão óbvio que o negócio sobre as aranhas é mentira. Qualquer pessoa que mora com um porco deve ter alta tolerância a criaturas de todos os tipos. Além disso, não é possível que você tenha aracnofobia *e* agorafobia.

Dei risada.

— Ok. Você é bom.

— Sim. Eu sou... de *muitas formas*. — Ele piscou.

Sentindo meu corpo esquentar, eu disse:

— Então, meus leitores pensam que sou homem porque meu

pseudônimo é... — Preparei-me. — Ryan Griffin.

Ele absorveu aquilo por um instante.

— Griffin? Ryan... Griffin.

Assenti.

— Nunca mencionei meu pseudônimo para você, e você nunca perguntou, mas são os nossos dois nomes combinados. Bom, meu sobrenome falso e o seu primeiro nome real. Meu sobrenome verdadeiro é Vinetti.

— Vinetti. Italiano, como o seu pai. Adorei.

— Obrigada.

— Então... Ryan Griffin. Isso é muito louco. E é incrível você ter me mantido na sua vida assim. Me sinto honrado. Agora que conhece a minha falsa persona, mal posso esperar para explorar a sua apropriadamente. Me deixa ler os seus livros?

— Não é como se eu pudesse te impedir, se você realmente quiser, agora que sabe o meu pseudônimo.

— É aí que se engana. Se você não quisesse que eu os lesse, eu não violaria a sua confiança de jeito nenhum.

Suspirei.

— Você pode lê-los. Talvez vá pensar que sou ainda mais ferrada do que já pensa... mas pode lê-los.

— Que nada. Isso não é possível — ele provocou. — Mas é sério, eu quero ler todos, um atrás do outro, descobrir o que a mente complexa da minha Luca é capaz de criar. Porra, mal posso esperar, de verdade.

Revirei os olhos e ri.

— Ótimo.

Por mais que a ideia de Griffin ler meus livros me deixasse nervosa, também estava um pouco curiosa para saber o que ele acharia. Eu queria deixá-lo com orgulho de mim, assim como eu tinha dele.

— Então, você nunca transou com as luzes acesas. Isso é fácil de mudar. Mas existe alguma razão específica para isso?

— Bom, a minha primeira vez foi em um carro escuro, e nas outras vezes, eu os fiz desligar as luzes. Simplesmente nunca senti vontade de deixar aqueles caras me verem. Nem sei exatamente por que isso me veio à mente. Acho que não consegui pensar em mais nada assim, de repente.

— Você pensou nisso porque estar perto de mim te faz pensar em sexo. — Ele balançou as sobrancelhas. — Você imaginou nós dois, em plena luz do dia, fodendo contra aquela parede ali. Estou certo?

Engoli em seco.

Bom, antes eu não estava. Mas agora, com certeza, estou imaginando isso!

— Caramba, Luca. Você está ficando vermelha. Isso te deixou excitada, linda?

— Um pouco.

— Só um pouco?

— Talvez um pouco mais que um pouco.

— Porra, você é adorável. — Ele se inclinou e sussurrou no meu ouvido: — Isso me lembra de que preciso pegar o meu prêmio, não é? — O calor do seu hálito me encheu de arrepios.

Estremeci.

— Onde você vai me beijar?

— Bom, não há escolha errada aqui. Eu adoraria beijar qualquer parte sua que você me permitir. Mas como já deixou claro que não iremos avançar esta noite, é melhor eu te perguntar quais são as minhas opções.

Eu queria que ele me beijasse em todos os lugares, mas sabia que abrir muito as "opções" poderia levar a coisas para as quais eu ainda não estava pronta.

— Posso pensar?

— Claro. E se você não quiser que eu te beije de novo esta noite, pode simplesmente me dizer. Posso remarcar a reivindicação do meu prêmio para outro dia, porque eu realmente espero poder te ver de novo. Queria que você pudesse ficar mais que só um dia.

Pensei sobre aquilo. Sinceramente, se eu *pudesse* ficar por mais tempo... o quanto eu ao menos conseguiria me inserir em sua vida aqui? Tinha quase certeza de que a resposta era: nem um pouco.

Ele devia ter notado minha expressão preocupada.

— O que foi, Luca? Fale comigo. Ainda sou o cara para quem você pode contar qualquer coisa, apesar de toda a merda ostensiva que você está vendo aqui em volta agora. Ignore tudo isso e me diga o que está se passando na sua mente.

Após alguns segundos de silêncio, olhei nos olhos dele.

— Como é possível isso dar certo, Griffin?

Ele segurou minha mão.

— Coisas mais loucas já aconteceram. Para começar, estive em um relacionamento com pedaços de papel e palavras durante as últimas semanas. Eram a minha única janela para a sua alma. E, quer saber? Me faziam mais feliz do que estive em muito tempo, mesmo somente com as cartas e nada mais.

— Mas agora não podemos voltar para isso, nunca mais poderemos voltar para o que tínhamos. Você merece mais do que uma mulher que mal consegue sair da própria casa, exceto para ir fazer compras no mercado no meio da noite. É apenas questão de tempo até você perceber que, de maneira realista, não tem como isso funcionar. Você não faz ideia do quão limitada eu sou.

Ele ficou encarando o nada, pensando. Quando olhou nos meus olhos novamente, perguntou:

— Você pode me fazer um favor?

— Sim.

— Pode deixar de lado todas as razões pelas quais somos errados um para o outro por uma noite e simplesmente ficar aqui comigo? Porque, enquanto você está se preocupando com o futuro, eu não consigo parar de pensar no quanto tenho sorte pela garota dos meus sonhos ter dirigido de um lado a outro do país para vir me ver, o verdadeiro eu. Estou tão feliz nesse momento que você não faz ideia, Luca. E enquanto você está aqui tentando me convencer de que as coisas nunca poderiam dar certo entre nós, tudo o que consigo imaginar é se você tem o sabor tão bom quanto a maneira como me faz sentir. — Ele apertou minha mão. — Você pode fazer isso? Pode simplesmente ficar aqui comigo e o resto que se foda por um tempo?

Como eu poderia dizer não a isso?

Meus olhos estavam marejados.

— Sim. Posso fazer isso.

— Ótimo. — Ele se levantou. — Que tal eu te mostrar a casa?

— Eu adoraria.

Griffin me deu o *tour* completo por sua casa imensa. Uma das paradas foi em uma sala de cinema que tinha várias filas de assentos macios e uma máquina de fazer pipoca.

Sentamos em dois dos assentos.

Ele passou uma mão pelo braço da cadeira de veludo.

— Tenho esse cinema incrível que nem ao menos uso. Quando assisto filmes, é geralmente sozinho à noite no meu quarto depois de um longo dia no estúdio. Nem me lembro da última vez que assisti algo aqui.

— Parece um desperdício e tanto.

— É... bom, essa sala foi feita para mais de uma pessoa, e quando você não pode nem encher os dedos de uma mão com o número de pessoas em quem confia, é meio difícil encher uma sala de cinema. — Ele sacudiu a cabeça, como se percebesse que estava entrando em um território muito sério. — Mas vou te dizer uma coisa, *Ryan*... quando fizerem um filme de um dos seus livros, pode apostar que vou colocá-lo para passar aqui.

Aquilo me fez sorrir.

Em seguida, ele me levou para o andar de cima e me mostrou os quartos. Havia cinco, no total. O que ficava no fim do corredor era o dele — a suíte master.

Entrar no quarto de Griffin pareceu um pouco inoportuno, por algum motivo. Olhei em volta por um tempinho. Havia uma lareira elétrica acesa. A cama dele tinha uma cabeceira de tecido enorme. As cortinas pesadas eram de seda cinza.

— Esse quarto é lindo. — Andei por ali e, depois, virei-me para ele. — Imagino que já teve mais ação do que o seu cinema, não é?

Embora eu estivesse brincando um pouco com aquele comentário, parte de mim sabia que eu estava, na verdade, buscando informações sobre exatamente o quão promíscuo ele já havia sido.

Ele não pareceu nem um pouco contente.

— Você ficaria surpresa. Não trouxe muitas mulheres para o meu quarto. Para mim, isso é uma coisa muito íntima. Como eu disse, tive somente um relacionamento sério desde que tudo isso aconteceu.

Continuei explorando o quarto, perplexa, como se tivesse acabado de entrar em uma masmorra de sexo. Mas não era; era somente um quarto normal, mas, por alguma razão, eu estava surtando por estar nele. Griffin, então, pousou as mãos nos meus ombros.

— Que tal falarmos sobre o que realmente está te preocupando agora? Eu não queria falar sobre coisas sérias quando só poderei ter você por um curto período de tempo, mas sinto que isso precisa ser dito. — Ele soltou uma respiração pela boca. — Sei no que estava pensando quando entrou nesse quarto. Isso te assustou um pouco. *Eu* te assusto um pouco... talvez até muito. Você pensa que sou um mulherengo. Como te falei antes, foi assim durante um tempo. Não foram centenas, mas talvez dezenas, no começo. Isso perde a graça rápido pra caralho, Luca. Sabe o que acontece quando você pode literalmente ter qualquer coisa? Ironicamente, você não quer mais nada. Sinto falta do esforço. Sinto falta de ser um homem normal. Ao invés de entrar nesse quarto e querer deitar comigo, querer que eu te abraçasse, você ficou preocupada com todas as supostas mulheres que já estiveram aqui antes de você. Isso me deixa um pouco triste, de verdade. Especialmente porque, nesse momento, eu mal consigo me lembrar de nada que aconteceu aqui antes de Luca Vinetti aparecer na minha casa.

Meu coração palpitou.

— Me desculpe por fazer você sentir que tinha que se explicar.

— Não peça desculpas. Eu entendo. Uma das pessoas nas quais você mais confiava não é quem você pensava que era. Mas estou tentando te dizer que eu *sou*, Luca. Eu *ainda sou* ele. Você só precisa enxergar além de todas essas merdas em volta para me ver. Eu estou aqui.

Olhei profundamente nos seus olhos antes de puxá-lo para um abraço. Ficamos assim, segurando um ao outro, por um longo tempo. A cada segundo que se passava, meus medos pareciam derreter pouquinho a pouquinho. Ou, pelo menos, eles desapareceram ao fundo — por enquanto.

— Onde eu vou dormir esta noite? — perguntei finalmente.

— Onde você quiser. Pode escolher entre os quartos de hóspedes. A única coisa que te peço é que não insista em dormir no motor home. Quero você sob o meu teto esta noite porque, em pouco mais de um dia, vou te perder de novo.

Senti a necessidade de defender o meu comportamento esta noite.

— A realidade dessa situação está me atingindo em ondas, Griffin. Mas vou tentar passar o resto desse tempo focando no presente e em nada mais além disso.

— As suas preocupações são normais. Só prometa que sempre será honesta comigo. Eu prometo fazer o mesmo, daqui em diante. Você tem que me dizer do que tem medo, principalmente se o objeto do seu medo for eu. Não devemos deixar nenhum elefante no ambiente... ou porcos, se preferir. — Ele sorriu. — Mas, por favor, estou te implorando. Não tenha medo de mim. Confie no que há no seu coração, confie naquilo que te fez entrar no motor home e vir até aqui, para começo de conversa. Eu prometo que, se você puder fazer isso, vou tentar de tudo para nunca te decepcionar.

— Fé cega — sussurrei.

— Isso. Só que a parte "cega" não é mais tão literal, agora que podemos olhar um para o outro, e quem sabe fazer algumas outras coisas, quando chegar o momento certo. — Ele abriu um sorriso torto.

Griffin e eu ficamos sentados perto da lareira elétrica e conversamos até altas horas da madrugada. Ele me contou mais sobre o caminho que percorreu para se tornar um astro e como acabou sendo descoberto por um agente de talentos americano enquanto cantava em um bar em Londres. O agente pagou para que Griffin viesse para os Estados Unidos, mas aquele arranjo nunca deu em nada. No fim das contas, enquanto estava aqui, Griffin conheceu seus atuais parceiros de banda quando estavam fazendo audições para um programa de competição musical. O grupo de "rejeitados" criou uma conexão e se tornou Archer.

Mais tarde, mostrei a ele todos os meus livros na internet e mordi as unhas enquanto ele comprava e baixava cada e-book em seu e-reader.

Quando estava perto das duas da manhã, eu não conseguia mais manter os olhos abertos. Ainda estava muito exausta da viagem até aqui. Griffin me levou até um dos quartos de hóspedes. Escolhi o que ficava mais perto do quarto dele.

Por mais cansado que meu corpo estivesse, não consegui dormir. Eu estava completamente ligada. Sem contar que precisava fazer xixi. Esse quarto, em particular, não tinha banheiro, então eu teria que usar o do corredor.

Após usá-lo, assim que estava saindo, trombei com o peito rígido de Griffin.

— Opa. Merda. Você está bem? Não te vi no escuro — ele perguntou.

— Sim, estou bem.

Ele massageou minha testa.

— Tem certeza?

— Sim.

— Eu estava indo até a cozinha para tomar um copo d'água — ele disse. — Quer que eu te traga alguma coisa?

— Não. Obrigada.

Um de nós deveria ter se mexido. Mas, ao invés disso, permanecemos próximos um do outro. Eu podia sentir o calor do seu hálito. Sua boca pairou sobre a minha, mas ele não me beijou imediatamente. Nossas bocas ficaram a centímetros de distância quando ele envolveu meu corpo com as mãos. Fechei os olhos por um momento, e foi aí que o senti devorar meus lábios.

Durante os próximos cinco minutos, ficamos ali no corredor escuro, dando uns amassos como adolescentes. Eu sabia que ele respeitaria meu pedido de que não tentasse transar esta noite. Contudo, não sabia mais se realmente me importava com aquilo, a essa altura. Senti o calor do seu pau através da calça, pressionando meu abdômen. Ele estava tão duro. Umidade começou a se acumular entre as minhas pernas.

— Eu sei que você não quer avançar muito — ele sussurrou nos meus lábios. — Respeito isso. Mas me deixe te fazer gozar com a minha mão.

Desesperada por isso, confirmei com a cabeça, incapaz de formular palavras.

Griffin lambeu os dedos antes de enfiar a mão na minha calcinha. Minhas costas estavam contra a parede enquanto ele me beijava com intensidade e seus dedos se moviam em mim, entrando e saindo. Ele usava o polegar para estimular meu clitóris.

Fiquei maravilhada ao ver que, apesar dos anos em que estivemos separados, apesar da ansiedade que senti mais cedo, senti-lo tocar-me assim era tão natural.

Ele me beijou com ainda mais vigor ao acelerar os movimentos da mão, enfiando os dedos profundamente em mim a cada estocada. Em certo momento, ele parou, e foi quase doloroso. Griffin ergueu a mão até a boca e chupou os dedos que estiveram dentro de mim. Seus olhos fecharam enquanto ele curtia o sabor. Foi tão sensual e erótico, como ninguém tinha feito comigo antes. Meu clitóris latejava.

Ele me penetrou com os dedos novamente, mas, dessa vez, foram três. Tão excitada, eu estava prestes a gozar. Impulsionei os quadris. Ele deve ter sentido meus músculos se contraírem quando disse:

— Goze, linda. Goze na minha mão. Finja que sou eu dentro de você. Estou duro pra caralho agora.

Joguei a cabeça para trás, contra a parede, e me deixei chegar ao clímax, meus músculos pulsando conforme eu gozava na mão dele.

— Adoro os sons que você faz quando goza, Luca. Tão linda. Fantasiei com isso por tanto tempo, mas nada se comparou à realidade. Nada.

O que eu poderia dizer? O que ele tinha acabado de fazer foi altruísta, de verdade.

— Obrigada por isso — falei, ofegando.

— O prazer foi todo meu. Acredite em mim. — Ele beijou minha testa. — Vá descansar. Teremos um grande dia amanhã. E agora preciso ir direto para o chuveiro.

Não precisei ficar imaginando por que ele ia para o chuveiro.

— Ok — eu disse. — Mas o que vai acontecer amanhã?

— Não se preocupe. Não vamos a lugar algum. Será um grande dia simplesmente porque estaremos juntos.

Capítulo 16
Griffin

Apesar de termos dormido por apenas algumas horas, Luca e eu acordamos antes das nove da manhã. Observando-a de frente para mim, do outro lado da bancada, tomando seu café, pensei no quão surreal era tê-la comigo ali na minha cozinha. O sol brilhava através da janela, exibindo mechas sutilmente avermelhadas em seus cabelos escuros. Era um momento que eu nunca esqueceria. Ainda não sabia direito como ia conseguir deixá-la ir embora no dia seguinte.

Quando ela me flagrou olhando, perguntei:

— Já teve notícias do seu amigo?

— Na verdade, não.

— Você acha que ele já acordou?

— Ah, o Doc sempre acorda com o nascer do sol. Ele provavelmente acha que ainda estamos dormindo. Tenho certeza de que já está acordado há um tempo, procurando pelos pássaros que você prometeu. — Ela ergueu uma sobrancelha. — Como você cuidou disso, exatamente?

Acenei com a cabeça.

— Vamos dar uma olhada.

Segurando sua mão, eu a conduzi até a porta deslizante que levava à parte da propriedade que tinha vista para a casa da piscina.

À distância, podíamos ver o bom doutor deitado em uma espreguiçadeira, rodeado por uma variedade de pássaros empoleirados nos topos dos comedouros. Fiquei feliz por ver que Aiden havia conseguido fazer aquilo por mim.

Luca ficou de queixo caído.

— Isso é um problema.

— Por quê?

— Ele pode não querer mais ir embora, e aí terei que encontrar outro jeito de voltar.

— Bem, nós podemos deixá-lo aqui na Califórnia, e eu te levo de volta para casa. — Pisquei.

Ela provavelmente pensou que eu não estava falando sério, mas eu adoraria fazer uma viagem com ela, escapar de toda essa loucura por um tempo e aproveitar a estrada com Luca. Basicamente deixar Cole em LA e viver como Griffin por um tempo.

— Você vai ficar aqui na Califórnia durante as gravações, ou tem alguma viagem próxima?

Me encolhi.

— Na verdade, tenho que ir para Vancouver em menos de duas semanas. Somos uma das atrações de um festival de música. Até lá, passarei a maior parte do tempo no estúdio, gravando.

Luca abriu um sorriso, mas pude ver que era forçado.

— Isso é ótimo. Aposto que você vai se divertir muito.

Escolhi não discutir seu comentário. O tempo estava correndo, e eu não queria desperdiçar nem mais um minuto falando sobre o quanto nossas vidas eram diferentes. O que eu precisava fazer era mostrar a ela que eu ainda era Griffin — mesmo quando estava fazendo o papel de Cole.

— Que tal eu fazer café da manhã para nós e depois darmos uma saída no motor home?

Luca pareceu entrar em pânico imediatamente.

— Não me dou bem com trânsito, Griffin.

Deduzi que ela diria isso, então eu já tinha mapeado uma rota que evitaria as estradas mais engarrafadas. A viagem de vinte minutos provavelmente se transformaria em uma hora, mas eu estava pouco me fodendo para isso, porque ela estaria ao meu lado durante aquela hora.

— Eu sei. Vamos evitar a 405 e sair por volta das onze, depois da hora de trânsito mais pesado.

— Aonde vamos?

Afastei uma mecha de cabelo de seu rosto e olhei em seus olhos.

— Você pode confiar que não vou fazer nada que te deixe mal, amor?

Seu medo era palpável, mas ela respirou fundo e assentiu. *Essa é a minha garota.*

Agora, se eu ao menos conseguir não ferrar com tudo...

Foi um milagre não nos depararmos com trânsito no caminho até o estúdio. Sério, porra, um milagre. Os deuses estavam me abençoando hoje, porque, desde que mudei para LA, nunca vi tão poucos carros como vi naquela manhã. Convenci Luca e me deixar dirigir o motor home — bem, no começo, ela recusou, mas, depois de pressioná-la contra a porta do lado do motorista e beijá-la até ficarmos sem fôlego, ela concordou relutantemente. Durante a primeira metade do percurso, ela ficou com os nós dos dedos brancos pela força com que agarrava o banco do passageiro, como se sua vida dependesse disso. Mas, após um tempinho, foi relaxando e agora era eu que estava mais nervoso do que ela. Não em relação ao caminho em si, mas em relação à lata velha que eu estava dirigindo. Eu não conseguia acreditar que ela havia atravessado o país dirigindo essa sucata. Ficava puxando para a direita e balançava com a menor das rajadas de vento.

— Quanto tempo tem essa coisa?

— Não sei. É da irmã do Doc. Ele disse que ela tem esse motor home há muito tempo. Sei que parece velha, mas a quilometragem é bem baixa.

Parei em um sinal vermelho, e o motor estremeceu e acelerou por um minuto, como se estivesse com as engrenagens presas antes de voltar ao normal com mais uma tremida.

— Quando foi a última vez que os pneus foram checados? Acho que ele está com um problema de alinhamento.

Luca deu de ombros.

— Fica puxando um pouco para a direita. Mas mal dá para notar quando se está indo a cem quilômetros por hora na interestadual.

Ótimo. Isso me faz sentir muito melhor. Dirigimos por mais alguns quarteirões em silêncio, principalmente porque eu estava fazendo uma lista mental de coisas para resolver assim que chegássemos aonde estávamos indo.

Encontrar um mecânico para passar um pente fino nessa lata velha hoje.

Comprar um sistema de navegação eletrônica portátil para colocar no painel. A quantidade de mapas e direções impressas no piso do motor home era espantosa. Não dava para imaginar Luca dirigindo esse troço enorme pelo Colorado, subindo e descendo as estradas montanhosas, enquanto balançava de um lado para o outro no vento, muito menos enquanto olhava para esses mapas ao mesmo tempo. Isso me deixou bem assustado. Eu iria ligar o dia inteiro, todo dia, até que ela chegasse em Vermont. O que me lembrava...

Pedir a Aiden que vá a uma loja e compre um suporte para celular, um tripé e um headset. Quando eu ligasse para saber como ela estava, seria bom ela poder atender ao celular sem ter que tirar a atenção da estrada.

Entramos na rua do nosso destino, e eu sorri. Aiden estava na beira da calçada nos esperando e tinha feito exatamente o que pedi. Quando nos viu chegando no motor home, ele acenou e desceu para a rua para recolher alguns cones laranja que havia colocado para reservar a vaga. Ele também havia bloqueado um espaço equivalente a dois carros à frente e dois atrás do motor home onde estacionaríamos.

Luca olhou para o homem no meio da rua e depois para mim.

— Já chegamos? Quem é aquele cara?

— Sim. E aquele é o meu assistente, Aiden. Pedi que ele viesse hoje de manhã para bloquear uma vaga para estacionarmos e garantir que ninguém estacione muito perto de nós.

Ela olhou em volta.

— Mas onde estamos?

Os quarteirões que rodeavam esse estúdio de gravação em particular eram bastante industriais. Eram formados principalmente por armazéns antigos que haviam sido transformados em galerias de arte, depósitos e variados sets de filmagem e estúdios de música.

— É aqui que vou gravar hoje. Mas relaxe, não espero que você entre comigo. Me dê um minuto para estacionar esse troço, e vou te explicar tudo.

Naturalmente, aquela porcaria não tinha câmera de ré, então fiquei feliz por Aiden ter reservado todo aquele espaço extra, porque assim pude parar ali assim que ele tirou os cones. Desliguei a ignição e estendi a mão para pegar a de Luca.

— Você está sendo incrível. Apenas continue confiando em mim, linda.

Ela assentiu, embora parecesse nervosa novamente. Saí do motor home e falei com Aiden em particular por um momento antes de abrir a porta dos fundos para entrar na área comum do motor home.

— Tudo bem se eu deixar o Aiden entrar por um minuto? Ele só vai colocar alguns equipamentos aqui e sairá rapidinho.

— Sim, claro.

Acenei para Aiden entrar e fiz as apresentações.

— Aiden, esta é a minha garota, Luca. Luca, esse é o homem que salva a minha vida diariamente, Aiden.

Aiden inclinou-se para frente e apertou a mão de Luca.

— Prazer em conhecê-la, Luca.

Ele levou menos de cinco minutos para colocar ali um wi-fi portátil, um monitor, um receptor e alto-falantes.

— Tudo pronto. Aqui está, chefe. — Ele me entregou um par de headphones sem fio.

Assenti.

— Valeu. Pode avisar a eles que estarei pronto e entrarei em cinco minutos?

— Com certeza.

Aiden despediu-se de Luca e desceu do motor home. Ela ainda estava sentada no banco do passageiro, então estendi uma mão para ela vir para a parte traseira.

— O que você está aprontando? — ela perguntou.

Fechei a cortina de privacidade assim que ela estava ali comigo.

— Sente-se e me deixe te mostrar.

Ela se acomodou no sofá e posicionei o monitor sobre a mesa diante dela e lhe entreguei os fones.

— Tenho que gravar por algumas horas hoje. Quero que você assista, mas sei que não gosta de estar no meio de muita gente e em locais fechados. Juntando os caras das mesas de som, o time de gravação e os empresários da gravadora, há pelo menos dez caras no estúdio enquanto eu trabalho. Então, pedi que colocassem uma câmera na cabine para você me assistir enquanto gravo, e com esses fones você vai poder ouvir. Vai ser como se estivesse lá me assistindo, mas sem as pessoas.

Quando vi seu rosto murchar, pensei que talvez ela estivesse decepcionada. Tinha sido bem egoísta da minha parte presumir que ela iria querer ficar sozinha em um motor home e me assistir gravar, não tinha?

— Desculpe. Você não precisa assistir, se não quiser. Posso dizer a eles que preciso de uma hora e te levar para casa.

— Não, meu Deus, *não*. Mal posso esperar para te assistir. Só me sinto mal por você ter tido todo esse incômodo por mim.

Ajoelhei-me diante dela.

— Não foi incômodo algum. E mesmo que tivesse sido, valeria a pena por você.

Seu rosto suavizou.

— Obrigada, Griffin.

Eu a beijei.

— Você pode me agradecer depois. Vou pedir para Aiden fazer uma placa para depois que eu terminar. *Não chegue batendo se o motor home estiver balançando.*

Fiz menção de me levantar, mas Luca puxou minha mão de volta.

— Você me chamou de sua garota.

Franzi o cenho.

— Chamei?

Ela assentiu.

— Quando me apresentou ao seu assistente, você disse "Esta é a *minha garota*, Luca".

Eu nem tinha percebido. Mas a verdade era que ela era a minha garota. Dei de ombros.

— Você é a minha garota, Luca. Não vai demorar até você perceber.

Capítulo 17
Luca

— Testando. Um, dois, três. Um, dois, três.

Griffin estava usando headphones e inclinava-se em direção ao microfone para falar. Ouvi algumas outras pessoas conversando ao fundo, mas a câmera havia sido posicionada dentro da pequena cabine de gravação, então a única coisa que eu podia ver no monitor era o rosto de Griffin. O que estava tudo bem, por mim. Para ser sincera, eu já estava querendo passar um tempo somente olhando-o desde que ele bateu à porta no motor home. Essa era a oportunidade perfeita para ficar babando sem que ele me visse.

Durante os próximos quinze minutos, Griffin fez vários testes com o sistema de som. Ele estava na cabine repetindo palavras e falando com pessoas. Meus olhos estavam grudados no monitor, percorrendo cada centímetro de seu rosto lindo. Ele era ainda mais bonito do que eu poderia ter imaginado, com lindos e grandes olhos castanhos, cílios escuros e cheios delineando suas pálpebras, de uma maneira que quase parecia que ele estava usando lápis de olho. Sua pele era bronzeada, com um tom sutil de dourado, e sua mandíbula máscula tinha uma barba por fazer. Eu gostava *muito, muito* daquela barba por fazer.

Enquanto eu estava admirando-o, Griffin olhou diretamente para a câmera, e sua voz ficou mais baixa.

— Pessoal, esse recado é só para a minha garota, então tapem os ouvidos. — Ele abriu um sorriso torto sexy e sussurrou ao microfone: — Linda, esqueci de te dizer. Deixei um presentinho para você, caso entre no clima enquanto estiver me assistindo hoje.

Senti borboletas na barriga. Aquele homem era tão doce quanto era sexy. Era uma combinação perigosa que parecia transformar meu cérebro em mingau. Tive que me arrancar da frente do monitor para ir ao console. Quando o abri, comecei a rir.

Ok, então ele era doce, sexy e pervertido. Ele havia deixado um chaveiro Furby para mim. Sabe Deus quantos desses ele tinha realmente comprado.

Sorrindo toda boba, voltei para os fundos do motor home segurando meu vibrador improvisado. Mas congelei quando ouvi Griffin começar a cantar.

Ai, meu Deus. A voz dele é incrível.

Ajoelhei-me no chão em frente ao monitor, completamente fascinada por sua voz rouca e profunda. Griffin estava cantando um tipo de balada, e senti cada palavra em meu peito da maneira mais intensa possível. Quando a música terminou, ele abriu os olhos, e percebi que estive prendendo a respiração o tempo todo.

Inspirei fundo algumas vezes e expirei controladamente, em um esforço para acalmar meu coração acelerado.

Meu Deus, eu estava bem ferrada.

Bem ferrada em relação a esse homem.

Sacudi a cabeça e olhei para o brinquedo de pelúcia que eu segurava.

— O que vamos fazer, Mee-Mee? Esse homem vai partir nossos corações. — Mee-Mee não tinha respostas, então o prendi novamente na mão e fechei os olhos. — Eu *com certeza* vou precisar de você mais tarde.

— Então, o que você achou?

Griffin abriu a porta e entrou no motor home, onde eu ainda estava sentada no sofá. Ele passou cerca de três horas cantando, e eu passei a mesma quantidade de tempo grudada ao monitor. Aquela havia sido uma experiência maravilhosa e surpreendentemente íntima — ele falava comigo entre tomadas, e ao final de cada música, abria seu sorriso de menino para a câmera ou dava uma piscadela.

— Acho que sou uma groupie.

Ele fechou a distância entre nós, sentando-se no sofá ao meu lado.

— Ah, é? Quer brincar de groupie e rockstar? — Ele me puxou de onde eu estava sentada e me guiou para montar em seu colo.

Assenti, passando os braços em volta de seu pescoço.

— Vou poder tirar a calcinha e jogá-la aos seus pés?

Os olhos de Griffin escureceram.

— Tire a sua calcinha e eu beijo os seus pés.

Dei risadinhas e pressionei a testa na sua.

— Sério, Griffin. Aquilo foi absolutamente incrível. A sua voz é tão linda. Nem sei o que dizer. É como se você cantasse com o coração. Pude sentir tantas emoções nas suas palavras. Amei cada minuto desse dia, mas a música que cantou por último, a que falava sobre o céu precisar dela mais do que você... aquela música me fez derreter. Até chorei um pouco ao ouvi-la.

— Escrevi essa para a minha mãe.

Assenti.

— Foi o que pensei. Sei que nunca a conheci pessoalmente, mas tenho certeza de que ela está ouvindo e tão orgulhosa de você como eu estou.

Griffin inclinou-se para mim e beijou meus lábios com ternura.

— Isso significa muito para mim. Obrigado.

Ouvimos uma batida vinda de detrás de mim. Alguém estava na porta do motor home. Fiz menção de sair do colo de Griffin, mas ele me segurou no lugar.

— Fique. Deve ser o Aiden.

— Chefe? — disse uma voz através da porta fechada.

— Tudo certo? — Griffin gritou.

— O carro estará lá às seis.

— Beleza. Obrigado por cuidar de tudo.

— Me mande mensagem se precisar de mais alguma coisa.

— Te vejo amanhã, Aiden.

Olhei para Griffin.

— Isso não foi educado. Você acabou de ter uma conversa através de uma porta fechada.

Griffin abriu um sorriso sugestivo.

— Linda... chegue mais perto de mim.

Franzi o cenho, então Griffin me puxou mais para si em seu colo, até que senti um calor entre as minhas pernas. *E algo duro.* Ele viu o franzido entre minhas sobrancelhas se transformar em compreensão.

— É mais educado falar através da porta fechada do que com a minha ereção tentando escapar da calça, não acha, querida?

Querida.

Também gostei muito desse apelido carinhoso.

E da maneira como nossos corpos estavam alinhados. Então, inclinei-me e o beijei, esfregando-me em sua ereção e enfiando as mãos em seus cabelos. Deus, eu queria tanto senti-lo dentro de mim. Griff apertou minha bunda com força e começou a guiar meus movimentos de vai-e-vem contra ele. Nós dois estávamos usando jeans, mas a fricção entre nós fez o calor subir a um nível incendiário. Pensei seriamente que poderia gozar só me esfregando assim nele.

Mas... não era minha vez. Por mais que eu estivesse com medo de me conectar com Griffin e me magoar, também não queria ser egoísta. Interrompi nosso beijo e acariciei sua orelha com a ponta do nariz.

— Você trancou a porta?

Ele soltou ar pela boca, frustrado.

— Não.

Pensei em levantar e ir lá, mas não queria que o clima esfriasse. Então, deixei a cautela de lado e sussurrei para ele:

— Bom, então se alguém entrar, vai acabar presenciando um show e tanto.

Comecei a beijar seu pescoço, descendo por sua pele. Quando deslizei as mãos entre nós e comecei a abrir o cinto de Griffin, ele grunhiu.

— *Porra.* — Ele inclinou a cabeça para trás no sofá, e o desejo na sua voz me motivou. Eu queria deixá-lo desesperado, tão desesperado quanto ele me deixava.

Agarrei a bainha da sua camiseta e a ergui, baixando a cabeça para lamber um caminho do seu peito até seu abdômen sarado. Eu poderia passar o dia inteiro traçando as linhas esculpidas dos seus músculos, mas tinha coisas mais importantes para fazer. Sentando-me novamente, afastei-me um pouco e desabotoei sua calça jeans. O som do zíper abrindo conforme eu o abaixava preencheu o ar à nossa volta.

Griffin me observou levantar do seu colo e ajoelhar-me no chão diante dele. Puxando o cós da calça, deslizei-a até suas coxas. A protuberância volumosa que me cumprimentou na cueca boxer apertada aumentou minha excitação, e, inconscientemente, lambi os lábios.

— *Porra, Luca* — ele gemeu. — Essa boca. *Porra, essa boca.*

Parecia uma competição de quem queria mais que isso acontecesse. Eu mal podia esperar para dar prazer a ele. Nós dois agarramos sua boxer ao mesmo tempo, puxando-a para baixo com pressa. A ereção de Griffin saltou para fora e minha boca salivou. *Minha Nossa.*

Claro que ele tinha que ser grande assim. Como se seu rosto lindo, corpo perfeito e voz sexy não fossem o suficiente... Deus havia realmente se esforçado bastante quando criou esse homem.

Inclinando-me para frente, ajoelhada, envolvi seu comprimento grosso com as mãos e olhei para cima antes de baixar a cabeça.

A voz de Griffin estava tensa quando ele falou.

— *Você está tão linda agora.*

Sorri e, sem mais uma palavra, desci uma mão até a base do seu pau e o coloquei na boca — com nossos olhos presos o tempo inteiro.

— *Jesus Cristo.*

Movimentei a cabeça para cima e para baixo algumas vezes, encontrando um ritmo, e lambi a parte inferior da glande. Griffin gemeu e agarrou meus cabelos em punho. Adorei sentir como sua luxúria o deixava mais bruto. Suas mãos determinadas guiaram minha cabeça para que eu descesse mais com ele na boca e depois me puxaram para cima novamente.

— *Porra. Assim, bem assim. Isso é tão gostoso.*

Griffin impulsionou os quadris para cima e começou a estocar na minha boca. Eu estava tão excitada que tinha certeza de que, se colocasse a mão entre minhas pernas e me tocasse por dois segundos, gozaria.

— Luca... — Griff deu um puxão leve no meu cabelo. Um aviso. Mas lutei contra e continuei a chupá-lo.

Ele falou mais alto, provavelmente pensando que eu não o tinha ouvido na primeira vez.

— Linda... eu vou gozar.

Ergui o olhar para encontrar o dele, para que soubesse que ouvi o que ele tinha dito, e então o chupei o mais profundamente que pude.

— *Porra...*

Griffin agarrou meus cabelos com ainda mais força e estocou mais duas vezes antes de segurar minha cabeça imóvel. Seu corpo inteiro estremeceu conforme o calor do seu orgasmo se derramava na minha garganta.

Depois disso, vi que seu peito subia e descia pesado com a respiração ofegante. Eu era quem tinha acabado de fazer um aeróbico com o pescoço e a boca cheia, mas quem estava ofegante como se tivesse acabado de correr uma maratona era ele. Griffin soltou meus cabelos e lutou para recuperar o fôlego.

— Caramba, Luca. Você é boa pra caralho nisso.

Senti-me satisfeita com seu elogio.

— Eu te disse. A série *Pornô Para Leigos*.

Ele deu risada.

— O que mais eles têm? Vou encomendar todos os vídeos que produziram assim que conseguir recuperar força nos braços suficiente para pegar meu celular.

Levantei do chão e me aconcheguei ao lado de Griffin.

— Acho que eles também tinham *Anal Para Leigos, Meia-Nove Para Leigos* e *Ménage à Trois Para Leigos*. Mas só assisti ao de sexo oral.

— Vou comprar os dois primeiros, mas não o de ménage. Não vou te dividir com ninguém, linda.

Senti um calor se espalhar por mim, mas então um pensamento surgiu e um arrepio dizimou o conforto que eu tinha acabado de começar a curtir. *Groupie e rockstar*. Essa era a vida que Griffin levava. Eu tinha certeza de que havia uma fila de mulheres que fariam o que eu tinha acabado de fazer com ele após cada show. Elas provavelmente também acreditavam que ele estava cantando para elas.

Fiquei quieta, e Griffin percebeu. Ele afagou meus cabelos.

— O que está se passando nessa sua cabecinha, linda?

— Nada.

Ele puxou sua cueca e sua calça para cima e virou-se para mim.

— Fale comigo, Luca. O que aconteceu? Estávamos bem, e agora não estamos mais.

Sacudi a cabeça e baixei o olhar.

— Desculpe. É bobagem.

Griffin puxou meu queixo para me fazer olhar para ele.

— Desembucha, Vinetti.

Suspirei.

— É que... bom... você disse que não ia me dividir com ninguém, e fiquei pensando que deve ter dezenas de mulheres prontas para ficar de joelhos para você depois de cada show. Ou assim que você estala os dedos.

Griffin manteve o olhar no meu.

— Eu queria poder te fazer sentir melhor e dizer que não tenho. Mas não vou mentir para você. Essas oportunidades existem. Mas não significa que quero aproveitá-las. Eu sei que você acabou de chegar aqui e a nossa situação é única, mas eu não estava brincando quando disse que você é a minha garota. Você *é* a minha garota, Luca. E quer saber? Essa provavelmente não é a coisa mais conveniente para nenhum de nós, considerando as circunstâncias. Mas não muda como me sinto. Não me envolvo com nenhuma outra mulher há quase dois meses, desde que você respondeu à minha carta novamente. Só porque talvez tenha mulheres dispostas não significa que eu esteja disposto também. Você é a minha garota, Luca. Nós vamos dar um jeito nisso.

Meus olhos começaram a marejar. Eu queria ter o mesmo otimismo e coragem dele, mas estava apavorada. Griffin havia sido honesto comigo, então fiz a mesma coisa.

— Tenho medo de ser sua garota.

Ele abriu um sorriso triste e pousou a palma na minha bochecha.

— Tudo bem. Eu conheço você, Luca. A fase do medo dura apenas um tempo, mas aí você faz algo corajoso. Não estamos com pressa. Já esperamos tantos anos. O que é um tempinho a mais?

Virei o rosto em sua mão e beijei a palma.

— Obrigada, Griffin.

Ele beijou minha testa e manteve os lábios pressionados em mim. Senti seu sorriso se abrir contra a minha pele.

— Acho que quem deveria estar agradecendo o que acabou de acontecer aqui sou eu.

Capítulo 18
Griffin

Eu queria muito que Luca curtisse suas últimas horas na Califórnia. Eu sabia que isso significava fazer tudo que estivesse ao meu alcance para garantir que continuássemos a evitar multidões esta noite. Por mais que eu tivesse esperança de que, algum dia, ela poderia superar a fobia, isso não ia acontecer da noite para o dia e, com certeza, não durante essa viagem. Eu teria que me adaptar à situação e tentar não ultrapassar seus limites.

Aiden arranjou um carro para nos buscar na minha casa. O motorista havia sido instruído a percorrer caminhos que não tivessem trânsito. Reservei um ambiente privativo no meu restaurante favorito, que tinha uma entrada pelos fundos que era frequentemente oferecida a celebridades. Ela nos permitia acesso direto ao local do jantar, que ficava separado de onde os outros clientes comiam. Eu conhecia o gerente e confiava em sua discrição. Marcus também era bom em garantir que seus funcionários ficassem calados em relação à minha presença. Então, me senti confiante para levar Luca lá.

Sentamos de frente um para o outro à mesa à luz de velas, curtindo o jantar íntimo. Comemos salada enquanto esperávamos pelo prato principal.

Luca remexeu em seu prato.

— É estranho o fato de que vou sentir falta das cartas?

— Nem um pouco. Mas quem disse que elas têm que parar?

— Acho que nunca discutimos isso. Mas imaginei que não iríamos continuar a trocar cartas escritas à mão, agora que nos conhecemos.

Pousei meu garfo e estendi a mão para pegar a sua.

— Eu quero continuar em contato, Luca. Quero saber notícias suas todos os dias, seja por e-mail, ligações ou a porra de um telegrama cantado de alguém vestido de salsicha. Só quero ter notícias suas.

Entretanto, eu podia entender aquela sensação de perda iminente em relação às cartas. A nossa conexão invisível era uma parte muito importante entre nós. Nunca mais vivenciaríamos aquela intimidade exatamente da mesma maneira. Eu esperava que as coisas melhorassem agora, mas as preocupações de Luca sobre a minha vida não eram exatamente sem fundamento. Eu só não sabia ainda bem como seria capaz de provar para ela que isso poderia, sim, dar certo. Eu tinha a vontade... mas será que realmente tinha o jeito? Minha situação era complicada. Na verdade, estava mais para um circo completo.

A comida finalmente chegou. Pedi filé mignon e Luca, truta ao molho de alho e limão.

— Teve notícias do Doc? — indaguei, cortando meu bife.

— Ele me ligou logo antes do carro chegar para nos buscar. A conexão estava instável, então não consegui entender direito o que estava dizendo, mas ele parecia feliz. Para onde você pediu que o motorista o levasse?

— Liguei para o zoológico e perguntei se podia alugar o aviário depois que fechasse. É lá que ele está agora, com o aviário todo só para ele.

Luca abriu um sorriso largo.

— Uau. Ele deve estar radiante. Obrigada por conseguir isso. Para alguém que adotou uma vida minimalista onde mora, Doc parece estar se acostumando bem com a sua casa da piscina, empregada e todo o tratamento especial.

— Bom, ele é bem-vindo para voltar a qualquer momento. Qualquer pessoa que seja sua amiga é minha também. Espero que saiba disso.

— Obrigada. De verdade. Obrigada pela hospitalidade.

— O prazer é meu. Devo bastante ao Doc por ter te ajudado a chegar aqui. Foi um presente. Só Deus sabe quanto tempo eu demoraria até decidir como te contaria sobre Cole. Sempre serei grato ao Doc... e à minha pequena perseguidora.

Ela limpou a boca.

— Se me lembro bem, a perseguição foi recíproca.

— Foi mesmo.

Nossos olhares se encontraram. Minha mente viajou, lembrando-se daquele boquete maravilhoso que ela havia me feito mais cedo. Meu pau enrijeceu. Eu queria, mais que tudo, retribuir o favor esta noite.

— Então, quando você vai para Vancouver, mesmo? — ela perguntou, interrompendo minha fantasia.

Pensar na viagem se aproximando me encheu de receio.

— Daqui a uma semana, mais ou menos.

— Você disse que é um festival de música, certo?

— Sim. Chama-se *Beaverstock*.

— *Beaver*? Tipo castor?

— É um festival de vaginas.

Ela arregalou os olhos.

— O quê?

— Estou brincando. Aparentemente, o nome vem dos castores urbanos que habitam a cidade, não do fato de que canadenses usam a palavra *"beaver"* como gíria para vagina.

— Uau. Ok.

— É o segundo ano que participamos.

— Para onde vocês irão na próxima turnê?

— A parte dos Estados Unidos começa em mais ou menos um mês. São doze cidades. Depois, teremos uma pequena turnê europeia alguns meses após isso.

— Doze cidades seguidas?

— Sim.

— Isso deve ser tão frenético. É uma depois da outra, sem parar?

— Basicamente. Às vezes, temos um dia ou dois de folga entre shows, mas até prefiro que seja assim. É melhor acabar logo com tudo e ter um maior tempo livre depois.

Eu podia praticamente sentir os medos girando em sua mente, visões de garotas em ônibus de turnê, sutiãs voando para todo lado. Bebidas derramando. Música estrondando. Uso de cocaína. Seu medo era palpável.

— Por mais louca que a minha vida possa ser, às vezes, existem tempos de calmaria... — eu disse. — Semanas durante as quais posso viajar, fazer o que eu quiser. As coisas estão ocupadas agora com o novo álbum, mas assim que tudo isso estiver feito e a turnê tiver acabado, as coisas irão se acalmar por um tempo.

Aquela sentença era uma tentativa de tentar convencê-la de que a minha vida continha alguns pequenos períodos de "normalidade".

— O que você vai fazer quando chegar em casa, Luca?

Ela suspirou, como se a resposta fosse perturbadora.

— Pretendo começar o livro com o qual fiquei devaneando no caminho até aqui.

— Você precisa entregá-lo em algum prazo determinado?

— Não. Estou bem adiantada nos meus prazos, então tenho bastante tempo. Eu sigo um cronograma, mas não é o fim do mundo se ele precisar mudar um pouco.

— Isso é ótimo. Me conte sobre o seu mais novo personagem. Qual é a dele? Ou dela?

— Bom... ele é britânico.

— Ah, é? — Pisquei. — Inspirado em alguém em particular?

— Bem, eu estaria mentindo se dissesse que as minhas interações com você não influenciaram nessa decisão. Mas você não é um *serial killer*. E ele é. Essa é a principal diferença.

Dei de ombros.

— Só detalhes...

Demos uma boa gargalhada com aquilo, e aparentemente, foi sumindo conforme eu encarava seu rosto, como fazia com frequência. Isso a fez perguntar:

— O que foi?

— Nada. Às vezes, ainda não consigo acreditar que estou mesmo olhando nos seus olhos. Não teve uma vez que olhei para eles e não pensei no quanto tenho sorte por poder fazer isso.

Luca enrubesceu, e aquilo foi muito lindo. Eu esperava um dia poder vê-la fazer essa mesma coisa enquanto nossos corpos estivessem tão conectados quanto nossas almas sempre pareceram estar.

Até então, a noite estava indo como planejado, sem dificuldade alguma. E eu deveria saber que isso era bom demais para ser verdade porque, após o jantar, quando saímos pela suposta porta privativa para seguirmos até o carro que nos esperava, uma onda de flashes nos saudou. Alguns paparazzi haviam acampado do lado de fora, esperando o momento de sairmos. Aparentemente, em algum lugar entre os sorrisos das pessoas que haviam nos servido, tinha um dedo-duro.

Os olhos grandes e lindos de Luca se encheram de confusão.

Nunca, durante toda a minha carreira, perdi a cabeça com os paparazzi. Até agora.

— Afastem-se, porra! — gritei. — Tudo bem quando estou sozinho, mas isso não é certo! Ela não pediu por isso.

As perguntas deles vinham todas misturadas.

— *Ela é sua namorada, Cole?*

Flash.

Flash.

Flash.

— *Qual é o nome dela?*

Flash.

Flash.

— *Como vai a gravação do novo álbum?*

Flash.

Flash.

Flash.

Envolvi Luca em meus braços de maneira protetora. Felizmente, o carro estava bem ali, e não tivemos que esperar por ele.

Depois que entramos e fechei a porta, tudo ficou estranhamente quieto.

Acabei direcionando erroneamente minha raiva ao motorista.

— Por que você não me avisou que eles estavam aqui?

— Tentei ligar para o seu celular, senhor. Não houve resposta.

Chequei meu celular. Não havia ligações perdidas.

Que porra é essa?

Eu não sabia o que tinha acontecido, se ele tinha discado o número errado ou o quê. Mas isso não importava mais.

— Leve-nos para casa, por favor — eu disse a ele.

Eu tinha uma função. *Uma função.* Dar a Luca uma noite normal sem interferências. Eu deveria saber.

Puxei-a para perto de mim.

— Você está bem?

— Sim. Tudo aconteceu tão rápido. Nem ao menos tive chance de reagir.

— É, às vezes é assim.

— Como eles sabiam que estávamos lá?

— Alguém no restaurante provavelmente nos entregou. Os

funcionários são instruídos a não dizer nada, mas só é preciso uma pessoa, uma garçonete mandar uma mensagem para alguma amiga ou algo assim, e a notícia se espalha feito um incêndio. Normalmente, não me importo. Apenas lido com isso. Mas eu queria tanto escapar disso por uma noite com você. — Minha voz estava tensa. — Me desculpe, Luca.

Ela acariciou a barba por fazer no meu queixo.

— Eu sei que não é culpa sua.

— É, sim. Eu deveria saber que não podia te levar a algum lugar público e ficar cem por cento livre de paparazzi.

As coisas ficaram quietas até o motorista nos deixar em frente à minha casa. O silêncio continuou a nos seguir ao entrarmos e subirmos a escada.

Ela parecia cansada.

Conduzi Luca até seu quarto.

— Espere por mim aqui, ok, amor? Deite-se e relaxe. Voltarei em cinco minutos.

Segui pelo corredor até o banheiro principal e abri a torneira da grande banheira, testando-a com a mão para me certificar de que estava na temperatura correta. Eu ainda estava furioso. Tudo o que eu queria era ajudar Luca a relaxar para que ela pudesse dormir bem esta noite. Ela precisava de uma boa noite de descanso antes de ter que pegar a estrada.

Assim que a banheira estava cheia, voltei para seu quarto e estendi a mão.

— Venha.

Ela segurou minha mão e me seguiu pelo corredor.

Ao avistar a banheira cheia com sais de banho, ela perguntou:

— É para eu entrar aí?

— *Nós* vamos entrar aí.

Ela engoliu em seco. Percebi que devia estar pensando que eu tinha outras ideias. Compreensivelmente.

— Não vou tirar a cueca. Só quero te abraçar. — Virei de costas, dando o espaço para ela se despir e entrar na água. — Me avise quando eu puder virar.

Após alguns minutos, ela disse:

— Pode virar.

Somente sua cabeça estava à vista. Ela ficou me olhando tirar minha camiseta e calça, e me despir por completo, exceto pela cueca boxer. Ela pareceu notar a tatuagem no meu peito pela primeira vez e estreitou os olhos. Era o nome da minha mãe, entrelaçado em rosas e arame farpado.

— Libby. A sua mãe. — Ela sorriu.

— Sim. Fiz essa tatuagem cerca de um ano após ela morrer.

— É linda.

— Obrigado — eu disse, entrando na água atrás dela.

Envolvi sua cintura com os braços e a puxei para mim, repousando o queixo em sua cabeça antes de dar um beijo ali. Muitos pensamentos giravam na minha mente. Era loucura minha pensar que isso poderia dar certo, de alguma forma? Eu sabia o quanto eu queria que desse, mas era suficiente?

— Parte de mim queria poder ficar aqui nessa água com você para sempre e não ter que me preocupar com nada mais — declarei.

— Se eu fosse o tipo de pessoa que se encaixa no seu estilo de vida, você não estaria se sentindo assim. Isso seria fácil.

— Só porque algo é fácil, não significa que seja melhor. Nós temos nossas questões, mas estar com você ainda é melhor que qualquer coisa no mundo. Às vezes, as melhores coisas são as mais desafiadoras. É simplesmente o jeito que as coisas são.

Quando minha mão se moveu pela primeira vez e roçou a parte inferior do seu seio, percebi que ela também havia tirado o sutiã. Como eu não a tinha visto se despindo, não tinha certeza se ela havia optado por continuar com ele. Meu pau enrijeceu com esse pensamento, e reajustei minha posição para que ela não o sentisse cutucá-la. Por mais íntimo que esse banho de banheira fosse, não parecia um momento apropriado para ter uma ereção.

— Isso é tão bom — ela falou. — E me sinto segura quando estou com você, Griffin. Preciso que saiba disso. O que me assusta são os outros.

— Eu sei disso, linda. Nesse momento, somos só nós dois. Vamos aproveitar.

Luca permaneceu calada por bastante tempo. E então, ouvi o ritmo de sua respiração mudar. Quando inclinei a cabeça para frente para examinar sua expressão, percebi que ela tinha adormecido nos meus braços. Essa viagem a deixara exausta.

Mais tarde, Luca acordou somente para se secar e vestir uma das minhas camisetas compridas. Eu a carreguei de volta para seu quarto e dei um beijo casto em seus lábios antes de observá-la adormecer novamente. Acabei não voltando para o meu quarto. Em vez disso, deitei na cama ao seu lado e fiquei acordado a noite inteira, vendo-a dormir. Eu sabia que pagaria por isso pela manhã, mas não estava disposto a ficar inconsciente em um momento como esse.

O sol da manhã raiava pela janela. Os olhos de Luca se abriram aos poucos, e ela piscou ao perceber que eu estava deitado ao seu lado.

— Eu não sabia que você estava aqui.

— Não consegui ir para o meu quarto.

— Você esteve aqui... ao meu lado... a noite inteira?

— Sim. Isso te deixa assustada?

— Eu escrevo sobre *serial killers*, tenho um porco de estimação e atravessei o país dirigindo para te encontrar... é seguro dizer que nada deveria me assustar. — Ela sorriu, mas logo sua expressão se transformou em um franzido. Ela parecia pensativa.

— O que foi? — perguntei.

— Eu só estava pensando sobre o que um dos fotógrafos gritou para mim ontem à noite antes de entrarmos no carro.

Meu estômago gelou. Eu estava ocupado demais xingando-os, então não ouvi todas as coisas que eles disseram para nós.

— O que ele disse?

— Ele disse "Eve... é você? Você está ótima. Continue melhorando".

Deixei minha cabeça cair contra o travesseiro.

Eu tinha que explicar.

— Eve... é Eve Varikova.

— Quem é essa?

— Ela é uma... modelo com quem saí por pouco tempo, há vários meses. Não era nada muito sério. Ela é muito conhecida, então a imprensa se esbaldou quando fomos vistos juntos.

— Eu pareço com ela, ou algo assim?

— Você tem cabelos escuros. É a única semelhança. Acho que a pessoa devia estar drogada, porque ela tem uns trinta centímetros de altura a mais que você.

— Por que ele disse "continue melhorando"?

— Porque Eve tinha um problema com drogas, do qual eu não sabia quando comecei a sair com ela. Pouco tempo depois, ela foi para a reabilitação. Não falo com ela desde então, mas ouvi dizer que está indo bem.

Inspirei profundamente, porque pude perceber, pela expressão de Luca, que ela estava pensando demais em tudo de novo. Ela provavelmente ia começar a pesquisar Eve no Google no instante em que entrasse no motor home, e isso levaria a mais pesquisas resultando em falsas informações sobre mim. Isso me deixou bem enjoado.

— Você pode me prometer uma coisa? — perguntei.

Ela assentiu.

— Ok...

— Pode tentar não me pesquisar no Google? A maioria das coisas que vai encontrar é um monte de lixo. Ou, melhor ainda... pesquise, mas faça isso comigo ao telefone ou ao seu lado. Me deixe estar presente para explicar o que é verdade e o que não é. Eu nunca vou mentir para você. Odeio a ideia de você ler toda essa merda sem saber em que acreditar.

Ela pareceu lutar com isso por um momento. Eu sabia que seria extremamente difícil para ela manter essa promessa. Se eu estivesse no lugar dela, não tinha muita certeza de que conseguiria me impedir.

Ela piscou algumas vezes, parecendo considerar seriamente meu pedido.

— Ok — ela finalmente disse. — Tive que pensar para me certificar de que poderia fazer esse tipo de promessa e cumpri-la. Prometo não pesquisar sobre você no Google... sem você saber.

Soltei um suspiro de alívio.

— Obrigado. Sei que não deve ser fácil, mas juro que você não está perdendo nada que valha a pena. Posso te dizer tudo o que você precisa saber que é realmente importante. E se tiver alguma dúvida, é só me perguntar.

Ela colocou a mão no meu rosto e me puxou para perto do seu. O desejo borbulhando dentro de mim transformou-se rapidamente em uma necessidade incontrolável ao nos beijarmos apaixonadamente.

— Tem certeza de que não há nada que eu possa fazer para te convencer a ficar por mais tempo? — sussurrei em seus lábios.

Ela não precisou responder. Eu já sabia.

Por mais que o preço da fama fosse alto, eu nunca tinha realmente desejado poder fazer tudo desaparecer. Isso foi antes de Luca. Nesse momento, se eu tivesse escolha, trocaria a turnê cheia de fãs alucinados em doze cidades que teria que fazer em breve por uma viagem de carro pelo país em um motor home de estado duvidoso.

CARTAS INDECENTES

Capítulo 19
Luca

Nunca tinha ouvido Hortencia fazer tanto *"oink"* na vida. Depois de buscá-la na fazenda onde ela tinha ficado, destranquei a porta da frente para descobrir que, de alguma maneira, o lugar que sempre foi meu porto seguro parecia estar vazio demais.

Ainda estava cedo demais para ligar para Griffin no fuso horário da costa oeste. Então, mandei uma mensagem, esperando que ele a visse quando acordasse.

Luca: Cheguei em casa em segurança.

Para minha surpresa, ele respondeu imediatamente.

Griffin: Graças a Deus. Fiquei tão preocupado com você naquela lata velha.

Luca: O que está fazendo acordado?

Griffin: Não tenho dormido bem.

Luca: Bom, estou sã e salva.

Griffin: Estou com muitas saudades de você. Tenho um milhão de coisas para fazer, mas não tenho energia. Estou deprimido pra caralho.

Luca: Foi assim que me senti quando entrei aqui. A minha casa costuma ser o meu lugar feliz. Está diferente agora.

Griffin: Você deixou o seu Furby aqui. A empregada me entregou com uma expressão confusa no rosto.

Luca: Se ela soubesse da metade!

Griffin: Suspiiiiiiiro. Luca, Luca, Luca. Preciso te ver de novo.

Eu queria perguntar quando e se ele achava que aquilo seria possível, mas, ao mesmo tempo, não sabia como ele poderia saber a resposta. Ele estava terminando de gravar seu novo álbum e teria que viajar para o Canadá em breve.

Luca: Já arrumou as malas para Vancouver?

Griffin: Negativo. Como eu disse, não tenho motivação.

Tive bastante tempo para pensar durante a viagem. Umas das coisas que estava me incomodando era a necessidade de ouvir a música que Griffin escrevera. A que presumi que era sobre mim, baseando-me no título. Tecnicamente, isso significava que eu teria que pesquisar sobre ele no Google, o que prometi que não faria.

Luca: Tenho uma confissão.

Griffin: Ok...

Luca: Tive que me impedir de pesquisar sobre você no Google várias vezes no caminho até aqui. Quero que saiba que não cedi nenhuma vez. Mas tem uma coisa que eu queria muito saber.

Griffin: Tudo bem. O que é?

Pude sentir sua apreensão.

Luca: A sua música... a que se chama Luca.

Meu celular começou a tocar de repente. Era ele.

— Oi... — atendi.

— Eu ia te falar sobre isso. Não tinha certeza se você sabia. Você nunca mencionou, então pensei que talvez não tivesse descoberto ainda.

— Bom, eu a vi na internet naquele dia e nunca tive a chance de ouvir a letra.

— Luca... olha, quando escrevi aquela música... eu não sabia.

— Sei disso. Tudo bem. Não vou levar para o lado pessoal.

— É basicamente a versão musical da carta que te mandei quando estava bêbado. Um desabafo irritado... que acabou vendendo milhões de cópias.

— Posso ouvi-la?

Ele soltou um longo suspiro ao celular.

— Claro.

— Tudo bem eu colocar no YouTube agora?

Ele soou um pouco derrotado.

— Sim. Claro. Estarei aqui.

Com Griffin na linha, abri meu laptop, fiz o login e digitei *Luca Cole Archer* na barra de pesquisa.

Uma versão do vídeo que tinha a letra da música na legenda apareceu.

Cliquei em "Play."

(Introdução)

Então apareceu o rosto lindo de Griffin começando a cantar.

The letters were the window to your soul.
Before you left me with a giant hole.
When you disappeared into thin air
And proved that you didn't really care.

(As cartas foram a janela para a sua alma.
Antes de você me deixar com um enorme vazio.
Quando desapareceu no ar
E provou, na verdade, não se importar.)

Now I see your soul was black.

Because you're never coming back.

You're nothing but ink and lies.

A devil in disguise.

(Agora vejo que a sua alma era sombria.

Porque você nunca mais vai voltar.

Você não é nada além de tinta e mentiras.

Um demônio disfarçado.)

Luca, Luca, Luca

Were you just a dream?

Luca, Luca, Luca

You make me want to scream.

(Luca, Luca, Luca

Você foi apenas um sonho?

Luca, Luca, Luca

Você me faz querer gritar.)

Luca, Luca, Luca

Are you happy now?

Luca, Luca, Luca

If so, baby, take a bow.

(Luca, Luca, Luca

Você está feliz agora?

Luca, Luca, Luca

Se for assim, baby, palmas para você.)

(Música)

Looks like the joke was on me.

So blinded by love, I couldn't see.

In the end,

You were never my friend.

(Parece que o bobo fui eu.
Tão cego por amor que não podia enxergar.
No fim de tudo,
Você nunca foi minha amiga.)

The really messed-up part…
You're still living in my heart.
And if I had to do it all again,
I'd still have lifted that damn pen.

(O pior de tudo isso…
É que você ainda vive em meu coração.
E se eu tivesse que fazer tudo de novo,
Ainda teria pegado aquela maldita caneta.)

Luca, Luca, Luca
Were you just a dream?
Luca, Luca, Luca
You make me want to scream.

(Luca, Luca, Luca
Você foi apenas um sonho?
Luca, Luca, Luca
Você me faz querer gritar.)

Luca, Luca, Luca
Are you happy now?
Luca, Luca, Luca
If so, baby, take a bow.

(Luca, Luca, Luca
Você está feliz agora?
Luca, Luca, Luca
Se for assim, baby, palmas para você.)

(Música)

Take a bow.

Take a bow.

Take a bow.

(Palmas para você.

Palmas para você.

Palmas para você.)

Luca, Luca, Luca.
Yeah, yeah, yeah.

(Fim da música)

Acho que a ouvi umas cem vezes nas vinte e quatro horas seguintes. Mesmo que fosse linda, a música tinha uma *vibe* pesada e triste, que combinava com meu humor melancólico. Uma parte em particular ficava tocando na minha mente repetidamente.

Luca, Luca, Luca

Você foi apenas um sonho?

Porque a última semana estava começando a parecer isso — como se tivesse sido uma grande fantasia nos meus sonhos. Uma semana que havia sido incrível, mas estaria para sempre fora do meu alcance.

Passei a maior parte do dia me arrastando de um lado para o outro, como se alguém tivesse morrido. Consegui escrever, mas tinha quase certeza de que meus personagens haviam pegado a minha tristeza e meu thriller estava se transformando em um romance de drama.

Como eu limpara a geladeira antes da viagem para a Califórnia, não tinha comida em casa, então a ida ao supermercado no meio da noite foi inevitável. O estacionamento estava quase vazio, e passei pelos corredores sem ver uma única pessoa até chegar à fila do caixa.

Doris estava passando as compras de um jovem rapaz e sorriu para mim. Eu não havia mencionado minha viagem de carro à Califórnia para ela, ou nada relacionado a Griffin, e agora eu estava feliz por isso, porque a última coisa que eu estava com vontade de fazer era falar sobre esse assunto. Minhas emoções estavam uma bagunça, e eu provavelmente me debulharia em lágrimas ao contar quão maravilhoso havia sido enfim conhecer o homem pelo qual era apaixonada há mais de uma década.

O cara na minha frente na fila tinha um monte de tatuagens. Quando finalmente parei de chafurdar na minha autopiedade para olhar direito para ele, notei que ele também tinha alfinetes delineando sua mandíbula — alfinetes de verdade, perfurando sua pele e presos em seu rosto. As pessoas das duas da manhã sempre eram interessantes. Ele me flagrou encarando e desviei o olhar, falhando na tentativa de fingir que não o estava examinando minunciosamente e me perguntando o que diabos o havia feito pensar que foi uma boa ideia fazer aquilo.

Meus olhos pousaram nas prateleiras de doces ao meu lado. Tentando disfarçar melhor, peguei uma barra de chocolate e a coloquei no meu carrinho. A prateleira à direita dos doces continha as revistas de fofoca, então peguei uma e comecei a passar as páginas distraidamente. Até chegar à *página três*.

Meus olhos se arregalaram.

Uma foto de Griffin e eu saindo do restaurante.

Não dava para acreditar.

Griffin estava com uma mão estendida, a fim de manter os fotógrafos a um braço de distância, e a outra envolvia meus ombros. Meu rosto estava virado para seu peito, escondido dos fotógrafos, dificultando para a maioria das pessoas saber que sou eu somente com parte do meu perfil à mostra. Mas, é claro, eu sabia.

Eu estou na *National Enquirer*.

Ai, meu Deus.

Li a legenda abaixo da foto.

Cole Archer e mulher misteriosa juntinhos no restaurante Mariano's, no centro de LA. Será que o cantor está sentindo falta de seu caso antigo com Eve Varikova e substituindo-a por sósias?

Meu estômago gelou.

Não sabia o que tinha me incomodado mais: ver minha foto em um tabloide ou a menção de que Griffin poderia estar tentando substituir uma antiga namorada. Eu sabia que isso era ridículo porque Griffin me falara sobre ela — e ainda assim, isso me deixou chateada por alguma razão.

— Terra para Luca. — Vi Doris acenando pela minha visão periférica. Quando ergui o olhar, pisquei algumas vezes e percebi que o Cara de Alfinetes tinha ido embora e Doris estava esperando por mim, enquanto eu estava tendo um surto interno por causa de uma revista idiota qualquer.

— Oi. Desculpe. Eu... eu... — Ergui a *National Enquirer* na minha mão. — Me distraí lendo um dos artigos.

Doris inclinou-se para ver o que tinha capturado minha atenção.

— Cole Archer. Eu geralmente não curto homens com menos de quarenta anos, mas não o expulsaria da minha cama. — Ela balançou as sobrancelhas e sussurrou: — Faria umas coisas bem interessantes com ele.

Meus olhos se arregalaram, e Doris achou muito engraçado. É claro que ela pensou que havia me deixado chocada por falar essas coisas sobre um cara mais novo, já que não fazia ideia de que eu *estive* na cama de Griffin na semana passada. Minhas bochechas começaram a esquentar e fiquei agitada.

Coloquei a revista na esteira do caixa.

— Gosto de ler os artigos.

Doris riu, pensando que eu estava me fazendo de desentendida.

— Somos duas, mana.

Durante os dez minutos seguintes, minha mente ficou totalmente enevoada enquanto eu esvaziava meu carrinho e batia papo com Doris.

Não conseguia superar o fato de que meu rosto estava estampado em um tabloide barato. Aquilo me deu uma sensação estranha na boca do estômago, mas eu não sabia bem por quê. Estar dentro do mercado sempre me deixava ansiosa, mas isso deixou esse sentimento mais pesado. Era como se alguém tivesse violado o meu espaço pessoal, embora fosse somente uma foto e era provável que ninguém fosse me reconhecer. No último segundo, quando estava prestes a passar o cartão para pagar, virei-me e peguei todos os exemplares da *National Enquirer* da prateleira.

Doris franziu o rosto.

— Você quer comprar todas?

— Sim.

— Todas têm o mesmo conteúdo, sabia?

— Eu... comprei um pássaro e preciso de algo para forrar a gaiola.

— Ah. Acho que posso pedir ao gerente para separar alguns jornais que sobram para você, se quiser. Nós arrancamos a primeira página e damos ao rapaz das entregas por um reembolso em crédito. O resto vai para a reciclagem.

— Hã. Sim, claro. Isso seria ótimo, Doris. Obrigada.

— Sem problema. — Doris registrou as revistas e eu passei meu cartão para pagar. — Qual é o nome dele?

— Hã?

Ela franziu o cenho.

— O seu pássaro. Qual é o nome dele?

Meu Deus, eu estava me ferrando cada vez mais. Respondi o primeiro nome que surgiu na minha cabeça.

— Chester. O nome do meu pássaro é Chester.

— Que nome bom e forte.

— É. Chester, o pássaro. Ele é especial. — Coloquei minhas últimas sacolas no carrinho, ansiosa para sair logo dali. Estava tão apressada que quase esqueci de deixar para Doris os itens que havia comprado para ela.

Voltei alguns passos após me despedir e coloquei a sacola de guloseimas sobre o balcão do caixa. — Tenha uma boa noite, Doris.

— Você também, querida. Até a próxima.

Assim que estava segura dentro do meu carro, peguei o tabloide novamente e fiquei encarando a página. Enquanto minhas engrenagens giravam, um novo pensamento me surgiu: havia outros fotógrafos no momento, então será que eu também estava em outros jornais e revistas? Talvez com a minha cabeça em um ângulo diferente que deixava meu rosto identificável? Embora estar confinada no carro geralmente me trouxesse alívio após minhas idas ao supermercado, de repente, senti o mesmo tipo de pânico que vivenciei logo antes de entrar lá.

Eram 2:30 da manhã em Vermont, mas 11:30 da noite na Califórnia. Griffin era notívago, então peguei meu celular e liguei. Ele atendeu no primeiro toque.

— Oi, linda. Ainda acordada a essa hora?

Meus ombros relaxaram um pouco só por ouvir sua voz.

— Oi.

— Está tudo bem?

— Acabei de ir ao supermercado.

— Ah. Como foi? Que tipo de bizarrices você viu hoje?

Tinha esquecido de que já havia compartilhado com ele algumas das coisas bizarras que já vi durante minhas compras no meio da noite. No entanto, o que vi esta noite ganhava de todas elas.

— Vi uma foto minha... uma foto nossa... na *National Enquirer.*

Griffin sibilou.

— Merda. Maldito Marty Foster.

— Quem?

— Um dos fotógrafos que estavam no restaurante. Pedi que meu assistente entrasse em contato com os outros e comprasse as fotos que eles tiraram. Mas Marty não retornou nossas ligações. Eu esperava que fosse porque ele não conseguiu imagens boas e não tinha nada para vender. Acho que eu estava errado. — Pelo seu tom de voz, imaginei Griffin passando a mão pelos cabelos. — Me desculpe, Luca. Eu tentei.

— Ah, meu Deus. Não seja ridículo. Não é culpa sua. Não acredito que você comprou as outras fotos. Eu nem ao menos sabia que era possível fazer isso.

— Dinheiro compra basicamente qualquer coisa nessa cidade. Os paparazzi não ligam para quem compra o trabalho deles, só se importam em serem pagos. Além disso, ofereci mais do que descolariam com os tabloides, então ficaram felizes em vender para mim.

— Foi tão atencioso da sua parte fazer isso. Mas, sério, não é necessário. Não quero que fique gastando o seu dinheiro com coisas desse tipo.

— Qualquer gasto que eu tenha que possa fazer você feliz ou menos estressada é um bom uso da minha grana, Luca.

A ansiedade em meu peito se acalmou um pouco mais.

— Obrigada, Griffin.

— Não precisa me agradecer. Só estou tentando cuidar da minha garota.

Inspirei o *"minha garota"* e expirei o *"National Enquirer".*

— Então, eu te acordei? O que você estava fazendo?

— Não, estou com companhia esta noite. Os caras da banda estão aqui em casa. Estamos comemorando o término das gravações que aconteceu hoje à tarde. Estávamos programados para terminar amanhã, mas conseguimos finalizar um dia antes.

— Ah, uau! Parabéns. Isso é incrível. Você deve estar tão feliz.

— É. Estou bem animado com o resultado final.

— Isso é ótimo. Mas vou deixar você voltar para eles. Não percebi que tinha companhia. Está tão quieto ao fundo.

— Saí para o quintal quando vi o seu número na tela. Tenho certeza de que eles vão me zoar muito quando eu voltar lá para dentro.

— Por que te provocariam?

— Eles estão me chamando de mandado.

— Mandado?

— Sim. Pau mandado. Aparentemente, é uma expressão popular por aqui. Significa que a mulher de um cara tem ele na rédea curta.

Dei risada.

— Eu sei o que significa. Estava perguntando por que estão te chamando assim.

— Ah. Normalmente, quando finalizamos uma turnê ou terminamos de gravar um álbum, fazemos uma festa de arromba para comemorar. Mas eu não estava a fim disso esta noite. Então, disse a eles que viessem, mas não seria permitido mulheres. E agora estou ao telefone com você.

— Você não queria que eles levassem as namoradas?

— Eles não têm namoradas, Luca. A ideia que eles têm de festa é com bebida, um monte de groupies e algumas strippers.

— Ah.

— Enfim, somos só os caras hoje.

— É melhor eu te deixar voltar para lá, então.

— Que nada... prefiro falar com você a ouvir as histórias deles. Já ouvi todas pelo menos umas dez vezes. Essas merdas tendem a ficar repetitivas quando você passa meses viajando em um ônibus com as mesmas pessoas.

Sorri.

— Aposto que sim.

— Então, me diga... como foi ver o seu rosto nos tabloides pela primeira vez?

Pela primeira vez.

— Posso ter hiperventilado um pouco.

— Fica mais fácil, com o tempo.

Fiquei tão concentrada somente em como me senti ao ver meu rosto estampado em uma revista que não parei para pensar em como isso deve ser para Griffin. Os tabloides só tiraram a minha foto porque eu estava com ele. Isso era somente um gostinho do que ele devia passar todos os dias.

— Como você lida com isso?

— Você aprende a ignorar. A pior parte nem são as fotos. São as merdas que inventam para vender uma história. Uma vez, toquei na barriga de uma fã grávida enquanto dava um autógrafo. Ela me disse que o bebê já era um superfã e tinha passado o meu show inteiro pulando. Ela jurou que toda vez que colocava uma das minhas músicas para tocar, o pequenino começava a dançar na barriga dela. O marido dela estava bem ao seu lado e confirmou que isso era verdade. Então, me curvei e comecei a falar com a barriga dela, de brincadeira, para ver se o bebê começaria a se mexer. E quando ele começou, eles me disseram para tocar a barriga dela e sentir. Foi muito maneiro. Mas, no dia seguinte, fotos estampavam as capas de todos os tabloides, dizendo que a mulher estava carregando o fruto do nosso amor, e o marido dela tinha ido ao show para implorar que eu permitisse que ele adotasse meu futuro filho.

— Que loucura. Eles precisam de uma fonte confiável para publicar essas coisas.

— Algumas celebridades já processaram e ganharam para provar que funciona. Mas o pagamento de indenizações em processos geralmente é menor do que o que eles ganham vendendo revistas, então isso não os impede. As únicas pessoas que ganham com essa confusão são os advogados.

Suspirei.

— Pois é...

— Enfim... eu estava pensando hoje. Temos o festival no Canadá depois de amanhã, e algumas aparições após para começar a promover o novo álbum. Mas, se você concordar, eu gostaria de ver se consigo dar uma mexida no cronograma e ir para Vermont por alguns dias.

Meu coração acelerou.

— Eu adoraria isso. Quando?

— Não sei ainda. Minha agenda está bem cheia, mas acho que posso falar com a minha relações públicas e meu assistente para rearranjar algumas coisas e abrir um espaço nela. Talvez semana que vem, ou na semana depois disso?

— Isso seria ótimo.

— Tem algum dia em particular que seria melhor para você?

— Não. Qualquer dia, na verdade. Uma das vantagens de ser uma escritora reclusa e agorafóbica que trabalha em casa é que meu calendário social é bem vazio.

Griffin deu risada.

— Você acha que está fazendo a sua vida soar ruim, mas toda vez que fala sobre ela, fico com um pouco mais de inveja de quanta liberdade você tem.

— Isso é engraçado. Sinto que liberdade é o oposto do que tenho. Na maioria dos dias, sinto-me como um passarinho preso em uma gaiola por causa de todos os meus medos.

Vozes altas começaram a gritar ao fundo.

— *Aí está você. Com quem está falando ao telefone, Sr. Pau Mandado?*

Griffin deu risada.

— É melhor eu ir. Os caras estão ficando inquietos sem a minha presença.

— Ok.

— Você está bem agora?

Pensei nisso. Falar com Griffin tinha realmente me ajudado a relaxar bastante.

— Sim. Acho que estou. Você acalmou a fera selvagem.

— Viu? Nós podemos fazer isso juntos, linda. Você vai ver. Vamos dar um jeito. Mas dirija com cuidado na volta para casa.

— Pode deixar. Divirta-se com os rapazes.

Encerrei a ligação e fiquei ali sentada no carro por mais alguns minutos. Deus, eu esperava que Griffin tivesse razão quando disse que podíamos fazer isso. Porque, a essa altura, ia doer demais se não pudéssemos.

CARTAS INDECENTES

Capítulo 20
Griffin

— Você precisa ser visto. Pare de ficar se escondendo. — Minha relações públicas, Renee, marchou para dentro da minha casa sem esperar um convite.

— Pode entrar — resmunguei e fechei a porta atrás dela.

Eu tinha planejado ligar para ela hoje. Mas, aparentemente, ela havia se cansado de esperar que eu retornasse suas ligações e achou que uma visita às sete da manhã sem prévio aviso era uma boa ideia. Os caras só foram embora às cinco, então eu não estava feliz.

— Está cedo, Renee. — Eu a segui para a cozinha. Ela foi direto até a cafeteira e começou a abrir armários e pegar algumas coisas para preparar um café. Recostei-me no batente da porta, observando-a em ação. — Você acha que podemos fazer isso um pouco mais tarde? Só consegui ir para a cama há duas horas.

— Poderíamos ter resolvido isso por telefone se você tivesse atendido ao menos uma das minhas ligações na última semana.

Estive mesmo evitando suas ligações. Toda vez que eu falava com ela, dez coisas eram acrescentadas à minha agenda. E a única coisa que eu queria na minha agenda era um tempo sozinho com Luca em Vermont. Fazia mais de uma semana que ela tinha ido embora, e percebi que era tempo demais para ficar longe.

Entretanto, eu precisava da ajuda de Renee para mexer em alguns compromissos da minha agenda e sair da cidade por um tempo. Então, fui até o armário onde eu guardava o pó de café, retirei uma lata e entreguei para ela, que recebeu e me olhou de cima a baixo.

— Você não parece tão acabado para uma manhã depois de uma festa.

— Não foi o caos de sempre.

Ela ergueu uma sobrancelha.

— É mesmo? Por quê?

Eu ia mesmo contar a ela sobre Luca, já que precisava de sua ajuda. Então, contei-lhe a verdade.

— Tenho uma namorada agora. Não quis que os caras trouxessem um monte de strippers e groupies.

Renee apertou alguns botões e me devolveu a lata de pó de café para que eu guardasse.

— Namorada, hein? É a mulher que apareceu na *National Enquirer* ontem? E presumo que também seja a razão pela qual você está pagando alto a cada paparazzo na cidade para comprar os direitos das fotos de vocês dois.

Ergui uma sobrancelha.

— Como você sabe que paguei aos fotógrafos?

Ela sacudiu a cabeça.

— É o meu trabalho saber o que você está fazendo, e com quem está fazendo, também.

Quem me dera estar fazendo algo com Luca. Sentando-me à mesa da cozinha, fui direto ao assunto antes que Renee tivesse a chance de tagarelar o que queria de mim.

— Preciso de um tempo de folga para ir a Vermont visitar minha namorada. Você acha que consegue se livrar de algumas das minhas aparições programadas por alguns dias?

Renee cruzou os braços contra o peito.

— Eu preciso adicionar mais eventos à sua agenda. Faz um tempo que você vem evitando qualquer coisa relacionada a relações públicas. Precisamos que comece a atrair atenção. Você tem um álbum prestes a ser lançado e, depois, a turnê. Me conte sobre essa namorada. Ela é uma celebridade? Alguém que eu possa transformar em burburinho nas mídias?

— Definitivamente não. Ela é muito reservada, e eu gostaria de manter assim. Ela não curte multidões ou atenção.

Renee sacudiu a cabeça.

— Então, é claro, a escolha lógica para ela é namorar um músico que toca em estádios lotados e atrai multidões sempre que pisa fora de casa.

Suspirei.

— Você pode abrir uns dias para mim? Eu realmente preciso ir passar um tempo com ela.

Os olhos de Renee percorreram meu rosto.

— Você gosta mesmo dessa garota, não é?

Assenti

— Ela é especial.

A cafeteira apitou, e Renee virou-se para o armário onde eu guardava as canecas. Enchendo duas, ela sentou-se à mesa de frente para mim e me entregou uma caneca fumegante de café.

— Vamos negociar. Quando você precisa ir? Podemos encaixar algumas aparições públicas antes disso e marcar participações em programas de entrevista para quando você voltar?

— Estarei em Vancouver amanhã para o festival de música. Mas posso fazer o que você quiser depois de amanhã. Podemos fazer essas publicidades em um dia?

Ela franziu a testa.

— Você é um pé no saco, sabia?

Abri um sorriso de orelha a orelha, sabendo que essa era sua maneira de dizer sim.

— Você é a melhor, Renee.

Ela apontou um dedo para mim.

— Você está me dando um dia inteiro. Quero uma ou duas ações de caridade que eu possa vazar para os paparazzi, e depois você vai almoçar em algum lugar público e dar autógrafos para fãs. Beije bebês e deixe as adolescentes tirarem *selfies* com você e te seguirem em algumas lojas.

— Posso fazer isso.

— Você vai ter trabalho dobrado quando voltar. E também não vai poder reclamar disso.

— Sim, senhora. Nada de reclamar. Saquei. — Um pensamento surgiu em minha mente. Cocei a barba no meu queixo. — Posso escolher as ações de caridade e os locais onde vou fazer compras?

— O que você tem em mente?

Abri um sorriso enorme.

— Algo que fará Luca curtir os tabloides um pouco mais da próxima vez.

— Você podia ter escolhido um lugar que tivesse um cheiro melhor. — Renee tapou o nariz ao dar um passo para o lado a fim de evitar uma pilha gigante de cocô.

— Eu te disse que era uma fazenda. Por que raios veio com esses saltos altos?

— Você disse que era um santuário. Pensei que ia fazer uma sessão de fotos com alguns animaizinhos fofos percorrendo colinas verdes, não fazendo trabalho pesado e pegando cocô com uma pá em uma fazenda de porcos.

Uma vez, passei de carro pela Fazenda Charlotte & Wilbur e me lembrei da placa do lado de fora pedindo voluntários. Quando liguei e expliquei quem eu era e disse que gostaria de doar meu tempo, levar alguns fotógrafos para ajudar a aumentar a conscientização sobre a causa e fazer uma doação considerável, os proprietários ficaram em êxtase. Trabalhar em um santuário de porcos não era exatamente uma causa das celebridades da moda.

Limpei minha testa e olhei em volta. Esse lugar estava mesmo em condições precárias. A cerca antiga e quebradiça que rodeava a propriedade precisava ser substituída, e parecia que uma rajada de vento poderia arrancar o telhado do celeiro a qualquer momento. Mas a fazenda abrigava oitenta porquinhos barrigudos resgatados. Eles eram bem fofinhos — e espertos, também. Charlote, a senhora que gerenciava o local, disse que, no fim dos anos oitenta, os porcos haviam se tornado animais de estimação populares, e houve um tempo em que eles tiveram duzentos animais abandonados. Aparentemente, as pessoas que os levavam para casa não tinham noção do quão grandes e bagunceiros porcos poderiam ficar, e não havia outro lugar seguro para eles ficarem. Essa fazenda era o único abrigo que não matava animais nessa área.

Eu tinha chegado muito cedo pela manhã e ajudei o dia inteiro antes dos paparazzi aparecerem. Depois, posei para um monte de fotos com vários porcos. Usando uma bandana vermelha e calça jeans suja e rasgada, eu parecia mais um dos ajudantes da fazenda do que um convidado fazendo uma doação. Mas Renee me fez segurar um dos mini porquinhos em uma mão e usar a outra para erguer minha camiseta e limpar suor da testa, o que, é claro, deixou meu abdômen à mostra. Os paparazzi foram à loucura.

— Está pronto para ir? — Renee perguntou. — Espero que esteja planejando tomar banho antes da sua pequena excursão de compras.

Abri os braços e sorri sugestivamente, caminhando em sua direção.

— Já te agradeci por rearranjar minha agenda? Vem cá, me dá um abraço.

Ela ergueu a mão.

— Encoste em mim com toda essa sujeira e, até o fim do dia, agendarei duas dúzias de shows para adolescentes. Você não terá tempo para ver a sua namoradinha por meses.

Dei risada.

— Obrigado mais uma vez, Renee. Você pode vazar para os paparazzi que estarei na minha próxima parada às sete, e ficarei no local para dar autógrafos por pelo menos uma hora, porque você é a melhor.

Ela sacudiu a cabeça.

— Você não vai dizer isso quando voltar e tiver trabalho dobrado em tudo. Mas divirta-se com a sua namorada nesse tempinho de folga.

— Nós vamos. Obrigado.

Pretendo me divertir pra caramba — e Luca também irá, assim que abrir a porta e descobrir que chegarei mais cedo do que ela está esperando.

Capítulo 21
Luca

— Ai, meu Deus! — gritei e cobri minha boca. — Ele perdeu completamente o juízo.

Pelo segundo dia consecutivo, recebi uma encomenda de três dúzias de rosas multicoloridas e uma caixa de tabloides embrulhada com um laço vermelho enorme. As revistas do dia anterior estavam cheias de fotos de Griffin trabalhando em um santuário de porcos. Derreti diante da visão do mega astro da música todo sujo e interagindo com porcos. Foi a coisa mais bizarra e carinhosa que ele poderia ter feito depois de eu ter surtado por ver minha foto nos tabloides semana passada. Mas as fotos das revistas de hoje quase fizeram meus olhos saltarem das órbitas: foto após foto de Griffin em uma livraria. Em algumas, ele estava dando autógrafos; em outras, estava explorando as prateleiras, mas em cada uma das fotos ele segurava um exemplar de capa dura do meu livro!

Eu não conseguia acreditar no que ele havia feito. Se tive alguma dúvida se ele estava em LA com todas as mulheres lindas e exibidas e já estava se esquecendo de mim, ele com certeza soube como fazer eu me livrar desses pensamentos. Tentei ligar, mas seu celular estava caindo direto na caixa de mensagens. Ele disse que ia viajar para participar de uma reunião importante à tarde e me ligaria depois, mas não consegui esperar.

Ultimamente, vínhamos conversando por chamada de vídeo toda noite, então achei que talvez fosse ser divertido retribuir o carinho que ele vinha me mostrando ao me dar um banho de beleza e usar algo sexy para a nossa ligação mais tarde. Revirei minha gaveta de roupas íntimas para encontrar a peça certa e, então, abri a torneira para encher a banheira. Minha pele estava bem seca há dias, então prendi meus cabelos bagunçados no topo da cabeça e passei uma máscara de lama hidratante no rosto antes de começar o banho. No instante em que eu estava prestes a entrar na banheira, meu celular tocou. O nome de Griff apareceu na tela. Ri comigo mesma, grata por ele estar fazendo uma chamada normal, e não por vídeo, porque de jeito nenhum eu iria querer que ele visse o quanto eu estava horrenda no momento. Atendi no viva-voz no banheiro.

— Oi.

— Oi, linda. Desculpe por ter pedido a sua ligação. Eu estava dirigindo para a minha reunião.

— Ah. Tudo bem. Eu só queria dizer que recebi a sua entrega. Não acredito que você fez aquilo. Foi muito adorável. — Tirei o roupão e o deixei cair no chão. — Estou planejando uma coisinha para retribuir, mas não está pronta ainda.

— Ah, é? E quando estará pronta?

Mergulhei um dedo do pé na banheira para testar a água. Estava agradável e quentinha.

— Em uma hora, mais ou menos.

— Mal posso esperar. Preciso ir para a minha reunião. Mas queria te perguntar uma coisa primeiro.

— O quê?

— Quando você disse que eu podia ir te visitar em Vermont a qualquer dia, estava mesmo falando sério?

— Claro. Mal posso esperar para você vir me visitar. Espero que seja na semana que vem, e não só na semana depois da próxima. — Entrei na banheira e estava prestes a me sentar quando a campainha tocou. — Droga. Tem alguém à porta, e acabei de entrar na banheira com máscara de lama em todo o meu rosto. Deve ser os correios com uma encomenda que estou esperando. Espero que o entregador deixe a caixa na entrada, porque não posso atender à porta desse jeito.

— Bom, eu também te mandei mais uma entrega. Você precisa assiná-la, então é melhor ir atender.

— Ah. Tudo bem. Espere um pouco. Vou atender e volto já.

Saí da banheira e vesti meu roupão felpudo. Olhando meu reflexo no espelho, sacudi a cabeça. *O entregador vai me achar pavorosa. Mas fazer o quê? Ele estará certo.*

Corri até a porta da frente, mais ansiosa pelo que mais Griffin tinha me mandado do que me importando com a minha aparência no momento.

Ao abrir a porta, fui recebida com um buquê de flores enorme. O troço era tão grande que cobria o rosto do entregador. Sorri.

— Ah, uau! Ai, droga. Deixe-me pegar uma gorjeta. Me dê um segundo.

Virei-me para pegar a carteira, mas congelei quando uma voz me fez parar de repente.

— Posso escolher o tipo de gorjeta?

Meus olhos se arregalaram e virei a cabeça de uma vez.

— Griffin?

Ele afastou as flores para revelar seu rosto lindo e sorridente.

— Você disse *qualquer dia*. Espero que tudo bem esse dia ser hoje.

Senti como se meu coração fosse saltar do peito.

— Não acredito nisso.

— Acredite. Estou aqui e sou todo seu pelos próximos dias.

Eu queria chorar de felicidade. Griffin estava tão sexy, usando uma jaqueta de couro e calça jeans rasgada. Seus cabelos estavam desordenados de toda a viagem, mas, sinceramente, ele era ainda mais gostoso assim, todo bagunçado. Por outro lado, eu estava *toda bagunçada* no momento.

Ele me entregou as flores.

— Olhe só para mim — eu disse, gesticulando para o meu rosto. — Estou um desastre.

— Estava rolando na lama com Hortencia de novo, hein?

— É uma máscara de beleza, o que é bem irônico, porque estou tudo, menos atraente.

— Até mesmo com lama na cara você é a garota mais linda do mundo. — Ele abriu os braços. — Venha cá.

— Estou toda bagunçada. Eu...

Ele não me deu ouvidos, puxando-me para si e dando um beijão em meus lábios, apesar da gosma no meu rosto. Agora, também tinha lama em seu rosto.

No entanto, após alguns segundos inspirando seu cheiro e saboreando sua língua, parei de me importar com a minha aparência. Tudo o que importava era que o meu Griffin tinha vindo de tão longe para me ver e que eu o teria todo para mim por um tempinho.

Hortencia entrou correndo na sala de estar e começou a fazer *oink*. Foi somente nesse momento que Griffin se afastou de mim.

— Ah. A famosa Hortencia — ele disse, esfregando os lábios inchados. Ele curvou-se e falou com ela. — Prazer em conhecê-la, mocinha. Vi alguns dos seus amiguinhos outro dia, sabia? Eles mandaram lembranças.

Groink.

Dei risada.

— Vou lavar meu rosto rapidinho e pegar uma toalha para você limpar o seu.

Coloquei as flores sobre a mesa e Griffin me seguiu até o banheiro.

Ao notar a banheira cheia, ele falou:

— Sinto muito por ter interrompido o seu banho. — Ele sorriu. — Na verdade... não sinto, não.

— Eu tinha todo um plano. Escolhi uma lingerie e ia me trocar para a nossa chamada em vídeo. Mas ia tomar banho primeiro. Obviamente, você apareceu na porta e impediu isso.

— Bom, fique à vontade para não me deixar interromper seus planos.

Afaguei sua bochecha.

— Você deve estar exausto do voo.

Ele segurou minhas duas mãos nas suas.

— Não importa. Valeu a pena. Estava morrendo de vontade de estar com você de novo.

— Pelas fotos que vi, você tem andado bem ocupado. Mal teve um momento para respirar durante a última semana. Significa tanto para mim você ter vindo.

— Tudo que fiz foi em prol de conseguir vir para cá. Acredite em mim. Quero aproveitar ao máximo esses três dias.

Eu precisava mesmo tirar essa lama do rosto.

— Vou tomar um banho rápido, me vestir e depois te encontro lá na sala. Que tal você relaxar um pouco? Sinta-se em casa. Tem chá gelado na geladeira e vinho tinto na bancada, se quiser abri-lo.

Ele suspirou.

— Tudo bem. Não demore muito.

Sem querer desperdiçar um minuto do meu tempo com ele, tirei a lama do rosto e esfreguei meu corpo rapidamente na banheira. Vesti a lingerie que tinha escolhido e voltei para a sala de estar. Griffin estava deitado no sofá com os olhos fechados. O coitado devia estar tão cansado.

— Voltei.

Ele abriu os olhos, piscando-os ao se ajeitar sentado. Ele ficou incapaz de falar ao dar uma boa olhada no meu corpo em pouquíssima roupa, usando uma camisola roxa de renda. Eu havia soltado os cabelos, de modo que cobriam meus seios, que estariam bem expostos através da renda se não fosse assim. Senti-me um pouco vulnerável ali, usando quase nada, mas era o mínimo que eu poderia fazer, considerando que o havia recebido parecendo a Noiva do Frankenstein.

— Luca... você... meu Deus. — Ele esfregou os olhos. — Estou sonhando?

— Você não se importa se eu usar isso esta noite, não é?

— Contanto que não se importe que eu fique com uma ereção perpétua e tenha que ficar escapulindo para o banheiro vez ou outra para bater uma... não.

Dei risada.

— Posso viver com isso.

— Muito bem, então. Temos um acordo.

Ele se levantou e caminhou em minha direção. Deus, ele tinha um cheiro tão bom, doce e picante. Meus mamilos enrijeceram.

Segurei sua mão. Seu polegar roçou no meu.

— Posso te mostrar o restante da casa?

Os olhos dele estavam nos meus seios.

— Hã?

Sentindo minhas bochechas esquentarei, dei uma risada.

— Quer que eu te mostre a casa?

— A casa?

— Sim, a casa.

— Ah... sim. Sim. Me mostre a casa. — Ao andarmos juntos, ele colocou a mão em minhas costas, o que enviou arrepios por minha espinha. — Desculpe... — ele disse. — Ainda estou meio distraído com você.

Griffin manteve seu corpo próximo ao meu ao me seguir pela sala de estar até o outro lado da casa. Mostrei a ele a área onde Hortencia brincava e, finalmente, o cômodo onde eu fazia a maior parte do meu trabalho.

— Esse é o meu escritório. É onde escrevo, na maior parte do tempo. — Apontei para a parede. — As prateleiras vieram na casa. Há um depósito escondido atrás delas. Então, são muito práticas.

— Brilhante — ele elogiou, só que não estava olhando para as prateleiras. Ele estava olhando para mim... *além de mim*, com os olhos escurecidos e cheios de desejo.

Griffin estava faminto. Ele estava tentando ser paciente e respeitoso, mas dava para ver que se segurar o estava matando. Dane-se, eu também estava faminta.

Jesus, Luca. O que você está fazendo?

O homem veio de longe até aqui. Estava celibatário há semanas. *E você acha que ele está ligando para a praticidade das prateleiras?* Ele estava olhando para mim como se quisesse me comer, e para ser sincera, não havia nada que eu quisesse mais do que ser devorada por ele.

O *tour* pela casa podia esperar. Todo o resto podia esperar.

De repente, joguei-me nos braços dele, abraçando-o pelo pescoço.

Seu hálito quente em minha pele me deu arrepios.

— Porra, Luca. Senti sua falta. — Ele trouxe sua boca para a minha, beijando-me com tanta paixão que eu praticamente derreti nele.

Deslizei a mão para baixo, para massagear a ereção que pressionava sua calça jeans. Seu pau estava quente e pulsando, assim como eu também estava.

Ele sibilou ao colocar a mão sobre a minha, pressionando minha palma ainda mais contra ele.

— É impossível esconder o que estou sentindo agora — ele disse, com a voz rouca. — Eu quero você.

Griffin me beijou com mais intensidade, enquanto meus dedos se perdiam entre seus cabelos. Ele baixou a cabeça para capturar meus seios com a boca, chupando a pele através do tecido. Meus mamilos estavam pegando fogo. Meu corpo inteiro estava pegando fogo.

Ele se afastou um pouco para me olhar.

— Você faz ideia de como está linda esta noite? — Erguendo-me em seus braços, ele me carregou até a grande mesa de madeira e pousou-me sobre ela. — É nessa mesa que você faz a sua mágica?

— Sim.

Separando minhas pernas, ele indagou:

— Você me deixa fazer a minha mágica... bem aqui?

Engolindo em seco com dificuldade e incapaz de falar, balancei a cabeça afirmativamente.

— Diga, Luca. Preciso ouvi-la dizer, para ter certeza de que estou entendendo *exatamente* o que você quer agora, exatamente o que tenho permissão para fazer aqui...

Ofegando, eu falei:

— Eu quero que você me foda... bem aqui nessa mesa.

— Graças a Deus — ele murmurou. — Porque eu preciso de você esta noite.

— Eu sei — respondi suavemente.

Ele pegou minha mão e a colocou sobre seu peito, para que eu pudesse sentir o quão rápido seu coração estava batendo.

— Nunca duvide do que isso significa para mim.

Eu precisava daquilo. Precisava sentir seu coração, saber que isso significava muito mais para ele do que só mais uma transa qualquer.

Enfiando a mão no bolso de sua jaqueta de couro, ele tirou uma camisinha e a jogou ao nosso lado.

Ele deslizou os dedos por baixo das alças da minha camisola.

— Quero te sentir pele com pele.

Ele foi rápido ao remover minha pequena camisola antes de jogá-la de lado e tirar alguns segundos para fitar meu corpo nu. Eu havia deixado somente uma linha fina de pelos na minha vagina e agradeci aos céus por ter tido o bom senso de me depilar, considerando a surpresa que foi sua visita.

Ele tirou sua jaqueta e a jogou no chão antes de puxar a camiseta pela cabeça, exibindo seu peito, que era perfeitamente esculpido e beijado pelo sol.

Suas pupilas dilataram enquanto ele me encarava. Eu nunca havia experimentado esse lado de Griffin antes — a fera sexual prestes a ser libertada.

Nossas línguas dançavam em um frenesi faminto, uma competição de quem podia saborear mais rápido. Senti o metal frio de seus anéis de prata contra meu seio conforme ele o apertava.

A sensação de sua pele quente no meu peito nu era maravilhosa. Meus dedos exploravam e apertavam suas costas musculosas.

Levando as mãos até seu cinto, eu o abri o mais rápido que pude. Depois que empurrei sua cueca boxer para baixo, seu pau enorme saltou para fora, exibindo ainda mais grossura do que eu me lembrava. Ele começou a esfregar a cabeça do pau no meu clitóris, provocando-me com seu líquido pré-gozo e circulando a extremidade quente em minha carne.

Quando parecia que ele não ia mais aguentar, Griffin pegou a camisinha e rasgou a embalagem com os dentes antes de deslizá-la por seu comprimento. Ele apertou a pontinha antes de olhar nos meus olhos. E então, me penetrou com força de uma só vez, estremecendo todo o meu corpo — todo o meu mundo.

Minhas pernas envolviam seu corpo enquanto ele me fodia com tanta veemência que eu estava praticamente vendo estrelas. Doeu um pouco, a princípio, mas não me importei. Não demorou muito até a dor ir embora, sendo substituída por puro êxtase. Suas bolas se chocavam contra a pele da minha bunda. Eu nunca tinha sido fodida assim, com tanta urgência, tão fundo dentro de mim. Enfiei as unhas em suas costas, querendo mais.

— Mais forte. Me fode com mais força, Griffin.

Eu queria que ele acabasse comigo. Meu orgasmo começou a se formar desde o momento em que ele entrou em mim, um êxtase formigante irradiando por meu corpo pronto para explodir a qualquer momento. A sensação finalmente chegou ao ápice quando ele agarrou minha cintura e me penetrou ainda mais fundo, estocando com mais força. Minha pele se contraiu, e uma onda de calor me percorreu por inteiro conforme meu orgasmo chegava à superfície, fazendo meu corpo inteiro tremer.

Quando Griffin olhou nos meus olhos e gozou dentro de mim, foi a sensação mais intensa que eu já havia experimentado na vida, diferente de qualquer coisa que já sentira antes. Nós dois gritamos em uníssono, nossos gemidos de prazer ecoando pelo ambiente.

Sem fôlego, permaneci deitada sob ele na mesa, molenga e saciada, enquanto ele cobria meu rosto com beijos.

— Ei — ele disse, com a respiração ainda pesada.

— Sim?

— As luzes estão acesas.

Olhei em volta.

— Estão, não é?

— Eu sou o seu primeiro. — Ele sorriu.

— Você é.

O fato de as luzes estarem acesas e ele poder ver claramente cada centímetro do meu corpo nu não me perturbava nem um pouco. Eu sabia que isso era porque eu confiava plenamente em Griffin. Sem contar que estava ocupada demais perdendo-me nele. Ele havia me tomado com cada gota de energia que tinha, tocando meu corpo como um instrumento — fodendo-me como o *rockstar* que ele era.

Capítulo 22
Griffin

Estava começando a achar que poderia viver essa vida reclusa para sempre.

Para começar, quem mais poderia dizer que acordou pela manhã sendo beijado por um porco? Não tinha certeza de que era isso que Hortencia estava fazendo, mas sua baba estava na minha boca, então tive que deduzir que era algo desse tipo.

Nosso primeiro dia juntos consistiu em sexo matinal, seguido por uma caminhada com Hortencia, seguido por mais sexo, depois um almoço de duas horas com *tapas* feitas do que quer que ela tinha em sua geladeira. Fechamos a tarde com chave de ouro, com Luca lendo para mim uma parte de seu livro mais recente enquanto eu massageava seus pés, e depois a convenci a transar mais uma vez antes de tirarmos uma soneca. Então, acordamos, jantamos e ficamos acordados até chegar a hora de ir comprar comida.

Ironicamente, ir ao supermercado no meio da noite funcionava muito bem para uma celebridade que tentava se esconder de olhos curiosos. Era como se alguns dos hábitos estranhos de Luca tivessem sido feitos para mim.

Em Los Angeles, eu tinha que usar boné e óculos escuros em qualquer lugar que ia, dia ou noite, se não quisesse ser reconhecido. Aqui, não usei nada, decidindo arriscar ao entrarmos no mercado durante o horário usual de Luca.

Estava quase vazio. Um paraíso.

Enquanto Luca dava tapinhas em uma melancia com o dedo indicador, não pude deixar de notar o quanto ela era adorável. Ela segurava a fruta perto da orelha. Com sua expressão focada, seria fácil pensar que ela estava ouvindo o barulho do oceano lá dentro. Sua vida podia ser reclusa, mas ela certamente sabia apreciar as pequenas coisas. Eu estava começando a ver que as pequenas coisas — esses pequenos momentos com ela — eram as *grandes* coisas. Queria poder ter mais tempo em Vermont para vivenciá-las.

— O que você está fazendo? — finalmente perguntei, referindo-me à inspeção que ela estava fazendo na fruta.

— Estou tentando ver se está boa. Há todo um processo para se escolher melancias.

— E eu aqui pensando que quem levava jeito com esses tipos de carícias era eu...

— Ah, acredite em mim. Você com certeza leva jeito. — Ela piscou.

Dei risada.

— Então, qual é o truque para saber a vencedora?

— Simples. Se estiver oca por dentro, provavelmente está boa.

— É meio que o oposto com seres humanos, não é? Era assim que eu me sentia antes de te encontrar. Oco por dentro. É uma ótima característica para uma melancia, mas péssima para um ser humano.

Ela colocou a melancia de volta no lugar e pousou uma mão em minha bochecha.

— Isso me deixa triste.

Segurei seus dois pulsos.

— Não me sinto mais assim. Não aqui com você. Me sinto humano de verdade pela primeira vez em anos. Isso aqui... somente estar no mercado com você... é tão libertador. É fácil presumir que ter todo o dinheiro do mundo dá liberdade a alguém. Mas é diferente quando se é uma celebridade. A pessoa que você é de verdade fica essencialmente aprisionada pela sua persona. Você nunca mais terá a vida que teve antes, o anonimato, de volta. Então, sempre que é possível se sentir ao menos meio normal, mesmo que seja efêmero, é um presente.

— Você se arrepende de alguma coisa?

Ponderei sua pergunta, que me causou um misto de sentimentos.

— Tenho orgulho do que conquistei. A música sempre foi uma parte importante da minha vida, e poder fazer isso para viver é algo que valorizo. Mas não tenho dúvidas de que eu não sabia bem no que estava me metendo. Mesmo que me arrependa agora, não posso mudar nada. Então, tento olhar para frente, e não para trás. O que preciso... é descobrir um meio-termo que me deixe feliz. — Olhei em volta. — E essa conversa é profunda demais para a seção de hortifruti.

Luca me puxou para um abraço.

— Bom, eu tenho muito orgulho de você, de tudo que conquistou, se ainda não tinha deixado isso claro.

— Tenho orgulho de você, também. Você é bem-sucedida por si só. Eu crio músicas e me apresento, mas você cria mundos imaginários. Não é um feito pequeno, amor.

Ao voltarmos a empurrar o carrinho pelos corredores desertos, peguei-me escolhendo tudo por impulso, colocando principalmente comidas embaladas que não comeria nem morto em LA.

— Vamos ter uma festa para assistir ao Super Bowl da qual não fiquei sabendo? — ela brincou.

— Não. Mas estou feliz, então estou com vontade de comemorar me comportando mal e comendo coisas que geralmente não posso comer.

Incluindo você.

Eu não tinha percebido o quanto desejava um pouco de normalidade até finalmente sentir o gostinho disso durante essa viagem. Admito que comprar comida no meio da noite não era exatamente "normal", mas eu poderia facilmente me acostumar com isso, me esconder com Luca, transar o dia inteiro e sair somente à noite para comprar alimentos.

Ao seguirmos para o caixa, Luca disse:

— Preciso te avisar que a Doris é sua fã, e ela provavelmente irá te reconhecer. Não mencionei nada para ela, então não sei como vai reagir. Talvez ela estrague o seu disfarce.

Luca já havia comentado comigo sobre essa operadora de caixa, uma pessoa calorosa e simpática que sempre trabalhava no turno noturno.

— Acho que vou sobreviver se ela me expuser, já que só há outras duas pessoas aqui além de nós. Acho difícil eu sentir a necessidade de sair correndo.

Nos aproximamos do caixa com nosso carrinho.

— Oi, Doris.

— Oi, Luca.

Doris começou a escanear os itens antes de finalmente me notar. Seus olhos se arregalaram e ela ficou escaneando o mesmo item várias vezes. Ela estava em choque.

Luca limpou a garganta.

— Doris... este é...

— Você é... — Ela apontou. — Você é... Cole Archer.

— Sim, eu sou.

— Você está... no meu supermercado.

Olhando em volta, assenti.

— É, parece que sim.

Ela olhou para Luca e depois de volta para mim.

— Você... está aqui com a Luca?

Luca pareceu ter dificuldades para encontrar as palavras certas.

— Doris... Cole é meu... — Ela hesitou.

Percebi naquele momento que Luca não sabia como me categorizar. Era compreensível, porque nunca discutimos um título formal. Eu já havia me referido a ela como *minha* garota, mas nunca me referi a mim mesmo como *seu* homem.

Terminei a frase de Luca.

— Namorado.

Luca virou-se para mim.

— Namorado? — Não dava para saber se ela tinha sido pega de surpresa.

Meu coração apertou, imaginando se eu tinha ferrado tudo ao ser presunçoso.

— Tudo bem para você?

Quando sua boca se curvou em um sorriso, meu pulso se acalmou um pouco.

— É perfeito — ela disse.

— Ótimo — sussurrei. — Maravilha.

Nossos olhares ficaram presos um no outro até a voz de Doris nos interromper.

— Como isso aconteceu?

— Quanto tempo você tem, Doris? — perguntei.

Com estrelinhas nos olhos, ela suspirou.

— A noite inteira... a noite inteira para você.

— Muito bem, então.

Ela me fitou, ansiosa por minha explicação.

— Bem, para começar, meu nome verdadeiro é Griffin. E a nossa história começou muito tempo antes de eu ficar famoso. Quando éramos crianças, Luca era minha amiga por correspondência. Nós escrevíamos cartas um para o outro, e nem sabíamos como o outro era. Eu me apaixonei por ela através de suas palavras, mas nunca disse isso. Devido a um mal-entendido terrível, ficamos bastante tempo sem nos falarmos. Eu estava magoado. Mas então, certa noite, fiquei bêbado e escrevi para ela novamente, sem imaginar que ela escreveria de volta. — Olhei para Luca e mantive meus olhos nela. — Percebemos nosso erro e continuamos de onde paramos. Só que, dessa vez, nos arriscamos bem mais. Nos encontramos pela primeira vez, e me dei conta de que estou ainda mais apaixonado por ela do que pensei. — Analisei a expressão chocada de Luca por um momento e me virei de novo para Doris. — Estou encrencado, Doris. Estou preocupado, porque, em todo lugar que vou, as pessoas sabem quem eu sou... ou pelo menos acham que sabem. Não é um jeito normal de se viver. E a minha garota... ela fica assustada em multidões. É a pior combinação de fatores possível. Às vezes, parece que tudo está contra nós. Mas minha maior esperança é que ela continue acreditando em mim, acreditando que o que temos é mais forte do que qualquer coisa que conspire contra nós. Estou tão feliz por estar aqui, Doris, com você e com ela.

Uma caixa de ovos que Doris estava segurando deslizou de suas mãos e caiu no chão.

Os ovos quebrados não pareceram perturbá-la nem um pouco, com a atenção fixa em nós.

— Essa foi a coisa mais linda que já ouvi. Eu... eu vou pegar outra caixa de ovos. Me desculpem.

Ela saiu correndo antes que eu pudesse dizer mais alguma coisa.

Aproveitei a oportunidade para me virar para Luca.

— Espero que não tenha problema eu ter admitido que... me apaixonei por você, Luca. Eu te amo. Sou louco por você.

Luca estava em lágrimas.

— Eu também te amo, Griffin. De verdade. Eu sempre te amei.

Nós nos abraçamos, e eu sussurrei em seu ouvido:

— Não estava esperando que saísse daquele jeito, mas agora que saiu... quero que saiba que fui sincero em cada palavra.

Doris voltou, ofegando.

— Uma caixa de ovos novinha para vocês.

Ela tornou a escanear os itens restantes, apressando-se de maneira nervosa como se quisesse compensar seu atraso.

Após pagar por tudo, eu quis dar a ela uma coisinha extra. Entreguei-lhe uma nota de cem dólares.

— Obrigado por cuidar da minha Luca quando não posso.

— O prazer é meu. — Ela abriu um enorme sorriso. — Muito obrigada, Sr. Archer.

— Até a próxima, Doris — Luca disse.

— Com certeza — ela respondeu ao sairmos do mercado.

Luca e eu levamos as compras para seu carro. Após enchermos o porta-malas, parei para olhar o céu. Era uma linda noite estrelada, e mais lindo ainda era o fato de que não havia sequer uma pessoa à vista.

Liberdade.

Puxei Luca para mim impulsivamente e comecei a dançar lentamente com ela no meio do estacionamento. Com sua mão na minha, nos balançamos de um lado para o outro em silêncio. Em que outro momento da minha vida eu poderia fazer isso sem alguém tirando fotos minhas? Eu queria dançar com a minha garota sob as estrelas sem ninguém olhando, além de nós.

Não entendi o porquê, mas a primeira música que me veio à mente foi *Maybe I'm Amazed*, do Paul McCartney. Combinava com o momento. Luca continuou com a cabeça repousada em meu ombro, enquanto eu começava a cantar a canção suavemente.

Foram minutos lindos de paz, dançando com a mulher que eu adorava. Foi como um sonho. Se ao menos a minha vida real não viesse em alguns dias para me fazer despertar...

Quando nossa dança terminou e entramos no carro, perguntei:

— Você consideraria fazer sexo a três?

O choque que tomou conta de seu rosto foi adorável.

— Não. Nunca.

— Não estava me referindo a *esse* tipo de sexo a três. Mas estava pensando... você me deixaria interferir na sua brincadeirinha com o Furby esta noite?

Eu não queria ir embora. E não me referia a ir embora dali a dois dias — eu não queria ir embora nunca mais. A cabeça de Luca descansava em meu peito, e um ronco suave e fofo fazia seus lábios vibrarem a cada expiração. Jesus, eu amava até seu ronco.

Eu estava ferrado.

Totalmente ferrado.

Como diabos eu ia cair na estrada durante semanas, às vezes por vários meses, sem vê-la? Eu não queria ir de jeito nenhum. Além disso, eu adorava seu estilo de vida. Até mesmo as idas ao supermercado às duas da manhã pareciam mais normais para mim do que qualquer coisa que já senti em anos. Eu podia me ver varrendo folhas durante o outono, tirando neve com uma pá no inverno e fazendo longas caminhadas na primavera com Luca ao meu lado. Embora eu tivesse todo o dinheiro com o qual sempre tinha sonhado, sempre senti como se estivesse faltando algo. Só não sabia o que era. Até agora.

Eu amo essa garota pra caralho.

E agora que eu sabia o que me fazia feliz, de jeito nenhum deixaria escapar das minhas mãos. Então, escapuli da cama, com cuidado para não acordar Luca, e fui para seu escritório. Lembrei-me de que ela tinha um calendário enorme lá e eu precisava dele para esboçar meu plano.

— Que cheiro bom é esse? — Luca chegou por trás de mim no fogão e envolveu-me com seus braços, pousando as mãos em meu peito nu. Soltei a espátula e virei para enterrar o rosto em seu pescoço.

— Você. *Você* tem o cheiro bom. Já estava na hora de levantar, preguiçosa. Estou morrendo de fome.

— Você podia ter tomado café da manhã sem mim.

Deslizei as mãos por baixo da camiseta que ela estava usando — *minha* camiseta, que adorei ver nela — e agarrei sua bunda com vontade.

— Tomei café da manhã há três horas. Estava falando do almoço. Vou comer você, linda. — Apontei com o queixo para a bancada da cozinha atrás de nós. — Bem ali em cima. Vou abrir as suas pernas e te lamber até você dizer sim.

Ela afastou a cabeça para trás.

— O que você vai perguntar e quer que eu diga sim?

Sacudi a cabeça.

— No momento certo. No momento certo. Chegaremos lá. Mas, primeiro, preparei as suas comidas favoritas. — Ergui um papel-toalha. — Bacon. *De peru*. Para você poder curtir o sabor e ainda conseguir olhar para a sua amiguinha depois. — Tirei a tampa de uma panela sobre o fogão. — Purê de batatas. De batatas de verdade, não aquela porcaria em pó que você disse que compra quando cozinha apenas para uma pessoa. Tenho quatro curativos nos dedos para provar que eu mesmo descasquei as batatas. — Abri o forno, onde eu havia deixado o prato principal para que continuasse quente. — E frango frito empanado com flocos de milho.

Luca lambeu os lábios.

— Ai, meu Deus. Não acredito que você fez tudo isso. Eu nem ao menos tinha a maioria dos ingredientes para essas coisas em casa. Você deve ter ido ao mercado comprar, além de tudo.

Aquilo me lembrou de que eu também havia feito uma parada em uma confeitaria durante a minha saída — sem boné e óculos escuros a manhã inteira, e nenhuma pessoa tentou tirar uma foto minha ou pareceu me reconhecer. Na verdade, o senhor que me atendeu na confeitaria resmungou para mim. *Deus, eu amo Vermont*. Fui até a geladeira, abri a porta e tirei a caixa branca de lá.

— Cheesecake com morangos por cima. Mas admito, isso é mais para mim do que para você. Mal posso esperar para espalhá-lo nos seus peitos e limpar com a língua.

O olhar de Luca suavizou.

— Não acredito que você se lembrou de todas as minhas comidas favoritas e as fez. Nunca fizeram algo assim para mim.

Beijei seus lábios.

— Sente-se e coma. Você vai ficar muito mais contente com a barriga cheia. E então, poderemos conversar.

Luca fazia sons cantarolantes quando comia algo que gostava muito. Não pude evitar imaginar se eu conseguiria fazê-la emitir esses sons quando ela estivesse de joelhos.

— O que foi? — Ela pousou sua coxa de frango, limpou a boca com um guardanapo e estreitou os olhos para mim. — Você parece estar pensando sacanagem.

Sorri.

— Como eu poderia não estar? Você está sentada à mesa sem calcinha e sutiã. E, *porra*, estou ficando duro por te ver enfiando os dentes nessa coxa de frango. *Sitofilia*. Pesquisei enquanto você estava devorando o purê de batatas. Eu não sabia que tinha um fetiche por comida.

Luca mordeu o lábio inferior.

— Por falar em fetiches, aposto que você deve ter... feito muitas coisas... sabe, experimentado com mulheres. Tenho certeza de que houve muitas oportunidades.

Essa era definitivamente uma conversa que não deveríamos ter. Então, redirecionei-a para onde estava antes.

— Eu quero fazer muitas coisas com *você*.

Luca inclinou a cabeça para o lado.

— Tipo o quê?

— Pensando rápido? Bem, eu gostaria de tirar a sua camiseta e foder os seus peitos. Deslizar meu pau entre esses dois montes grandes e lindos e gozar nesse seu pescoço delicado.

Suas bochechas ficaram vermelhas, e sua mão se ergueu para tocar o pescoço.

— O que mais?

— Bem, já que está perguntando… eu gostaria de te colocar curvada em meu colo e estapear a sua bunda gostosa algumas vezes, com força suficiente para que você sinta e fique uma marca da minha mão na sua pele clara. Depois, quero te curvar sobre a sua mesa, com a sua bochecha pressionada contra a superfície, e te comer por trás olhando para o meu trabalho manual.

Ela engoliu em seco.

— Ah. Uau. Ok. O que mais?

Havia milhões de coisas que eu queria fazer com ela. Tomá-la de tantas maneiras — em todos os orifícios, em todas as posições. Mas havia uma coisa em particular que eu quis fazer desde o primeiro instante em que pus os olhos nela do lado de fora da minha casa na Califórnia. Não era nem um pouco erótico, mas era o que eu realmente queria.

— Sabe o que eu gostaria muito de fazer? E que talvez possamos tentar hoje à noite?

— O quê?

— Beber uma garrafa de vinho, transar e depois pedir uma pizza e comer na cama, pelados.

Caímos na risada. Luca levantou-se e veio até mim, sentando-se no meu colo.

— Acho que não existe um jeito melhor de passar a nossa última noite juntos, Griff. Isso parece perfeito.

Ela tinha razão; era perfeito. Só que eu precisava corrigir um pequeno detalhe. E ela havia me dado a deixa perfeita para termos a conversa que eu estava louco para ter desde antes do sol nascer. Prendi minhas mãos em volta dela.

— É o jeito perfeito de passarmos a noite. Tem somente uma coisa que precisamos consertar nesse plano.

Ela sorriu.

— Ok. O que é?

— Vamos fazer com que essa não seja a nossa última noite juntos. Eu preciso passar mais tempo com você, porque muito em breve, estarei em turnê novamente e a vida vai ficar uma loucura. Quero que você viaje comigo agora, enquanto temos a chance, Luca.

Ela ficou mais nervosa do que pensei que ficaria.

Escrevi meu cronograma do próximo mês no calendário de Luca e o coloquei diante dela para explicar quais eram os meus planos. Apontei para a sexta-feira.

— Tenho que estar em Nova York depois de amanhã para a gravação de um *talk show*. No sábado, terei que ir para Connecticut para uma entrevista em uma estação de rádio de uma faculdade, depois voltarei para Nova York para três aparições em estações de rádio diferentes na segunda-feira de manhã. Terça será um dia sem compromissos, mas tenho que estar em Detroit na quarta-feira para uma apresentação privativa à noite que a minha gravadora marcou com umas pessoas do meio musical. Vamos tocar algumas músicas do novo álbum para críticos de revistas e grandes blogueiros musicais. Na quinta, iremos para Chicago por três dias para as filmagens do clipe do primeiro *single*. Depois, terei uma semana de folga antes da turnê começar. É nisso que estou pensando. — Segurei uma de suas mãos entre as minhas e a trouxe para meus lábios, dando um beijo. — Ouça-me. Mantenha a mente aberta.

Luca fechou os olhos por um minuto, em uma tentativa de se acalmar. Quando ela os abriu, sorri.

— Essa é a minha garota. Ok... vamos lá. Primeiro, dirigimos até Nova York. Podemos fazer isso amanhã à noite, com as estradas mais vazias. Reservei um Airbnb em Lower East Side. É uma casa geminada com dois andares, e aluguei os dois espaços para que não tenha mais ninguém além de nós. O lugar tem uma ótima mesa que fica de frente para uma janela, onde você vai poder trabalhar enquanto estivermos lá. Ficaremos de quinta até terça-feira da semana que vem. No sábado, irei de carro até Connecticut de dia e voltarei à noite. Você pode escrever enquanto isso. Podemos passar o domingo inteiro na cama, talvez experimentando algumas das coisas que mal posso esperar para fazer com você, e assistindo filmes. Na segunda-feira, você trabalha enquanto eu faço as últimas participações em rádios, e depois vamos de carro para Detroit à noite, antes de seguir para Chicago. Então, voltamos para Vermont e ficamos aqui por uma semana. Meu assistente vai pegar as minhas guitarras e mandá-las para cá, e encontrou um estúdio que posso usar para ensaiar durante o dia, assim não faço barulho durante o seu horário de escrever. A turnê começa depois disso, mas podemos usar as próximas duas semanas para irmos nos acostumando aos poucos, e não teremos que nos preocupar com isso por um tempo.

Os olhos de Luca começaram a marejar. Coloquei uma mecha de cabelo atrás de sua orelha.

— Fale comigo — eu disse. — Me diga o que está pensando.

Uma lágrima rolou por sua bochecha. Aquilo causou uma dor em meu peito, e a limpei de seu lindo rosto.

— Eu quero. Eu realmente quero, *muito mesmo*. Mas tenho medo, Griffin. E se eu tiver uma crise no meio da viagem?

— E se você não tiver uma crise e se divertir bastante?

Ela franziu a testa e fechou os olhos.

— Você é um anjo. Mas estou falando sério. Acho que você não compreende completamente o quão debilitante um ataque de pânico pode ser. O simples ato de fazer planos me causa uma quantidade irracional de estresse. Não sinto ansiedade somente antes de entrar em algum lugar, Griffin. Fico obcecada até mesmo com a possibilidade de ter um ataque de pânico. É tudo em que consigo pensar quando sei que terei que fazer coisas com as quais me sinto desconfortável. A cada dia, meu medo vai crescendo e crescendo até eu chegar a um ponto em que começo a ter um colapso.

— Então que tal levarmos um dia de cada vez? Apenas vá comigo por uma noite. Não planeje ficar duas. Depois que o primeiro dia passar, você pode decidir como se sente em relação ao dia seguinte. Posso te trazer de volta a qualquer momento.

— Não sei, Griffin. Você tem um cronograma a cumprir. Não tem tempo para levar a sua namorada agorafóbica para casa às pressas caso ela tenha uma crise.

Senti que estava começando a perder a batalha.

— Não se preocupe com o meu tempo. Um relacionamento se baseia em dar e receber. Você estará fora da sua zona de conforto por mim porque eu quero você comigo, então se eu precisar tirar um dia para te trazer para casa, é o que farei. Minha mãe costumava dizer uma coisa sobre relacionamentos. Sendo sincero, nunca entendi completamente, mas acho que é porque nunca tive um relacionamento verdadeiro antes.

— O que ela dizia?

— Ela dizia *O que vem fácil não durará muito, e o que dura muito não virá fácil*.

Luca abriu um sorriso triste.

— A sua mãe era uma mulher inteligente.

— Ela era. — Segurei seu rosto entre minhas mãos. — Então, o que me diz? Você vai tentar? Podemos experimentar o primeiro dia e ver como nos saímos.

Ela olhou em meus olhos. Eu podia ver o puro terror em seu rosto, mas sabia que poderíamos fazer isso dar certo juntos. Ela envolveu meu pulso com a mão enquanto eu ainda tocava seu rosto.

— Posso pensar?

Nesse momento, a campainha tocou. O *timing* não poderia ter sido mais perfeito.

— Ai, meu Deus. Não estou vestida, e não estava esperando companhia.

— Eu estou esperando companhia. — Peguei Luca em meus braços e me levantei, trazendo-a comigo. — Vá vestir uma roupa. Peguei seu celular emprestado para ligar para o Doc. Eu o convidei.

Ela franziu a testa.

— Doc? Por quê?

Beijei seu nariz antes de colocá-la no chão.

— Porque eu sabia que você ia precisar conversar com alguém sobre o que acabei de te pedir.

Luca me agraciou com um sorriso verdadeiro, dessa vez. Ela ficou nas pontas dos pés.

— Eu te amo, Griffin.

— Também te amo. Agora, vá se vestir para poder conversar com o homem dos pássaros e depois voltarmos para os nossos planos desta noite.

— Planos?

— Já se esqueceu? Beber, transar e comer pizza na cama pelados.

CARTAS INDECENTES

Capítulo 23
Luca

— Acho que essa é uma ótima oportunidade para você continuar a sua terapia de dessensibilização, Luca.

Doc e eu caminhávamos lado a lado pela floresta. Fazia um pouco de frio, então eu estava usando um casaco leve. Meu fiel terapeuta, por outro lado, usava um suéter de Natal de gola alta, com um desenho de Jesus na frente, erguendo dois dedos em um sinal de paz e amor. Estava escrito vamos festejar porque é aniversário do cara lá de cima. Doc mantinha suas roupas festivas no porta-malas do carro, já que sua casa minúscula não tinha muito espaço para guardar coisas. Aparentemente, foi a primeira coisa que ele encontrou no carro para nossa caminhada.

— Eu sei, mas não acho que o nosso relacionamento está pronto para isso. É tão recente... só nos conhecemos pessoalmente pela primeira vez há menos de um mês. E se eu não conseguir me controlar e ter um ataque de pânico grave e... assustá-lo e fazê-lo se afastar?

Doc parou e olhou para mim.

— Deixe-me te perguntar uma coisa. O fato de que vocês se conhecerem pessoalmente há pouco tempo faz os seus sentimentos por Griffin serem menos verdadeiros?

— Bem, não...

— Ok. Então, a maneira como você chegou ao momento em que está agora no seu relacionamento é irrelevante. Admito que as circunstâncias são um pouco únicas, mas você começou a conhecer esse homem há mais de uma década. Não está se precipitando em algo com um estranho. Presumo que você está apaixonada por ele.

Suspirei.

— Estou. Muito.

— Bem, então você precisa descobrir se consegue fazer essa vida juntos dar certo. Me parece que ele está disposto a fazer qualquer coisa para descobrir. Não seria pior se vocês ficassem ainda mais próximos do que já estão e aí descobrirem que não se encaixam na vida um do outro?

— Acho que sim...

— Deixe-me te contar sobre o agapornis.

— O quê?

— O papagaio africano. Ele é chamado de pássaro do amor.

—Ah. Ok. O que tem ele?

Doc estendeu a mão para que eu fosse pelo caminho rodeado de árvores novamente. Ele gostava de contar suas histórias enquanto andávamos.

— A maioria das pessoas considera os pássaros do amor como um pássaro que o seu amado te dá de presente de dia nos namorados em um gesto romântico, porque eles ficam juntos para sempre. Mas, na verdade, eles não precisam arranjar um parceiro ou parceira para poder sobreviver. O pássaro do amor requer companhia, e esse laço pode vir de um humano, se não houver outro pássaro disponível. Somos muito parecidos com os pássaros. Você não precisa ter um parceiro para viver. Na verdade, tenho certeza de que sobreviveria muito bem passando o resto dos seus dias apenas com Hortencia ao seu lado. Mas quando os pássaros do amor se juntam em um relacionamento monogâmico, eles se tornam mais calmos e mais estáveis.

— Está dizendo que *eu* ficaria mais calma em um relacionamento?

— Estou, Luca. Não é incomum pessoas com distúrbios de pânico se alienarem, como você fez. Elas tentam esconder a condição para evitar a vergonha ou o medo de ter um ataque de pânico na frente dos outros. É por isso que uma rede de apoio é tão importante. Assim que você vê que pessoas que ama e confia te aceitam por quem você é e não te julgam, se torna mais disposta a correr riscos que podem resultar em outras pessoas fora da sua rede de apoio vendo o seu estado em pânico. Permitir que alguém que você ama se aproxime é o próximo passo lógico para você. Você fez um progresso maravilhoso comigo no decorrer dos anos, mas juntos só podemos ir até certo ponto. Agora, *você* precisa decidir correr um risco.

Griffin não me perguntou o que Doc e eu havíamos conversado. Além disso, não me pressionou a conversar mais sobre que havia proposto mais cedo. Em vez disso, ele me deu espaço, e tivemos uma noite incrível de sexo e comemos pizza na cama. Depois disso, nós dois caímos no sono... ou, pelo menos, foi o que pensei.

Era cerca de duas da manhã quando despertei. Meus olhos se abriram e encontrei o olhar castanho de Griffin me observando. Ele sorriu.

— É estranho eu gostar muito de te ver dormir?

Minha voz estava rouca.

— Mais ou menos.

Ele riu.

— Eu te acordei por estar te espiando?

Afastei os cabelos do meu rosto.

— Acho que não. Acho que acordei porque estou com muitas coisas na cabeça. Minha tendência é ter dificuldades para dormir quando algo está me incomodando.

Griffin assentiu. Ele não precisou perguntar com o que eu estava preocupada. Em vez disso, ele simplesmente se inclinou e roçou os lábios nos meus.

— Tem algo que eu possa fazer para te ajudar a dormir? Preparar um leite quente ou massagear as suas costas?

— Não, estou bem. Obrigada.

Ele balançou as sobrancelhas.

— Ouvi dizer que fazer exercícios extenuantes é um bom método para induzir o sono.

Sorri.

— Se for assim, eu deveria ter dormido por uma semana depois dos últimos dias.

Griffin passou o polegar por meu lábio inferior. Seu toque era tão cheio de ternura que me fez derreter por dentro.

— Bom, já que você está acordada... posso te contar algo em que estou pensando? — ele sussurrou.

— Sim, claro.

Griffin olhou profundamente em meus olhos.

— Estou com medo, Luca.

Apoiei-me em um cotovelo.

— Do que você está com medo?

— Tenho medo de você não querer nada de mim. De você não *precisar* de nada que eu possa te oferecer.

Meu coração apertou.

— Meu Deus, Griffin. Você não poderia estar mais errado. Eu quero, *sim*, algo de você. — Estendi a mão e a pousei em seu peito. — Eu quero isso. Eu quero o seu coração.

— Mas você não *quer* querê-lo.

Meu Deus, eu tinha ferrado tudo. Fiquei tão ocupada me preocupando com o quanto eu estava com medo de me arriscar que não parei uma única vez para pensar que talvez Griffin também estivesse nervoso por se apaixonar. Ele já fora machucado por mulheres e amigos e tinha suas próprias dúvidas. Ainda assim, esse homem lindo havia dado um salto de fé por mim — dizendo que me amava, rearranjando sua vida para fazer caber na minha. Eu tinha muitas dúvidas e medos, mas não duvidava de suas intenções ou do fato de que ele queria estar comigo. E isso era porque Griffin não apenas me disse que me amava — ele me *mostrou* de muitas maneiras.

Eu precisava fazer o mesmo — mostrar a ele que o amava. Respirando fundo, decidi que queria ser um pássaro do amor.

— Vamos fazer isso. Eu vou viajar com você.

O rosto de Griffin se iluminou.

— Está falando sério?

Confirmei com a cabeça.

— Tenho pavor do que pode acontecer, do ataque de pânico que possa me atingir. Mas tenho ainda mais medo de deixar você sair pela minha porta amanhã sem tentar fazer dar certo. Você já tem o meu coração, Griffin. Se for embora sem mim, vai levá-lo junto, e ficarei vazia por dentro.

Griffin me puxou para um enorme abraço de urso.

— Eu te amo, linda — ele disse, com o rosto enterrado em meu pescoço. — Obrigado. Prometo que farei tudo que estiver ao meu alcance para garantir que você não se arrependa dessa decisão.

Eu sabia que suas palavras eram verdadeiras. Só não sabia se ele fazer tudo o que estivesse ao seu alcance era suficiente para as coisas entre nós darem certo.

Deixamos Hortencia na fazenda onde ela normalmente ficava sempre que eu precisava sair da cidade.

Griffin estava guardando as coisas no SUV que ele havia alugado quando fui até meu quarto e fiz uma ligação para Doc. Eu só tinha mais alguns minutos antes de pegarmos a estrada. Como planejávamos dirigir no meio da noite, estava tarde, mas avisei para Doc esperar por uma ligação minha.

Ele atendeu no primeiro toque.

— Você já saiu?

— Estamos quase prontos para ir. Queria falar com você antes de entrar no carro.

— Claro. Como está se sentindo?

Respirei fundo ao telefone.

— Ansiosa.

— Como esperado...

— Depois da nossa conversa ontem, senti como se devesse a mim mesma arriscar fazer essa viagem, mas ainda estou me perguntando se estou cometendo um grande erro. É muito tempo longe de casa, muitos locais... muitas oportunidades para desastres... eu...

— Luca... — ele me interrompeu. — Qual é a regra número um da qual sempre falamos?

Tive que pensar por um momento antes de responder.

— Permanecer no presente.

— Isso. Se você permanecer no momento presente e não for para onde quer que a sua mente esteja tentando te levar, sempre estará segura. Existe segurança no agora. Nesse momento, você está no seu quarto falando comigo. E isso é tudo que realmente existe. As suas preocupações se originam em experiências passadas e no medo do futuro. Nem o passado, nem o futuro, são reais. Somente o presente existe. Se você adotar esse mantra, ficará bem em qualquer situação. Se puder se lembrar de ao menos uma coisa durante a sua viagem, lembre-se de permanecer no presente. Ouça o som do carro em movimento, foque nas gotas de chuva, saboreie a comida deliciosa que eu tenho certeza de que o Griffin irá te oferecer. Pratique esses exercícios de atenção plena.

— Ok. Vou tentar. Mas, por favor, fique a postos para receber uma ligação minha, caso eu precise de você.

— Sempre, minha querida. E, para constar, estou imensamente orgulhoso de você por dar esse passo.

Griffin entrou no quarto e bateu as palmas uma na outra.

— Está pronta?

Assenti.

— Ok, Doc. Tenho que ir.

— Boa sorte, Luca. Se vir algum grou-canadense no Michigan, por favor, tire fotos para mim.

Ele só pensa nisso.

Dei risada.

— Ok. Pode deixar.

Após desligarmos, olhei para Griffin, que parecia estar me observando. Ele inclinou a cabeça para o lado.

— Você está bem, linda?

Meu coração estava acelerando, e senti que estava ficando gelada, o que acontecia sempre que eu ficava muito nervosa.

— Sim. Só um pânico de último minuto tentando se instalar.

Ele me envolveu pela cintura e falou bem perto da minha boca:

— Ah. Bom, por acaso, eu tenho a cura para pânico de último minuto.

— É? Qual é?

— Ouvi falar que sentar na cara do seu parceiro dá um jeito nisso.

Meu queixo caiu.

— Ah, é mesmo?

— Sim. Se chama CTCC.

— CTCC?

— Chupada terapêutica cognitivo-comportamental.

Caí na gargalhada.

— Então, como isso funciona, exatamente?

— Bem... nós começamos a atacar o seu modo de pensar desafiando as dúvidas na sua mente que te causam medo. Simultaneamente, você senta na minha cara enquanto eu trabalho para te levar ao orgasmo. A percepção final é a de que nada mais importa além de gozar na minha boca.

Dei risada.

— Ah. Parece uma terapia muito especializada. É preciso formação para administrá-la?

— É autoinstruída. Na verdade, eu preciso praticar um pouco. E me parece que você precisa de uma CTCC agora. Então... todo mundo sai ganhando.

Ergui a sobrancelha.

— Você quer que eu... sente na sua cara?

— Está tudo guardado no carro. Estamos adiantados e com tempo sobrando. Acho que esse seria um bom uso desse tempo.

Contra isso, eu não podia argumentar. Talvez um orgasmo fosse bom para acalmar meus nervos. Mas sentar na cara dele? Não sabia se estava muito confortável com aquilo.

Ele pôde sentir minha apreensão.

— Isso vai te acalmar. Prometo.

Griffin deitou-se de costas na cama e puxou a camiseta pela cabeça. As ondulações dos músculos em seu peito nunca deixavam de me impressionar. A tatuagem em sua pele bronzeada acentuava o pacote inteiro. Eu nunca demorava a entrar no clima com Griffin. Tudo que precisava fazer era olhar para ele.

— Fique bem aí onde está. — Sua voz era áspera. — Tire a roupa devagar para mim. comece com o sutiã. Quero ver os seus peitos saltarem para fora um por um.

Fiz o que ele pediu, tirando minhas roupas peça por peça. Meus mamilos endureceram quando Griffin abriu sua calça e tirou seu pau inchado. De onde eu estava, podia ver que a pontinha já estava úmida.

Lambi os lábios diante da vontade de chupá-lo. Ele começou a se acariciar enquanto assistia eu me despir até estar completamente nua. Adorei ver o quão excitado ele estava; aquilo me deixava louca.

— Massageie o seu clitóris enquanto me assiste bater uma.

Pressionei dois dedos no clitóris e comecei a massageá-lo em círculos. Enquanto ele passava a língua pelos lábios, fiquei pensando em como seria quando me tocasse. Ficando cada vez mais molhada, tive que me impedir de gozar. Assisti-lo se masturbar, assistir sua mão mover-se para cima e para baixo em seu pau grosso, me deixou com tanto tesão. Era a primeira vez que fazíamos aquilo. Era uma distração inesperada, mas muito bem-vinda, na minha noite que antes estava estressante.

Ele gesticulou com o dedo indicador.

— Venha cá.

Caminhei até ele e subi na cama, ficando em cima dele. Ele continuou a se acariciar ao me posicionar sobre seu rosto. A sensação do calor de sua boca entre minhas pernas nessa posição foi um pouco diferente — mas incrível. Sua barba pinicava minha pele. Eu nunca tinha sentado na cara de um homem antes. Qualquer apreensão iminente caiu por terra rapidamente assim que me perdi naquela sensação maravilhosa. Havia algo muito dominante na posição, e aquilo fez com que as sensações que percorriam meu corpo ficassem ainda mais intensas.

Ele falou sob mim:

— Me diga o que está te preocupando agora, Luca...

Incapaz de formular palavras, simplesmente gemi.

— Ahhhh...

Sua missão foi cumprida, porque meu cérebro antes tão agitado havia derretido. Além de não me lembrar mais do que estava me preocupando, eu também mal conseguia me lembrar do meu próprio nome.

Meu clitóris sensível pulsava conforme ele continuava a me lamber e me chupar enquanto eu segurava sua cabeça e o pressionava ainda mais entre minhas pernas.

— Rebola na minha cara, linda. Eu amo te devorar desse jeito. Consigo sentir tudo, saborear tudo. Vou gozar tão forte.

Sua língua atingia todos as minhas zonas erógenas. Não aguentei mais. Um dos orgasmos mais poderosos que já tive partiu do meu centro e sacudiu meu corpo inteiro. Com uma mão em seu pau e a outra segurando minha bunda, a respiração de Griffin sob mim ficou errática. Eu sabia que ele estava gozando. Os sons abafados de seu prazer vibraram contra minha pele sensível.

Ele me lambeu delicadamente, movimentando a língua em círculos lentos, enquanto nos recuperávamos.

— Foi... maravilhoso. Nunca fiz isso antes — eu disse, sem fôlego.

Ele me virou na cama, ficando por cima de mim, com minha excitação brilhando em sua boca.

— Mais uma primeira vez para chamar de minha. Bem do jeito que eu gosto.

Capítulo 24
Griffin

Conseguimos passar pelo começo da viagem sem complicações. O Airbnb que aluguei em Lower East Side, Manhattan, era bem privativo, como esperado. Então, não fiquei preocupado por deixar Luca sozinha ao viajar para Connecticut no sábado. Liguei algumas vezes para saber como ela estava, e ela me relatou que estava tendo um dia produtivo de escrita.

No caminho de volta, ao fim do dia, eu mal podia esperar para estar com ela novamente. Tinha feito planos para a noite inteira. Pediríamos a melhor pizza de Nova York — com abacaxi, é claro —, abriríamos uma garrafa de vinho e assistiríamos Netflix — com algumas safadezas no meio — a noite toda. No dia seguinte, eu não teria obrigações. Poderíamos só relaxar. Essa era a minha ideia de paraíso — um domingo preguiçoso.

— Querida, cheguei! — anunciei ao entrar na casa.

O lugar estava quieto. *Hum*. Talvez Luca estivesse dormindo.

— Luca? Voltei! — gritei.

Nada ainda.

Após procurar minunciosamente pelo primeiro andar, percebi que ela não estava em lugar algum.

— Luca?

Subi as escadas e descobri que ela não estava na cama. Meu coração começou a acelerar um pouco. Ela não teria saído sozinha, teria?

— Luca? — repeti.

Foi aí que ouvi um som vindo do banheiro que ficava fora do nosso quarto.

Sua voz soou fraca vinda de detrás da porta.

— Griffin? Griffin... me ajude.

Corri até a porta para abri-la, percebendo então que estava trancada. *Ela está trancada lá dentro.*

— Abra a porta, Luca.

Ela estava soluçando.

— Não consigo. Não abre.

Porra!

— Como assim, não abre? Você não a trancou?

— Não. Está quebrada. Trancou sozinha depois que entrei. Já tentei de tudo. Não abre.

— Que porra é essa? Como isso aconteceu?

Puxei a maçaneta com toda a minha força. Nem ao menos se mexia. Eu ia ter que derrubar a porta. Mas sabia que o banheiro era pequeno e não queria machucar Luca.

Pense. Pense. Pense.

Respirando fundo, eu disse:

— Ok. Vamos fazer o seguinte. Preciso que você fique na extremidade da banheira. Vou chutar a porta para abri-la.

Ela não estava respondendo, mas pude ouvi-la choramingando.

Apoiando a cabeça na porta, perguntei:

— Está me ouvindo, linda?

— Sim... sim — ela confirmou entre lágrimas.

— Ok... me diga quando estiver pronta.

Após alguns segundos, ela falou:

— Ok. Estou na extremidade da banheira.

— Quando contar até três, vou chutar a porta o mais forte que posso. Se afaste e cubra a cabeça, para o caso de ela abrir de uma vez e te atingir.

Ela não respondeu.

— Luca... me responda.

— Estou te ouvindo — ela disse finalmente, com a voz trêmula.

— Muito bem. Lá vai. No três. Um... dois... três.

Bum! Chutei a porta com força. Ela abriu, soltando-se das dobradiças. Agora estava apoiada contra a banheira. Luca saiu de detrás dela, felizmente sã e salva.

Tivemos sorte. O banheiro era tão pequeno que eu poderia tê-la machucado seriamente ao derrubar a porta. A única luz acesa vinha do quarto. Agora eu sabia por que ela havia entrado em pânico. Não tinha luz no banheiro. Estava no escuro total enquanto esteve presa lá dentro.

Luca estava tremendo ao se jogar em meus braços. Ela caiu no choro.

Porra, como isso foi acontecer?

— Quanto tempo você ficou lá dentro, linda?

Ela sacudiu a cabeça várias vezes antes de falar.

— Não sei. Talvez meia hora. Perdi qualquer noção de tempo. Eu só queria fazer xixi. Fechei a porta depois que entrei, pensando que o interruptor ficava dentro do banheiro, não me lembrava que ficava do lado de fora da porta. Não tinha luz. Tentei chutar a porta, mas não tive força suficiente. Não estava com meu celular. Graças a Deus você chegou.

Envolvi-a em meus braços.

— Você está bem. Está tudo bem. Você está segura. — Conduzi-a para a cama e a segurei junto a mim quando nos deitamos apoiados contra a cabeceira. — Meu Deus, pensei que não existia a mínima possibilidade de algo dar errado nesse lugar, que podia te deixar aqui sozinha sem problema algum. Nunca imaginei que algo assim poderia acontecer. Eu não teria saído, se soubesse.

— Não foi culpa sua. Qualquer outra pessoa provavelmente teria dado conta. Mas eu não dou conta de absolutamente nada, Griffin, muito menos de ficar presa de qualquer forma.

— Não se culpe. Qualquer um ficaria assustado por ficar preso em um banheiro minúsculo e escuro sem janelas, mesmo que não tivesse distúrbios de pânico. Você não fazia ideia de quando eu voltaria. A sua reação é completamente compreensível.

Ela limpou uma lágrima.

— Só fiquei rezando o tempo todo para que você chegasse logo. E você chegou.

Depois que Luca ficou mais calma, liguei para o proprietário para dizer poucas e boas por ter uma porta que pode deixar alguém preso. Aquele era um perigo enorme. Depois de descontar minha raiva nele, preparei um banho de banheira para Luca e para mim no outro banheiro e pedi o jantar.

Segurando-a em meus braços enquanto assistíamos a um filme naquela noite, jurei fazer o que fosse preciso para garantir que o resto da viagem fosse uma experiência positiva para ela. Afinal, como poderia ser pior do que aquela noite?

Após uma parada em Detroit, o resto da viagem seguiu sem intercorrências, até chegarmos ao último destino: Chicago. O plano original era ficar em uma pousada um pouco afastada da cidade. Mas então, o proprietário ligou para dizer que um cano havia estourado e não poderíamos ficar lá. Já era tarde quando recebemos a notícia, e ninguém estava retornando minhas ligações para que eu conseguisse alugar um Airbnb de última hora. De algum jeito, convenci Luca a ficar comigo em uma suíte na cobertura de um hotel. Eu já havia me hospedado nele antes e sabia que havia um elevador privativo para hóspedes que ficavam na cobertura. Decidi que aquela seria a melhor opção para nós na cidade e teria menos chance de ser reconhecido.

Essa cobertura, em particular, era uma das melhores onde já me hospedara. Com vista para o centro de Chicago, o espaço de trezentos e setenta metros quadrados contava com vistas panorâmicas e mobília ornamentada. Era luxuosa, a ponto de me fazer ficar preocupado que talvez ela pudesse pensar que eu estava me exibindo. Mas, felizmente, Luca pareceu conseguir relaxar um pouco e realmente aproveitar a estadia.

Eu iria gravar o clipe durante o dia, e Luca ficaria na suíte para escrever perto da janela. Ela disse que a vista da cidade havia lhe dado muita inspiração para a história com cenário urbano que estava roteirizando, que se passaria em Chicago. Fiquei muito entusiasmado por ver que terminaríamos essa viagem de forma positiva.

Infelizmente, tudo mudou na nossa terceira noite. Luca e eu estávamos dormindo profundamente quando um barulho alto nos fez saltar da cama. Levei alguns segundos para me dar conta de que era o alarme de incêndio.

Incêndio?

Não.

Por favor, não.

Qualquer coisa, menos isso.

Isso era ruim. Muito ruim. Pior do que qualquer coisa que poderia ocorrer.

Os olhos de Luca ainda estavam meio fechados.

— O que está acontecendo?

— É o alarme de incêndio. Temos que ir. Vista suas roupas.

Luca congelou. Foi idiota da minha parte pensar que ela ia ser capaz de se vestir com calma em um momento como esse. Eu sabia que precisava ajudá-la a encontrar suas roupas e eu mesmo vesti-la. Após pegar sua camiseta comprida que estava jogada no chão, deslizei-a por sua cabeça. Vesti minha calça jeans e uma camiseta antes de ir em busca de seus chinelos e meus sapatos. Depois que estávamos vestidos, peguei-a pela mão e a conduzi pela porta. Eu sabia que não seria seguro pegar o elevador no caso de ser um incêndio de verdade. Teríamos que descer pelas escadas. Infelizmente, a escadaria não era privativa.

Sua mão tremia na minha conforme descemos o primeiro lance. Seu corpo estava mole, enquanto ela deixava que eu a conduzisse.

— Estou aqui com você, linda. Estou aqui.

Quando uma multidão começou a entupir a escadaria, eu soube que aquilo estava se tornando uma situação muito ruim. Luca não estava dizendo nada. Ela não precisava. Eu sabia que esse era seu pior pesadelo se tornando realidade. E, puta que pariu, eu a havia colocado nisso; eu havia falhado novamente com ela.

— Continue comigo, amor. Vai ficar tudo bem. Só precisamos descer as escadas, e então poderei te levar para longe de todas essas pessoas.

— Você acha que é um incêndio de verdade? — ela enfim perguntou, parecendo estar em torpor.

— Não sei. Provavelmente, não. Aposto que foram crianças disparando ao alarme.

Seu rosto estava ficando pálido, e seus dentes batiam.

— E se for de verdade?

— Ainda assim, vai ficar tudo bem. Apenas continue segurando a minha mão.

Ao descermos os muitos lances de escadas, que pareciam infinitos, rezei muito para que conseguíssemos sair dali ilesos. Ironicamente, nem era com o incêndio que eu estava preocupado, mas sim com a perspectiva de ser assediado sem seguranças presentes. Ninguém havia me reconhecido até então na escadaria, mas provavelmente era apenas questão de tempo.

Estávamos mais ou menos no vigésimo quinto andar quando alguém gritou:

— *Ei, acho que aquele é Cole Archer.*

Apertei a mão de Luca com mais força. Por sorte, nada aconteceu depois daquele grito.

Levamos um longo tempo para atingirmos o térreo. Quando

chegamos, nos deparamos com uma horda de pessoas. Não havia sinal de que estava realmente acontecendo um incêndio. Mas o verdadeiro caos — conseguir passar por esse saguão lotado para chegar à porta — estava prestes a começar.

Atravessamos a multidão com dificuldade, mas ninguém havia me reconhecido ainda. E então, o inevitável aconteceu. Um grupo barulhento de garotas me avistou no meio de toda aquela gente.

— *Cole!*

— *É o Cole Archer!*

— *Ai, meu Deus! Ai, meu Deus! Ai, meu Deus!*

O reconhecimento se espalhou como um incêndio.

De repente, senti pessoas me tocando — nos tocando. Mãos, gritos, caos. Tudo se tornou um borrão misturado e estava se fechando em torno de Luca e mim. Mas não conseguia focar em nada disso, não podia olhar ou responder ninguém. Nada me abalou — nem as pessoas puxando minhas roupas e gritando meu nome, nem os flashes de câmera em nossos rostos. A única coisa que me importava era tirar Luca dali; meus olhos estavam focados na porta giratória à distância.

Meu aperto em sua mão ficou mais firme. Quando olhei para ela, vi que havia lágrimas em seus olhos, que também estavam cheios de pavor. O pensamento que me veio à mente foi que minha estadia nesse hotel podia ter vazado de alguma forma, fazendo com que alguém acionasse o alarme de incêndio. Coisas mais loucas que isso já haviam acontecido. No entanto, a causa não importava. Tudo o que importava era chegar à segurança da calçada.

Quando enfim conseguimos passar pela horda de pessoas e o ar frio da noite nos atingiu, puxei Luca comigo e fugi. Ainda de mãos dadas, corremos o mais rápido que pudemos do hotel. Eu só precisava me afastar de tudo aquilo para poder pensar direito.

Cerca de três quarteirões depois, finalmente alcançamos um ponto onde não havia ninguém à vista. Luca ainda estava tremendo quando a puxei para um beco e a apoiei contra a parede de um prédio. Segurei seu rosto entre minhas mãos, trazendo sua testa para os meus lábios.

— Está tudo bem, linda — eu disse, sussurrando. — Estamos bem. Está tudo bem. Você vai ficar bem. Minha garota corajosa. Eu te amo tanto.

Mas nada estava "bem". Ela continuava sem dizer nada, e eu sabia que estava em choque. Ela só conseguia chorar e tremer.

Eu ficava pensando que ela tinha confiado em mim, e eu fodi com tudo. Eu tinha pedido que ela saísse de sua zona de conforto. E deveria saber que levá-la a um hotel era uma má ideia. Pensei que, com a segurança da cobertura e o elevador privativo, poderíamos arriscar. Mas não tinha considerado a possibilidade de uma situação urgente. Em caso de emergência, qualquer coisa pode acontecer. Eu a havia colocado no que provavelmente era um dos cenários mais aterrorizantes que ela podia imaginar, um que imitava o evento que a havia traumatizado. Eu só esperava não ter causado nenhum dano irreparável à sua recuperação.

— Eu sinto muito, Luca. Sinto tanto.

Em meu coração, eu sabia que essa situação era muito ruim. O objetivo dessa viagem era provar a ela que poderíamos fazer as coisas darem certo. Mas eu havia provado o contrário, que eu mal podia levá-la a qualquer lugar sem que algo ruim acontecesse. Não queria perder a mulher que eu amava, mas a que custo? Fazer de sua vida um inferno só para que, de uma maneira egoísta, eu pudesse tê-la ao meu lado? Cole Archer nunca poderia ser apagado. Ele nunca poderia ter uma vida normal. Ele nunca seria capaz de realmente se esconder ou manter Luca cem por cento segura. Fiquei tão cego pelos meus sentimentos por essa mulher que me fiz acreditar que seria mais fácil do que realmente é. Eu quis acreditar nisso. Mas não era fácil de jeito nenhum. Era difícil pra cacete.

Enquanto ela continuava a tremer em meus braços, a dura realidade da situação estava começando a se fazer presente, a verdade que eu não queria aceitar: de que talvez não daríamos certo.

Capítulo 25
Griffin

— O que posso fazer? Eu preciso fazer *alguma coisa*. — Puxei meus cabelos, andando de um lado para o outro e falando ao telefone com Doc.

Luca estava apagada no quarto, graças a uma dose pesada de calmante que ele prescreveu quando liguei pela primeira vez há algumas horas. Mas ela havia resistido a tomar ao menos uma pílula; eu não ia fazê-la tomar mais — o que significava que eu precisava descobrir como consertar o que eu havia estragado. *Rápido.*

— Você já fez tudo o que podia, Griffin. Está fornecendo a ela suporte emocional e um ambiente seguro. Ela vai se acalmar. Só vai levar um tempo.

— Quanto tempo?

Doc suspirou.

— Também não sei te dizer isso, Griffin. O medo de Luca de ficar presa tem origem em uma situação que ela não podia controlar. No decorrer dos últimos anos, trabalhamos para que ela acredite que sempre está no controle, seja para sair de um local fechado ou simplesmente sair de um carro, mas, no momento, ela está sentindo como se não tivesse tido controle algum da situação ocorrida, e vai levar um tempo para que seja capaz de enxergar que, na verdade, ela teve. Ela permitiu que você tomasse a frente e os levasse para fora do prédio. Isso é dar permissão a outra pessoa para ajudar quando mais precisa. No entanto, eu conheço a nossa Luca, e tenho certeza de que ela não vê dessa forma... pelo menos, não agora. Ela está sentindo que foi impotente. E com paciência, poderemos trabalhar para conseguir que ela veja que, às vezes, permitir que alguém nos ajude é a melhor decisão a tomar e não significa que você falhou. É o oposto, na verdade. Permitir que alguém tome o controle sobre você é uma forma de exercitar o próprio controle.

Entreabri a porta do quarto para dar uma olhada em Luca enquanto falava com Doc. Ela ainda estava dormindo. Estávamos na casa de um amigo meu, que fazia parte da mesma gravadora que eu e morava nos arredores de Chicago. Luca e eu dormimos por apenas uma hora antes do alarme de incêndio disparar, então nós dois precisávamos descansar por um tempo, e eu sabia que levá-la para outro hotel estava fora de questão. Por sorte, Travis atendeu ao celular quando liguei às três da manhã, e foi gentil o suficiente para nos deixar ficar em sua casa. Ele estava viajando para fazer um show, então, depois de fazermos uma rápida parada para acordar sua empregada e pegar suas chaves emprestadas, ficamos com o lugar inteiro só para nós para passarmos a noite.

— Não sei o que fazer, Doc. Ela quer ir embora. Odeio ter que levá-la, mas, antes de começarmos essa viagem, prometi que levaríamos um dia de cada vez e, se ela não se sentisse bem, eu a levaria de volta para casa de carro.

— Acho que é a coisa certa a se fazer. Luca se sentirá melhor em seu próprio ambiente. Depois de um evento como esse que acabou de acontecer, sentir-se no controle do lugar que lhe é familiar é de extrema importância. E o lugar onde ela mais se sente segura é em sua casa. Passarei lá assim que ela chegar e se acomodar, e voltaremos a trabalhar em sua terapia. Isso foi apenas um contratempo, não o fim da estrada para a recuperação de Luca, Griffin.

Eu não sabia o que esperava que o bom doutor dissesse — levá-la para casa era obviamente a coisa certa a fazer. Mas ouvi-lo confirmar que eu nem ao menos deveria tentar convencê-la a ficar fez meu coração murchar.

— Tudo bem. Obrigado, Doc.

Ele devia ter ouvido em minha voz o quão derrotado eu me sentia.

— Ela é forte, filho. Luca irá se recuperar disso. Você precisa ter fé.

O que mais importava era que Luca ficasse bem. Qualquer que fosse o destino do nosso relacionamento deixou de ser prioridade, dando espaço para sua saúde mental e física, é claro. Contudo, não conseguia evitar que minha parte egoísta se preocupasse. Luca podia se recuperar disso... mas aconteceria o mesmo entre nós?

Já estávamos na estrada há treze horas e faltavam cerca de duas para chegarmos em Vermont. Luca esteve quieta durante a viagem inteira. Apesar de sua preferência de dirigir somente à noite para evitar o trânsito, nós também dirigimos durante algumas horas do dia para chegar em casa mais rápido. Ela estava mais calma agora, quase calma demais. Mesmo que ela me respondesse quando eu fazia alguma pergunta diretamente a ela, era claro que não estava com muita vontade de falar. Na maior parte do tempo, ela apenas ficava olhando pela janela, perdida em pensamentos. Eu não havia tentado conversar sobre o que aconteceria quando chegássemos em Vermont, principalmente porque eu estava com medo do que ela poderia dizer. Mas ainda faltavam duas horas, e eu precisava pelo menos que ela soubesse dos planos que eu tinha conseguido fazer.

Estendi a mão e segurei a sua. Trazendo-a para meus lábios, beijei os nós de seus dedos.

— A produção me deu um prazo até segunda-feira para voltar e terminar as filmagens do clipe. Então, reservei um voo para amanhã à noite.

— Ah. Ok. — Ela franziu a testa. — Sinto muito por você ter que adiar tudo. Tenho certeza de que a banda não está feliz com esse atraso.

— Não é nada de mais. De verdade. Uma vez, tivemos que adiar a sessão de fotos para a capa de um álbum porque Styx, nosso baterista, ficou com a língua presa entre as pernas de uma stripper.

Ela estreitou os olhos para mim e sacudiu a cabeça, como se estivesse saindo de seu transe.

— Você disse que ele ficou com a língua presa entre...

Assenti.

— As pernas dela. Na boceta.

Luca pareceu completamente confusa.

— O idiota tem um piercing na língua. Ele fez oral em uma stripper que tinha um piercing no clitóris, e de algum jeito, os dois se engataram e não conseguiam desengatá-los. Ele não apareceu para a sessão de fotos e não estava atendendo ao celular. Então, fui até sua casa e quase derrubei a porta com batidas. Pensei que ele tivesse enchido a cara na noite anterior e estava desmaiado lá dentro. Quando ele continuou sem atender à porta, pedi que o síndico do prédio me ajudasse a entrar e o encontrei com a cabeça entre as pernas dela. Eles estavam presos daquele jeito há quatro horas. Toda vez que tentavam se mexer, machucava um deles, então ficaram ali deitados na cama com o rosto dele entre as pernas dela, esperando que o colega de apartamento dele chegasse em casa.

— Você... os desengatou?

— Porra, não. Eu fiz o que qualquer bom amigo faria. Primeiro, fiz uma chamada de vídeo com os outros caras para mostrar a eles a merda que eu havia acabado de encontrar, depois, chamei uma ambulância e tirei algumas fotos enquanto os coitados dos paramédicos tentavam descobrir como remover o piercing daquele panaca sem castrar a mulher. Enfim, nós perdemos aquela sessão de fotos, e várias outras coisas por causa de merdas ridículas que os meus parceiros de banda já fizeram. Ninguém vai se importar por eu precisar de alguns dias para resolver coisas pessoais.

Luca suspirou. Minha história idiota pareceu ao menos tirar sua atenção da janela.

— Obrigada por não me pressionar a tentar ficar.

Assenti.

— Eu te disse que levaríamos um dia de cada vez e que te levaria para casa se, em algum momento, você não se sentisse confortável. Quando eu te disser alguma coisa, quero que possa contar com isso. Mas espero que saiba que eu teria feito qualquer coisa para que você ficasse.

— Eu sei, Griffin. E aprecio muito isso. De verdade. — Ela virou o rosto e tornou a olhar pela janela. — Estive pensando. Quando comecei a fazer terapia com Doc, eu tinha fotos de Isabella e mim em cada cômodo da minha casa. A que ficava no meu quarto era a primeira coisa que eu via toda manhã ao abrir os olhos. Doc me convenceu a guardar todas por alguns dias. Ele achou que, se eu parasse de me forçar a olhar para o que perdi, seria um pouco mais fácil seguir em frente. Eu não quis fazer isso, porque eu amava tanto Isabella... bom, não no passado: eu *amo* tanto Isabella. Mas ele acabou conseguindo me convencer.

Eu não tinha muita certeza de qual era seu ponto, mas fiquei feliz por ela ao menos estar falando.

— Ok...

— Sabe o que aconteceu quando eu as guardei?

— Você parou de pensar muito no que havia perdido?

Ela confirmou com a cabeça e voltou a olhar para mim. Seus olhos estavam marejados, e ela estava à beira das lágrimas.

— Parei. E me sinto muito culpada por nunca mais tê-las colocado de volta. Mas Doc tinha razão; eu precisava fazer isso para poder seguir em frente. Não significa que não a amo mais. Às vezes, na vida, o amor simplesmente não é suficiente, e ser forte significa ser capaz de enxergar isso e tomar uma decisão que dói.

Eu realmente não estava gostando do rumo que essa conversa estava tomando.

— Luca...

Ela ergueu a mão e me impediu de falar.

— Você é um ser humano lindo, Griffin, e eu sempre terei carinho por esse tempo que passamos juntos.

Meu coração começou a acelerar. Isso não estava acontecendo. E esse não era o tipo de conversa que eu queria ter enquanto dirigia a cem quilômetros por hora na estrada. Eu precisava encostar. Estava prestes a passar por uma saída e cortei abruptamente três pistas para sair da estrada no último segundo. Luca agarrou a porta do carro e começou a ficar nervosa.

— Calma, amor. Não estamos sofrendo um acidente. Está tudo bem. Eu só precisava sair da estrada para podermos conversar.

Por sorte, a saída dava para algum tipo de armazém industrial. Parei em um estacionamento que tinha uma dúzia de caminhões amarelos equipados com arados e uma construção gigantesca de armazenamento de sal. O local estava deserto, então posicionei o carro na primeira vaga que encontrei, desliguei a ignição e comecei a sair do veículo.

— O que você está fazendo?

— Estou fazendo uma pausa para podermos conversar cara a cara.

Antes que ela pudesse se opor, dei a volta até o lado do passageiro e abri a porta do carro. Estendendo uma mão, eu a ajudei a sair e pedi que alongasse as pernas por um minuto. Quando ela terminou, nos conduzi até a parte de trás do carro, próximo ao porta-malas, e a ergui para que sentasse ali e pudéssemos olhar um nos olhos do outro.

— Ok. Vamos conversar agora.

Luca baixou o olhar para suas mãos.

— Eu... você está em um momento tão bom da sua vida e...

Eu a interrompi.

— Olhe para mim, Luca. Se está prestes a dizer o que acho que está, quero que ao menos olhe nos meus olhos enquanto fala.

Ela engoliu em seco, respirou fundo e ergueu o olhar para encontrar o meu.

— Nós somos tão diferentes, Griff. É como se você fosse um buraco triangular, e eu, um bloco quadricular. Não nos encaixamos.

Comecei a ficar zangado. Ela estava se sentindo vulnerável e assustada; isso eu compreendia. Mas eu não ligava. Ela precisava lutar mais por nós.

— Apenas diga, Luca.

Ela baixou o olhar novamente. Dessa vez, demorou um minuto inteiro até olhar para mim de novo. Uma lágrima desceu por sua bochecha.

— Às vezes, quando o amor não é suficiente para consertar as coisas, precisamos abrir mão delas.

Encarei seus olhos.

— Terminou?

Ela pareceu confusa, mas confirmou com a cabeça.

— Ótimo. Então, é a minha vez de falar.

— Ok...

— Eu só tenho uma coisa a dizer, mas quero me certificar que você ouça alto e claro, Luca.

Ela me olhou e esperou.

Inclinei-me para frente, tocando seu nariz com o meu, e falei olhando diretamente em seus olhos.

— *Não.*

Aparentemente, ela pensou que eu tinha mais a acrescentar. Mas eu não tinha. Após trinta segundos de silêncio, ela torceu o nariz.

— Não?

— Isso mesmo. *Não.*

— Mas eu não entendo...

— Que parte da palavra *não* você não entende?

— Você está dizendo não a quê?

— Tudo. Você me chutando. Pensando que fico melhor sem você. Você pensando que pode simplesmente virar as costas para o que temos e vou ficar bem com isso. A resposta é não. *Um gigante e claro* não, *porra.*

Ela ainda parecia confusa, quando achei que estava tudo mais claro impossível.

— Mas...

— Mas nada, Luca.

— Griffin...

Me afastei para esfriar a cabeça, deixando-a sentada sobre o carro por alguns minutos. Quando voltei, estendi a mão.

— Está pronta para ir agora?

Mais uma vez, seu rosto franziu. Respirei fundo e a tirei de cima do carro, colocando-a de pé no chão. Inclinei-me e beijei seus lábios.

— Quando estiver pronta para discutirmos como iremos fazer as coisas darem certo, estarei pronto para ter essa conversa. Mas essa aqui já acabou, e quero ir para casa. Estou cansado e quero ir para casa. — Comecei a caminhar de volta para o meu lado do carro, e então percebi que talvez ela tivesse entendido o recado errado em minha última frase. Então, voltei até onde ela estava e esclareci tudo. — Para que não haja confusão, quando eu digo que quero ir para "casa", não quero dizer que quero ir para a minha casa na Califórnia. Porque aquele não é mais o meu lar, Luca. Meu lar é onde você estiver.

A casa estava tão quieta. Eu podia ouvir a respiração de Luca, mas não tinha certeza se ela estava dormindo ou não. Depois que chegamos em Vermont, ela se ocupou com tarefas do dia a dia — checar correspondência, buscar Hortencia, jogar fora alguns itens vencidos da geladeira —, qualquer coisa que evitasse ter uma conversa significativa. Estávamos exaustos da viagem, então pedimos um jantar e fomos para a cama bem cedo. Ficou claro, pela linguagem corporal de Luca, que sexo não estava nos planos esta noite. Não que eu quisesse algum estímulo, mas pensei que talvez nos perdermos um no outro de maneira física pudesse ajudá-la a se lembrar da conexão que tínhamos. Mas ela deitou na cama usando uma calça *jogger* e um moletom enorme e virou as costas para mim.

Passei a última hora encarando o teto no escuro, tentando pensar no que fazer. Eu sabia que não conseguiria dormir com a mente tão cheia, então decidi desabafar e dizer o que precisava, mesmo que ela não me ouvisse.

— Não sei se você está acordada, mas preciso dizer algumas coisas.

Luca não se moveu, e não ouvi o padrão de sua respiração mudar, então presumi que ela devia ter mesmo adormecido. Não deixei isso me impedir.

— Todos nós temos luz e sombras dentro de nós, amor. Tentamos esconder nosso lado sombrio dos outros porque temos medo de que isso os assuste e os afaste. Mas as suas sombras não me assustam, Luca. Isso tudo só me faz querer segurar a sua mão e ser a sua luz até que você possa encontrar a sua novamente. É isso que as pessoas fazem quando amam. E nem sempre vou ser capaz de te dar essa luz, porque às vezes você precisa encontrá-la dentro de si, mas estarei ao seu lado e segurarei a sua mão no escuro para que as coisas não sejam tão assustadoras.

Luca inspirou profundamente, e eu ainda não tinha certeza se ela estava acordada. Até que ouvi o próximo som que ela emitiu — um choro agonizante e cheio de dor, que ecoou como se estivesse rasgando seu corpo ao sair. Foi horrível. Ela soluçava, chorando alto e rouco, de maneira que fez com que minhas próprias lágrimas começassem a escorrer. Com tanta angústia que saía dela, eu sabia, em meu coração, que esse choro não era somente pelo que acontecera no dia anterior. Era como se fossem anos de tristeza, solidão e luto acumulados, que haviam encontrado uma maneira de sair de um túnel comprido após anos presos na escuridão.

Luca está chorando enquanto me abraça. Em determinado momento, depois que cada soluço dolorido libertou-se de seu corpo, e começou a se acalmar.

— O show foi ideia minha — ela disse, engasgada.

Meu Deus. Senti como se alguém tivesse enfiado a mão em meu peito, arrancado meu coração ainda batendo e o estrangulado com raiva.

— Pode ter sido ideia sua, mas o que aconteceu não foi sua culpa. Milhões de adolescentes vão a shows todo fim de semana, Luca.

— Ela sempre tinha um sorriso no rosto.

Firmei ainda mais meus braços em volta dela.

— Tenho certeza de que ela era incrível.

— Eu... eu sinto tanta falta dela.

— Eu sei, meu bem.

— Eu a amava.

— Sei que sim. Você ama com todas as forças.

— Eu não conseguia encontrá-la. — Sua voz falhou e estremeceu. — A multidão ficava me empurrando para a saída, e tentei procurá-la, mas tudo o que eu conseguia ver eram pessoas por todos os lados.

Já estive em shows o suficiente para imaginar como uma horda de adolescentes em pânico agiria durante uma evacuação de emergência. Caos em massa, com todo mundo puxando e empurrando. Se eu ainda não tinha compreendido a origem dos medos de Luca até então, a imagem de seu pequeno corpo sendo empurrado por uma multidão enquanto tentava freneticamente localizar sua amiga realmente explicava sua sensação de não estar no controle. Fechei os olhos. Eu havia basicamente feito a mesma coisa com ela — a empurrei pelo hotel, descendo as escadas e depois no meio das pessoas.

— Shhh... você está segura agora. Nós dois estamos seguros, querida.

Eventualmente, o choro de Luca a exauriu tanto que ela literalmente chorou até dormir. Em um minuto, ela estava choramingando ao inspirar dolorosamente, e no seguinte, expirou um ronco. Fiquei acordado até depois do sol nascer, abraçando-a com firmeza e atento a qualquer mudança em sua respiração. Visões da noite que ela descreveu ficaram passando repetidamente em minha cabeça, e fiquei com tanta raiva de mim mesmo por não estar com ela, embora eu soubesse que, logicamente, isso não fazia sentido. Éramos muito jovens e vivíamos a um oceano de distância. Ainda assim, isso não deixava o que eu sentia menos real.

De algum jeito, finalmente adormeci, e quando acordei nas primeiras horas da tarde, a primeira coisa que fiz foi estender a mão para procurar pela minha garota. Uma sensação de pânico me atingiu quando encontrei somente um espaço frio onde ela havia dormido. E um bilhete.

> *Volto mais tarde. Esvaziei sua mala e coloquei sua roupa para lavar para que você possa arrumá-las novamente para o seu voo.*
>
> *Luca*

Pelo menos ela havia expressado o que realmente estava pensando: *Se manda logo daqui.*

CARTAS INDECENTES

Capítulo 26
Luca

— Eu simplesmente não vejo como isso pode dar certo. Um relacionamento à distância já é difícil, mas um que basicamente envolve Griffin vindo me visitar na minha pequena bolha isolada sempre que tiver um intervalo em sua vida de *rockstar* não é realista.

— O que Griffin diz sobre tudo isso?

Doc e eu estávamos conversando há pelo menos duas horas. Quando ele chegou pela manhã sem seu binóculo, eu sabia que teríamos uma sessão longa e difícil. Conversamos durante mais de uma hora e meia sobre o que acontecera no hotel e como reagi e me senti. Aquilo levou a discutirmos o que estava acontecendo entre Griffin e mim, e então passamos para o assunto que fazia meu peito doer de verdade. *Me despedir de Griffin mais tarde.*

— Ele não entende que estar com alguém como eu irá atrasar sua vida. Ele se esforçou tanto para chegar onde está, e não posso colocar uma corda no pescoço dele. Seu coração é puro; ele tem as melhores intenções, mas merece muito mais. Griffin deveria ter uma mulher que fica ao lado dele no palco enquanto ele se apresenta em estádios lotados e que vai a bailes de caridade com ele.

— Griffin não me parece o tipo de homem que vai a bailes de caridade. Ele parece ser mais do tipo que assinaria um cheque e faria uma doação anônima para algo que é importante para ele e depois iria para casa curtir.

Ouvir Doc usar a palavra *curtir* me fez sorrir.

— Você sabe o que quero dizer. Não é o evento que é importante; é ele poder compartilhar todos os seus sucessos com uma parceira de verdade. E se ele ganhar um Grammy? Eu nunca conseguiria ir a um evento como esse.

— Você acredita que a única maneira com que pode prestigiar o sucesso dele é estando ao lado dele fisicamente? Uma pessoa não pode apoiar a outra em um sentido figurativo? E uma mulher que escolhe ficar em casa e cuidar dos filhos enquanto o marido sai para trabalhar todos os dias? Ela não o está apoiando?

— Não é a mesma coisa.

Doc sacudiu a cabeça.

— Explique-me a diferença.

— Bom, essas são escolhas que um casal toma junto. Eles têm inúmeras responsabilidades, e as estão dividindo: um deles fazendo o trabalho de cuidar das crianças e o outro de sustentar a família financeiramente. Mas, no meu caso, ninguém pode tomar uma decisão, porque sou toda ferrada.

Doc parou de andar e esperou até que eu percebesse e me virasse para ele, dando-lhe minha total atenção.

— Você está errada, Luca. Tem alguém, sim, tomando uma decisão sobre relacionamento e como ele vai funcionar: *você*. Você está deixando o Griffin sem escolha alguma.

Doc havia me dado muito em que pensar. Não que eu não compreendesse o que ele estava tentando me transmitir; eu só não tinha certeza se acreditava que Griffin sabia o que era bom para ele, que ele conseguiria conviver com meus problemas para sempre. Ele podia estar disposto a acomodar as minhas limitações *agora*, enquanto as coisas ainda estavam novas e empolgantes entre nós, mas estar com alguém que não podia verdadeiramente lhe dar apoio perderia a graça muito rápido. Eu *queria* que as coisas dessem certo com ele mais do que queria respirar. Só não achava que a realidade das nossas vidas permitiria isso. Perdê-lo depois podia ser mais difícil do que deixá-lo ir agora. Mas a ideia de realmente deixá-lo ir era dolorosa. Eu ainda estava tão confusa — era a única coisa da qual eu tinha certeza.

Griffin estava sentado ao pé da minha cama com as mãos nas têmporas quando voltei. Seus cabelos estavam uma bagunça. Parecia que ele havia passado os dedos entre eles várias vezes em frustração. Ele não me viu na porta. Observá-lo desse jeito, ver o quão frustrado parecia estar, colocou em perspectiva o quão séria era essa situação — o que eu havia feito com ele. Ele estava fazendo tudo que estava a seu alcance para dar tudo certo para mim. Mas não deveria ser difícil assim. Não era justo ele ter que pisar em ovos constantemente só para me fazer sentir segura e feliz. Eu me importava muito com ele, e me perguntei se aquilo significava que eu precisava deixá-lo ir.

A mala estava de pé no chão. Ele já tinha arrumado tudo. Minha necessidade de conversar com Doc havia me custado horas valiosas com Griffin. Agora, estava quase na hora de ele ir para o aeroporto e pegar seu voo de volta para Chicago. Enquanto estivesse lá, ele terminaria a gravação do clipe que teve que abandonar abruptamente por minha causa. Depois, pegaria mais um voo de volta para LA antes de entrar em turnê com a banda. Demoraria um bom tempo até que eu pudesse ver Griffin novamente — se é que voltaria a vê-lo. Senti um nó no estômago.

Ele acabou devolvendo o carro que havia alugado e insistiu em chamar um Uber, em vez de me deixar levá-lo para o aeroporto. Eu odiava o fato de estar aliviada por isso, já que andar por um aeroporto sempre me deixava nervosa. Era sempre tão congestionado. Uma pessoa "normal" teria insistido em levá-lo.

Quando Griffin finalmente me notou ali de pé, permaneceu em silêncio. Sua expressão de melancolia era evidente. Não dava para ter certeza se era decepção pelo rumo que nossa viagem havia tomado ou fato de que ele tinha que ir embora. Por mais que eu tivesse arruinado tudo, queria que ele ficasse — para sempre. Eu queria me aconchegar junto a ele no sofá esta noite, pedir uma pizza de abacaxi e adormecer em seus braços. Não estava pronta para compartilhá-lo com o mundo novamente.

— Sinto muito por você ter que ir embora quando as coisas ainda estão tão incertas entre nós — eu disse finalmente.

Ele se levantou e caminhou em minha direção.

Seus olhos pareciam cansados quando ele falou:

— Nada está incerto, do meu ponto de vista. Tenho muita força para lutar, Luca. Estou aqui pra valer, se você quiser. Mas, no fim das contas, independente do que eu possa ter dito sobre não permitir que você me deixe, não posso te forçar a fazer nada. É a única coisa que não posso fazer. — Ele limpou uma lágrima no meu rosto. — Nunca será perfeito. Nunca deixará de ser assustador. Então, se você estiver esperando que isso deixe de ser assustador, nunca irá. Haverá momentos difíceis. Mas também momentos maravilhosos. Você tem que decidir se nós valemos as dificuldades. No fim, tudo se resumirá a uma coisa: se o amor é suficiente.

— Eu te amo tanto — falei entre lágrimas.

— Eu sei que sim. — Griffin beijou o topo da minha cabeça. — Eu sei que sim.

O som de um carro buzinando ressoou.

Ele fechou os olhos.

— Merda. É o meu Uber.

Agarrei sua camisa.

— Droga. Agora não.

— É claro que o maldito carro chegaria bem na hora.

Griffin me puxou para um abraço e me apertou com força. Senti o peso de mil palavras naquele abraço.

— Por favor, me ligue quando pousar — pedi.

— Pode deixar.

Ele finalmente deu um longo beijo em meus lábios antes de se afastar.

— Não aguento despedidas longas. São uma droga. Então, vou sair logo.

— Nem eu. Odeio despedidas.

Arrastando sua mala, ele começou a andar em direção à porta, mas, antes de chegar nela, parou e girou para me olhar mais uma vez.

— Caso não tenha ficado claro, o amor *é* suficiente para mim, Luca. Mas você tem que me *deixar* amar você.

Os dias após a partida de Griffin foram estranhos, para dizer o mínimo. Minha vida parecia mais vazia do que nunca. Tê-lo comigo durante aquele período estendido de tempo me fez perceber o quão solitária eu realmente fui por tanto tempo. Tinha sido tão bom tê-lo por perto, tão bom me sentir protegida.

Finalmente fui até o mercado para fazer compras pela primeira vez desde que Griffin me acompanhara. Agora, esse lugar me lembrava dele. Ao explorar os corredores, fiquei me lembrando de coisas sobre as quais conversamos quando estávamos juntos ou de itens que ele colocou no carrinho conforme os avistava nas prateleiras.

Melancias: Griffin.

Cereais Fruity Pebbles: Griffin.

Doritos: Griffin.

Sonhando acordada, recostei-me no carrinho e o empurrei lentamente, e quase não percebi um vidro de molho de tomate quebrado no chão quando passei pelo corredor onze.

Demorei mais que o habitual para percorrer o mercado inteiro. Por fim, cheguei ao caixa.

Doris abriu um sorriso radiante ao me ver.

— Ora, ora, ora. Estava esperando te ver. Alguém tem muitas coisas para me explicar!

Encolhi-me, sem a mínima vontade de falar sobre Griffin.

— Oi, Doris — eu disse, começando a esvaziar meu carrinho.

— Quanto tempo. — Ela começou a escanear meus itens, balançando a cabeça. — Você e Cole Archer. Ainda não consigo acreditar.

— Nem eu consigo acreditar ainda.

— Ele ainda está ficando na sua casa? Onde ele está? — ela perguntou, com os olhos arregalados.

— Está em turnê, na verdade. Doze cidades pelos Estados Unidos.

— Quando você vai vê-lo novamente?

— Não sei — respondi com sinceridade.

— Quero que saiba que não contei para absolutamente ninguém que ele estava em Vermont. Eu não queria causar problemas para vocês.

— Obrigada. Fico muito grata mesmo por isso.

— Minha sobrinha teria surtado se soubesse. Não arrisquei, porque ela tem a boca grande. Um dia, contarei a ela. — Doris deu uma risadinha. — Ela vai me matar.

Assenti em silêncio.

Ela percebeu meu ar preocupado.

— Está tudo bem entre vocês dois?

Será que eu deveria ser honesta com ela? Eu falava com tão poucas pessoas com regularidade. Eram praticamente somente Doc e Doris. Decidi me abrir um pouco.

— Não tenho certeza se daremos certo. Você sabe sobre... os meus problemas, não é? Bom, algumas coisas aconteceram quando viajei com ele, e digamos que... elas colocaram em perspectiva o quanto seria difícil fazer dar certo.

Ela parou de escanear meus itens.

— Espere aí... você não está pensando em terminar com ele, está? — Quando eu não disse nada, ela concluiu por conta própria. — Luca... aquele garoto te ama. Ele te *ama*. Você não pode fazer isso comigo.

Com *ela*? Eu tinha ouvido direito?

— Com *você*?

— Sim. Não consigo parar de pensar naquele discurso que ele fez na noite em que esteve aqui com você. Aquilo me deu esperança de que sonhos realmente podem se tornar realidade, sonhos que vão além da nossa mais louca imaginação. Quer dizer, como a pequena e isolada Luca, morando nos confins de Vermont, acaba namorando um astro da música? Que, ainda por cima, foi seu amigo por correspondência na infância? São coisas que acontecem em contos de fadas, Luca. E é a sua vida. A sua vida, caramba! Por favor, não jogue isso fora por medo. Você nunca terá de volta. E é... mágico. É pura magia.

Magia. Era exatamente disso que eu precisava, a essa altura. Queria ter uma varinha mágica para apagar todos os meus medos.

Doris estava com os olhos brilhando. Eu não queria estourar sua bolha ainda mais. Ao mesmo tempo, não podia levar seu conselho a sério. Ela estava muito encantada e cega por sua admiração pela situação.

— Agradeço o conselho, Doris. Prometo que irei pensar bem sobre isso.

— Vou ficar torcendo por você. Não deixe que aquele garoto vá fazer lindos bebês com outra pessoa.

Aquele comentário havia atingido bem onde doía. Me deixou chateada por vários motivos. A ideia de Griffin com outra pessoa já era algo difícil de engolir, imagine pensar nele tendo bebês com essa pessoa. Mas essa seria a realidade se eu escolhesse abrir mão dele. Eu teria que ver tudo ser exibido pela mídia, o que me mataria.

E outro motivo era... que tipo de mãe eu seria se não conseguiria levar meu filho aos lugares para onde ele iria querer ir? E se meu filho quisesse ir à Disney ou comparecer a um evento em alguma arena? Eu não seria capaz de levá-lo.

Sacudi a cabeça para me livrar desses pensamentos.

Ao ajudar Doris a empacotar minhas compras, meu humor ficou mais leve, e tirei um momento para refletir sobre a declaração de amor de

Griffin que havia ocorrido bem ali, naquele mesmo caixa. Devia ser a coisa mais romântica que já aconteceu em um supermercado no meio da noite.

Capítulo 27
Luca

No dia seguinte, fui checar minha caixa postal e encontrei a última coisa que esperava: uma carta de Griffin.

Ele me escreveu uma carta?

Dizer que eu estava perplexa seria um eufemismo. Pensei que os dias de receber cartas haviam acabado. Ele me ligava todos os dias, sempre que podia, da estrada, então isso realmente foi uma surpresa.

Ao segurar o envelope, aquela empolgação antiga e familiar me percorreu inteira. Eu tinha esquecido o quanto sentia falta dessa sensação de expectativa. Fui pega de surpresa ao perceber que ela ainda existia. Afinal de contas, toda essa situação com Griffin havia sido um furacão. Tudo aconteceu muito rápido desde a Califórnia. Parecia fazer tão pouco tempo desde que tudo o que tínhamos eram as cartas.

Corri de volta para meu carro para abri-la.

Querida Luca,

Saudações de um ônibus escuro de turnê, em algum lugar da Interestadual 95 em Sei Lá Onde, Virgínia. Os caras estão fazendo o que sempre fazem, e eu me isolei em um beliche para ter um pouco de espaço. Você pensaria que eu me sentiria desconfortável nesse espaço minúsculo, mas é maior do que se pensa — chamam de "condomínio" de beliches. É tranquilo e quieto aqui. Perfeito para trabalhar em letras novas. O movimento do ônibus até me ajuda a dormir, na maioria das noites.

Tenho uma cama e uma televisão e, por mais estranho que pareça, é tudo de que realmente preciso. Espere. Não. Está longe de ser tudo de que preciso. A única coisa da qual sinto falta é você. Sei que temos nos falado todos os dias, mas essas ligações são apressadas demais. E isso é culpa minha. Geralmente, as coisas só se acalmam por aqui quando já está muito tarde para ligar. Mas essa é a vida em turnê.

A apresentação de hoje em Washington D.C. foi exaustiva. É incrível olhar para a plateia, ver milhares de rostos admirados gritando meu nome e sentir que aquilo não me comove nem um pouco. Já cansei tanto desse aspecto, e isso é um pouco decepcionante. Sem contar que é difícil pra caralho cantar Luca agora. E essa é sempre a música que todo mundo quer ouvir. Fico querendo mudar as palavras. Porque há tanta coisa a mais nessa história agora, não é? Se eles soubessem... Enfim, preciso parar de reclamar do meu trabalho, porque sou realmente sortudo pra caralho por tê-lo, e sei disso. Não quis soar tão ingrato.

Só queria que você estivesse aqui. Só isso. Eu disse a mim mesmo que essa carta seria leve e divertida, trazendo de volta a vibe antiga. Acho que já arruinei isso, hein? Sinto falta das nossas noites de pizza. Sinto falta de ir fazer compras no mercado com você. Porra, sinto saudades até de Hortencia. (Recusei bacon no café da manhã ontem. Isso que é amor verdadeiro.)

Enfim... sinto sua falta.

Ouvi uma música do ABBA hoje e pensei em você. Foi deprimente pra caralho. O nome dela era One of Us. Ouça a letra. Você vai saber o que eu quis dizer.

Knowing Me, Knowing You (Conhecendo a mim, conhecendo você), espero que essa carta faça com que nos correspondamos mais. Minha esperança é de que a minha Dancing Queen (Rainha da Dança) entenda e responda esta carta. A única questão é... como diabos você vai conseguir enviar uma carta para mim? Mamma Mia, que dilema. Encare como um desafio. Como uma pessoa pode receber cartas enquanto está viajando na estrada? Não importa como você faça, apenas Gimme! Gimme! Gimme! (Me dê! Me dê! Me dê!) Arrume um jeito de me mandar a sua carta. Você tem o meu cronograma. Eu te desafio. I Have a Dream (Eu Tenho Um Sonho) de que você irá encontrar uma maneira de conseguir.

Será que tem como eu ser MAIS irritante usando músicas do ABBA para me comunicar com você? (Aí está nosso amigo Chandler Bing novamente.)

Deus, como estou cansado. E ligado. E já disse que sinto sua falta?

Até, jacaré,

Griff

Na verdade...

COM AMOR,

Griff

P.S.: I Do, I Do, I Do, I Do, I Do (Sim, Sim, Sim, Sim, Sim) é a resposta. A pergunta é: o Griffin ama muito a Luca?

P.P.S.: Eu te desafio a escrever a sua próxima carta incorporando músicas do ABBA que não usei. Vamos ver quem se sai melhor. The Winner Takes It All. O vencedor leva tudo. (Mais uma que você não pode usar.)

P.P.P.S.: Uma curiosidade sobre o ABBA para você: sobre o que é a música Super Trouper? Eu pesquisei e é estranho o quanto ela representa a minha vida agora.

Bem, ele conseguiu. Ele conseguiu me fazer sorrir. Palmas para Griffin.

Apertei a carta contra meu peito antes de lê-la mais algumas vezes.

Griffin havia me passado seu cronograma inteiro com um número especial para contatar o gerente da turnê caso eu precisasse falar com ele com urgência. Se eu planejasse isso sabiamente, poderia fazer com que minha carta fosse entregue em um dos locais dos shows. Era isso que eu ia fazer. Ligaria para o gerente e descobriria como mandar uma carta para Griffin, como ele havia pedido. Isso significava que eu também teria que aceitar seu desafio de músicas do ABBA.

Senti-me como nos velhos tempos ao me acomodar no sofá naquela noite e começar a escrever uma carta para ele. Um baita déjà vu.

Querido Griffin,

Uau. Aprendo algo novo com você todos os dias. Nunca tinha prestado atenção na letra de Super Trouper. Alguns acreditam que essa música é sobre o quanto o estrelato é desafiador. A parte que realmente me tocou foi a que eles cantam sobre solidão, apesar de ter todos os fãs. É como o estrelato não faz com que o desejo de estar com aquela pessoa desapareça. Merda. É como se espelhasse exatamente o que você me disse na sua carta.

Tenho uma fantasia de ficar abraçadinha com você à noite no seu beliche. Nos meus sonhos, não há luz, mas não precisamos de iluminação. Somos só você e eu e o som da estrada. Penso muito sobre isso. Meu coração está nesse ônibus com você. Por favor, saiba disso.

Enfim, Honey, Honey (Querido, Querido), estou tentando me controlar antes que essa carta fique emotiva ou triste demais.

Porque as nossas cartas sempre animavam um ao outro. (Mesmo quando estávamos decepcionando um ao outro.) Animar um ao outro deveria ser *The Name of The Game* (O Objetivo do Jogo), mas acho que não consigo evitar. O lado emotivo das coisas está vencendo esta noite.

The Day Before You Came (No Dia Antes de Você Chegar) para ficar comigo, eu não imaginava o quanto ter você aqui mudaria a maneira como vejo meu mundo sem você nele. Agora que você veio e foi embora, vejo o quanto as coisas são mais alegres quando você está ao meu lado. When All Is Said And Done (No Fim das Contas), estou vendo que é muito difícil viver sem você. Mas ainda estou longe de uma conclusão quanto a como as coisas poderiam dar certo entre nós a longo prazo. Não sei se é justo pedir que você Take a Chance on Me (Aposte em Mim) quando existe a possibilidade de eu falhar com você. Eu simplesmente não tenho a resposta certa. Tudo que eu realmente quero é que você continue a Lay All Your Love on Me (Me Dar Todo o Seu Amor), mas estou com medo e enviando um sinal SOS para o universo me ajudar a seguir na direção certa.

Nossa, falhei legal ao tentar deixar isso divertido. Acabou se tornando uma tagarelice deprimente e sem sentido sobre as minhas inseguranças misturadas a um monte de músicas do ABBA. Mas será que ao menos ganho pontos por incorporá-las, como você pediu?

De qualquer forma, eu também sinto a sua falta. Qual era mesmo a cidade que você disse que faria uma transmissão ao vivo do show, para que eu possa assistir? Acho que você mencionou que seria ao fim da turnê. Mal posso esperar para te ver cantando ao vivo, Griffin. Embora eu devesse estar aí pessoalmente, por favor, saiba que tenho muito orgulho de você, de como sobe no palco e se apresenta mesmo quando está se sentindo para baixo. É preciso muita força. E sei que sou a causa de alguns dos pensamentos que podem estar te deixando para baixo ultimamente. Quero tanto mudar isso. Mas, para isso, tenho que mudar a mim. E isso sempre foi difícil.

Eu te amo.

Luca

P.S.: Hasta Mañana². (Só mais uma.)

Alguns dias depois, meu celular tocou no meio da tarde. Meu coração acelerou quando vi na tela que era Griffin.

Atendi.

— Oi!

— Você mandou bem, amor. Me entregaram a carta no meu camarim no The Palladium. Eu sabia que você conseguiria.

Meu coração palpitou.

— Estou tão feliz por ter chegado até você. Fiquei bem preocupada pensando que ela se perderia ou não chegaria a tempo, e então eu teria que descobrir uma maneira de mandá-la para a próxima localidade.

— Não, foi perfeito. — Ele hesitou. — Olha, não tenho muito tempo, porque estão me chamando para fazer a passagem de som, mas queria te avisar sobre uma coisa. Deduzi que você ainda não sabe, se continua seguindo a sua promessa de não me pesquisar no Google.

Meu estômago gelou. *O que não estou sabendo?*

— Ok...

---

2 Em tradução livre, Até Amanhã. (N.E.)

— Postaram algumas fotos, em um site sobre celebridades, de nós dois saindo do hotel em Chicago durante o alarme de incêndio.

Soltei um suspiro de alívio.

— Entendi.

— Eu sei que às vezes você lê os tabloides no supermercado, e não sei ainda se alguma dessas fotos acabou indo parar em alguma revista, mas queria te alertar, caso você chegasse a ver.

— Tudo bem. Acredite ou não, ser fotografada não me incomoda. Quer dizer, é inoportuno e nada ideal, mas não me faz entrar em pânico nem nada disso.

— Bom, isso é um alívio, porque a viagem já foi difícil o suficiente sem que aquele momento tivesse que ser registrado e divulgado.

— Tudo bem. Não se preocupe com as fotos.

Ele suspirou ao celular, e pude sentir seu alívio. Eu tinha que escolher minhas batalhas. Com coisas suficientes conspirando contra mim quando se tratava do nosso relacionamento, o mínimo que eu podia fazer era relevar as fotos.

— Ainda estou chocado por eles não terem descoberto a sua identidade. Se descobrissem que o seu nome é Luca, as portas do inferno se abririam. Só imagino as manchetes. — Ele ficou em silêncio por um instante antes de mudar de assunto. — Por falar em tabloides, liguei para o meu pai hoje.

Aquilo me surpreendeu.

— Foi mesmo?

— Sim. Não sei o que deu em mim. Acho que senti que estava na hora. Ele quer que eu vá visitá-lo em Londres. Pareceu arrependido pelo que fez e quer fazer as pazes.

— Isso é ótimo, Griff.

— É. Mas tenho que ir com calma. Não quero me magoar de novo.

— Entendo.

Escutá-lo dizer aquilo me partiu um pouco o coração. Eu não queria ser a pessoa que o magoaria.

Ouvi alguém chamar seu nome, e então ele finalmente disse:

— Merda. Tenho que ir.

— Vá. Apronte-se para o seu show. Obrigada por ligar.

— Eu te amo, Luca.

— Eu também te amo.

Capítulo 28
Griffin

Uma garotinha chamou minha atenção conforme eu ia para a entrada do estádio. Voltei um pouco e gesticulei para a segurança, avisando que precisava de um minuto. Eles odiavam quando eu ia direto para a multidão, mas não pude resistir a cumprimentá-la. Algumas dezenas de fãs gritaram por trás de barricadas de madeira que delineavam a passagem entre o lugar onde estacionamos e a entrada do local do show. Por acaso, notei um rostinho angelical que parecia muito com Luca.

Abaixei-me diante dela.

— Olá. Qual é o seu nome?

Ela devia ter seis ou sete anos, e realmente poderia se passar por filha de Luca com seus cabelos compridos e escuros, olhos verdes enormes e cílios pretos e cheios.

— Frankie.

— Frankie, hein? É um nome muito legal. É apelido?

Ela assentiu.

— Francine.

A mãe dela interrompeu:

— Ela sabe as letras de todas as suas músicas. Sério, pensamos até em te mandar uma carta pedindo que cantasse a tabuada de multiplicação para ela.

Sorri.

— É mesmo, Frankie? Você gosta da minha música?

Ela balançou a cabecinha adorável várias vezes, confirmando.

— Você pode cantar algo para mim? Qual é a sua favorita?

— *I Stand Still.*

Uau. Aquela era uma música meio pesada para uma garotinha. A maioria das pessoas presumia que a escrevi para uma garota que não conseguia esquecer, mas, na verdade, foi escrita para a minha mãe. Era uma balada solo lenta, e a letra falava sobre como não percebi o quanto ela era importante na minha vida até ela não estar mais aqui.

— Pode cantar uma parte dela?

A garotinha olhou para a mãe, que a incentivou.

— Vá em frente, querida. Tudo bem.

Frankie parecia nervosa, então decidi ajudá-la.

— Vamos fazer assim... que tal eu começar e você se juntar a mim quando estiver pronta?

Ela concordou balançando a cabeça.

Suavemente, comecei a cantar o primeiro verso. Quando terminei a primeira frase, a pequena Frankie começou a se balançar de um lado para outro com um grande sorriso. Ela era adorável pra caramba. Eu podia facilmente imaginar que Luca e eu teríamos uma garotinha parecida com ela. Então, continuei cantando. Quando cheguei ao fim do primeiro verso, parei.

— Está pronta para cantar comigo?

Frankie assentiu novamente. Dessa vez, quando comecei a cantar, ela começou também. Ergui as sobrancelhas ao ouvir o quanto sua voz era bonita. Eu não sabia bem o porquê, mas não estava esperando que ela realmente soubesse cantar. Sua voz era infantil, mas cantava com uma afinação perfeita e tinha o som mais doce que eu já ouvira. Baixei o tom da minha voz para ouvir mais a sua, e ela continuou cantando. Eventualmente, parei de cantar e fiquei apenas assistindo-a mandar ver.

A semelhança com Luca era realmente impressionante, e pensei que minha garota talvez também se divertiria ao ver Frankie cantando. Então, tirei o celular do bolso e gesticulei para sua mãe, informando que gostaria de filmá-la, e recebi sua permissão. Eu não poderia ter escolhido uma parte melhor de qualquer música para capturar em vídeo para mandar para Luca do que a que Frankie cantou quando pressionei "Gravar".

Since the day you left
I felt a hoke in my heart.
Going through the motions
Through the window, I thrive
But behind the curtain I only survive

(Desde o dia em que você se foi
Senti um buraco em meu peito.
Apenas seguindo o fluxo
Por fora, pareço prosperar
Mas por trás das cortinas estou apenas sobrevivendo)

Pressionei o botão para acionar a câmera frontal e inclinei-me para me juntar à pequena Frankie no momento do refrão, com o braço esticado diante de nós para continuar gravando.

The world keeps spinning without you.
The world keeps spinning round and round.
The world keeps spinning, but I stand still
I stand still
I stand still

(O mundo continua girando sem você
O mundo continua girando sem parar
O mundo continua girando, mas permaneço imóvel
Permaneço imóvel
Permaneço imóvel)

Quando terminei, a multidão à nossa volta começou a aplaudir. Estendi a mão para apertar a de Frankie e beijei os nós de seus dedos antes de dar um beijo na bochecha de sua mãe.

— Fiquem bem aqui — instruí. — Vou pedir que o meu empresário venha em alguns minutos com passes para os bastidores para vocês poderem conhecer os outros caras da banda e assistirem ao show da primeira fila.

— Ai, meu Deus! — A mãe de Frankie cobriu a boca. — Muito obrigada.

— Eu que agradeço por compartilhar a sua filha comigo hoje.

Dei alguns autógrafos a caminho da entrada e depois localizei meu empresário para pedir que garantisse que Frankie tivesse um tratamento VIP. Como a passagem de som para a qual eu havia chegado cedo ainda não estava pronta para mim, fui para o camarim e sentei-me para assistir ao vídeo que gravei.

Assisti-lo me fez perceber o quanto estar com Luca havia mudado as coisas para mim. Eu costumava sentir um barato quando entrava no local dos shows, cheio de fãs gritando, mas agora estava sentindo a mesma coisa por pensar em ter uma garotinha com Luca, algum dia. Dinheiro e fama não podiam comprar felicidade, e eu estava começando a pensar que trocaria milhares de mulheres usando blusas com meu rosto nos peitos por uma mulher apoiando seu rosto no meu peito à noite. Eu estava muito ferrado.

Mas minha Luca teve dias bem difíceis. Ela e Doc saíram para comprar comida para Hortencia, e ela teve um colapso nervoso na loja. Aparentemente, ela costumava ter mais facilidade com essas pequenas saídas antes do nosso incidente em Chicago, então ultimamente, vinha se sentindo derrotada. O vídeo seria a mensagem perfeita para animá-la.

Ou foi o que pensei.

Digitei uma mensagem antes de anexar o vídeo.

Griffin: O nome dessa lindinha é Frankie. Achei parecida com como imagino que uma garotinha nossa seria. Frankie escolheu a música, mas as palavras combinam perfeitamente com o que sinto sem você ao meu lado, amor. Permaneço imóvel. O

mundo continua girando, mas permaneço imóvel sem você. Te ligo depois do show. Beijos.

Apertei em "Enviar" no instante em que o técnico de som bateu à minha porta.

— Estamos prontos, Cole.

— Ótimo. Chego lá em um minuto. Só estou esperando uma resposta da minha namorada.

Vi a mensagem mudar o status de "enviada" para "entregue" e, depois, para "lida".

O vídeo devia ter um minuto ou dois de duração, então não esperei uma resposta muito imediata. No entanto, depois que dez minutos se passaram, eu não queria deixar o time esperando demais. Então, fui para o palco. Conferi meu celular uma última vez antes de começarmos.

Nada ainda.

Luca devia estar ocupada escrevendo. Eu sabia como eu ficava quando estava compondo uma música. Às vezes, eu ficava imerso em minha própria bolha, e fazer contato fora dela poderia estourá-la. Pensei que teria notícias dela assim que terminasse a passagem de som.

No entanto, pensei errado.

— *Que porra é essa, Luca?*

Fiquei andando de um lado para outro no quarto de hotel, depois de tentar ligar para Luca pela décima vez. Ela não tinha respondido minha mensagem quando terminei a passagem de som. Nem respondido assim que o show começou. Quando o show terminou e eu continuava sem notícias, comecei a me preocupar. Então, mandei uma mensagem para saber como ela estava. Assim como fez com o vídeo que eu havia enviado mais cedo, ela leu a mensagem, mas não respondeu. Deixei também alguns recados em sua caixa de mensagens.

Será que eu a havia chateado com o vídeo? Tinha algo nele que a teria deixado zangada ou triste? Achei que não era o caso, mas só para ter certeza, coloquei-o para tocar novamente duas vezes e reli a mensagem que enviara junto com ele. Pelo que pude ver, as mensagens eram apenas um lembrete carinhoso para Luca de que eu estava pensando nela.

Como nada disso devia tê-la chateado, minha mente imaginou cenários ainda piores. Comecei a ficar nervoso, com medo de que pudesse ter acontecido algo com ela. Claro que só pensei nas piores merdas possíveis.

Alguém invadiu sua casa, e ela está deitada no chão, inconsciente.

Contudo, minhas mensagens estavam sendo lidas. Supus que o invasor podia estar lendo. Mas isso parecia ridículo até mesmo para a minha imaginação fértil.

Ela caiu e bateu a cabeça.

Mais uma vez, ela estava lá deitada no chão lendo as mensagens e sangrando?

Infelizmente, somente uma resposta fazia sentido.

Seus dias difíceis estavam pesando, e ela não queria falar comigo.

Uma sensação de déjà vu me atingiu. Eu conhecia esse sentimento. Oito anos atrás, eu sentia um pavor sufocante quando ia à caixa de correio todos os dias e não encontrava uma carta de Luca. Nós podíamos ter mudado nosso modo de comunicação, mas meu instinto me disse que a mesma merda estava prestes a acontecer — minha garota estava começando a se afastar de mim.

Na manhã seguinte, tivemos que partir às oito para chegar à próxima parada. Eu estava exausto pra caralho, porque, quando finalmente adormeci na noite passada, fiquei acordando a cada meia hora para checar meu celular e ver se havia alguma mensagem de Luca. Nenhuma chegou.

Agarrando-me à última esperança de que ela havia caído no sono cedo ontem e dormido até mais tarde hoje, esperei até paramos para colocar gasolina e os caras descerem para tomar café da manhã, para usar a artilharia pesada.

— Alô?

— Oi. É o Griffin. Me desculpe por incomodá-lo, Doc, mas estou preocupado com Luca. Ela não atende o celular, nem responde minhas mensagens.

Doc sussurrou ao telefone:

— Esta é uma situação difícil para mim, filho. Tenho confidencialidade de médico e paciente com Luca. Mesmo assim, me importo com ela.

Porra, eu estava com medo de que ele dissesse isso.

— Você pode apenas me falar se ela está bem? Quando foi a última vez que a viu?

— Estive com ela por uma hora esta manhã.

Fiquei aliviado por ela estar bem, mas meu peito doeu diante da confirmação de que ela não queria falar comigo.

— Ela está bem? Não está fisicamente machucada, ou algo assim?

— Fisicamente, ela está bem. Você não precisa se preocupar com isso.

Me senti tão impotente por estar longe.

— Sei que você não pode falar sobre os problemas dela. Mas não sei o que fazer. Estou na estrada, e não posso estar aí agora. Você pode me dizer como eu deveria lidar com alguém que tem medos extremos? O que diria a um marido ou esposa que o procurasse para pedir um conselho sobre como ajudar alguém com ansiedade extrema que está se distanciando e isolando?

— Eu diria que não é possível ajudar alguém com ansiedade extrema. Você pode apoiar e amar essa pessoa, mas precisará ter muita paciência, se estiver nessa pra valer. Quando alguém sofre um corte na perna, o médico faz uma sutura, mas ainda demora bastante tempo para sarar. Mesmo após vários meses, fica uma cicatriz. E mesmo que depois essa cicatriz desapareça, se a pele onde a ferida estava for cortada novamente, o local irá se abrir com mais facilidade do que outras áreas. Com a ansiedade, não é diferente.

Expirei.

— É. Ok.

— Tenha paciência, Griffin. Sei que é mais fácil falar do que fazer, mas não acho que estou quebrando minha confidencialidade quando digo que Luca ama você. Dizem que o tempo cura todas as feridas, mas acho que, quando a ferida se origina de um coração partido, o amor é igualmente importante.

Assenti e engoli em seco.

— Obrigado, Doc.

Após encerrar a chamada, fiquei pensando por um tempo. Luca estava bem fisicamente e tinha Doc. Eu sabia que ela estava passando por momentos complicados e queria que houvesse algo que eu pudesse fazer para deixá-la melhor. Mas se era de tempo que ela precisava, então eu não tinha outra escolha além de dar-lhe um pouco de espaço e deixá-la saber que eu não ia a lugar algum.

Ela estava lendo todas as minhas mensagens, então redigi mais uma.

Griffin: Oi, linda. Só queria que soubesse que estou pensando em você hoje. Vou te dar um pouco de espaço para respirar, em vez de ficar te ligando e mandando mensagens milhões de vezes, e adicionar estresse a tudo que você está passando. Estou aqui se precisar de mim, e tenho fé no que temos. Se cuide.

Joguei o celular na minha minúscula cama no ônibus e deitei-me com um braço cobrindo os olhos. Fiquei chocado quando ouvi meu celular apitar um minuto depois.

Luca: Obrigada. Se cuide também, Griffin.

Capítulo 29
Luca

Peguei o porta-retratos da minha cabeceira, que eu tinha tirado da gaveta há alguns dias, e passei o dedo pelo rosto de Isabella.

— Oi, Izzy. Me desculpe por ter te guardado por tanto tempo. Não é que eu não quisesse ver você. Acredite em mim. Eu amo o seu rosto sorridente. É só que... é difícil, sabe? Lembra quando você namorou Tommy Nystrom no segundo ano do ensino médio? Vocês eram tão fofos juntos. Mas aí, o pai dele foi transferido no trabalho, e ele se mudou para o Arizona. Você tinha fotos de vocês dois por todo o seu quarto. E ficou tão triste por meses depois que ele foi embora. Eu te convenci a guardá-las e, duas semanas depois, você conheceu Andrew Harding. Aquilo não significava que você não gostava mais do Tommy... ele apenas não estava mais lá, e o lembrete constante estava te deixando triste. Bom, é mais ou menos por isso que tive que guardar suas fotos. Não as guardei só para poder conhecer uma nova melhor amiga, assim como você não guardou as fotos de Tommy para procurar um novo namorado. Mas, às vezes, precisamos parar de viver no passado e nos permitir ser felizes.

Não percebi que as lágrimas estavam rolando por meu rosto até uma delas bater no vidro da moldura em minha mão. Limpei-a e coloquei a foto de volta na mesa de cabeceira. A última semana havia sido brutal. Quando voltamos de Chicago, eu estava bem. Triste, porque achei que Griffin e eu não daríamos certo, mas a situação que vivenciei com o alarme de incêndio não havia realmente me atingido.

Até que atingiu.

Alguns dias depois, acordei no meio da noite hiperventilando. Ouvi alarmes de incêndio estrondando tão vividamente que saí correndo da casa em pânico às duas da manhã. Levei uns bons vinte minutos para me convencer a voltar para dentro, mesmo depois de perceber que nenhum alarme havia disparado. As coisas começaram a sair de controle depois disso — um colapso na loja de animais, transpiração intensa ao tentar escrever e uma sensação constante de que algo ruim estava prestes a acontecer. Além de tudo isso, o medo de ter outro pesadelo vívido estava me dando insônia.

Doc disse que minha resposta psicológica tardia era uma forma de transtorno de estresse pós-traumático. Passamos alguns dias falando sobre a noite do show, algo que não fazíamos há alguns anos. Ontem ele me fez escrever todos os detalhes do que acontecera naquela noite. O processo deveria me ajudar a examinar o jeito que eu pensava sobre o trauma para podermos encontrar uma nova maneira de tratá-lo. Basicamente, eu havia dado um passo para trás na minha terapia — e foi como se eu tivesse voltado *três anos* no tempo.

A única coisa boa era que escrever sobre os eventos do incêndio também me fez querer lembrar os bons tempos com Izzy. Então, hoje peguei a caixa do sótão e explorei algumas das minhas lembranças. Havia cartões de aniversário, fotos, vídeos de nós duas sendo bobas juntas e até mesmo o esboço de uma tatuagem que Isabella queria que nós duas fizéssemos do sol, da lua e das estrelas.

Peguei meu anuário do ensino médio de dentro da caixa e passei as páginas até chegar à foto dela. Ela estava tão linda e tinha um sorriso tão radiante no rosto. O universo não havia dado a ela o mínimo indício do que estava por vir quando aquela foto foi tirada. Eu estava prestes a guardar o anuário de volta na caixa quando ele deslizou das minhas mãos e caiu de cabeça para baixo no chão, com a contracapa aberta. A letra de Isabella estava estampada ali. Eu tinha esquecido da longa carta que ela escrevera dentro do meu anuário.

Querida Luca,

Dizem que seus dois melhores amigos devem escrever nas contracapas do seu anuário. Quero que você saiba que a minha contracapa de trás irá permanecer em branco porque só tenho uma melhor amiga no mundo inteiro, e é você, Luca Vinetti.

Parece que foi ontem que nos conhecemos, no primeiro dia no jardim da infância. Eu estava no ponto esperando o ônibus escolar. Cara, eu estava me borrando. Quer dizer, e se todo mundo me odiasse? E se eu não conseguisse fazer amigos? E se todo mundo pensasse que eu era estranha?

Bom, reconheço que passei o verão frustrada com o redemoinho que sempre ficava do lado direito da parte frontal do meu cabelo, e tive a brilhante ideia de o cortar bem na raiz e ninguém notaria. Então, eu estava esperando pelo ônibus com um pedação de cabelo faltando em um lado da cabeça. Basicamente, eu era estranha, então qualquer um dos nossos colegas de classe teria uma ótima razão para ficar longe de mim.

Enfim, entrei no ônibus usando um chapéu enorme de caubói, pensando que ninguém notaria meu cabelo se assumisse meu novo estilo maneiro. O único problema era que chapéus de caubói não eram nada maneiros, e todas as crianças começaram a caçoar de mim. Dizer a elas que meu pai era fazendeiro — em Manhattan — não ajudou muito a minha situação. Mas você levantou do seu assento e veio sentar ao meu lado. Você me disse para ignorá-los, mas eu não conseguia. Aquele dia foi absolutamente horrível, e eu não queria voltar na terça-feira. Até que cheguei no ônibus e te vi ali sentada, com um sorriso de orelha a orelha e usando um chapéu de caubói velho e enorme. Foi aí que percebi que eu era estranha, mas a minha nova melhor amiga me amava mesmo assim.

O objetivo dos anuários é lembrar às pessoas de todos os bons momentos que compartilharam. Como não há páginas suficientes para contar ao menos a pontinha do iceberg das nossas memórias, vou te dizer os motivos pelos quais eu te amo.

Você sempre ri das minhas piadas ruins.

Você é a pessoa mais bondosa que conheço.

Você me ensinou a seguir os meus sonhos vendo você seguir os seus.

Você mal pode esperar para acordar e viver a vida.

Você sempre tem um sorriso no rosto.

Você é destemida.

Os últimos doze anos foram o máximo, mas é apenas o começo para nós. Você vai conquistar o mundo, Luca Vinetti. Nós vamos para faculdades diferentes que ficam a milhares de quilômetros uma da outra, mas não importa a distância que a vida coloque entre nós, eu sempre estarei torcendo por você.

Sua melhor amiga para sempre,

Izzy

Griffin: Bom dia, minha linda garota. Por que o esperma atravessou a rua?

Alguns segundos depois, chegou uma segunda mensagem.

Griffin: Porque eu coloquei a meia errada hoje de manhã.

Não sei o porquê, mas aquela piada me fez cair na gargalhada. Talvez fosse loucura, não sabia bem, mas senti que precisava daquilo. Griffin vinha me mandando mensagens duas vezes por dia durante a última semana, já que eu o estava evitando. A cada manhã, ele me mandava uma piada, e toda noite, me descrevia as várias maneiras que tinha pensado em mim durante o dia. Às vezes, eu respondia, mas não era nada além de um "obrigada" ou um emoji sorridente. Não era porque eu não queria fazer contato com ele; era porque eu não sabia o que dizer. Estava envergonhada por ter me afundado em um lugar sombrio, e também não sabia como falar com ele sobre nós, sobre qual era a nossa situação atual. Então, tomei a atitude imatura e me afastei sem dar explicações.

Reli sua mensagem e, sem consegui evitar, ri de sua piada mais uma vez. Na minha cabeça, imaginei Griffin realmente calçando uma meia suja de esperma. E então, lembrei-me da carta de Izzy no meu anuário que havia lido no dia anterior.

Você sempre ri das minhas piadas ruins.

Eu realmente gostava de piadas ruins. Ela estava certa sobre isso. Mas não tinha muita certeza sobre as outras coisas.

Você é destemida.

Deus, eu fui mesmo destemida um dia? Não conseguia me lembrar de algum tempo em que vivia sem medo.

Você mal pode esperar para acordar e viver a vida.

Viver a vida. Eu havia criado um mundo mais distante da vida real possível. Morava no meio do nada, escrevia sobre personagens que eram frutos da minha imaginação, e geralmente, a única pessoa com quem eu falava durante o dia era Hortencia.

Nós vamos para faculdades diferentes que ficam a milhares de quilômetros uma da outra, mas não importa a distância que a vida coloque entre nós, eu sempre estarei torcendo por você.

Não tinha como ela saber quanta distância a vida acabaria colocando entre nós, mas, por alguma razão, eu estava sentindo que ela estava mesmo torcendo por mim. Senti sua presença mais do que nunca, e aquilo me deu um pouco de coragem. Então, decidi responder à mensagem de Griffin.

Luca: O que o tofu e um dildo têm em comum?

Ele respondeu dois segundos depois.

Griffin: O quê?

Luca: Os dois substituem carne.

Griffin: Hahaha. Do que você chama um rockstar de vinte e cinco anos que não se masturba depois de passar duas semanas sem ver a namorada?

Luca: De quê?

Griffin: De mentiroso.

Gargalhei novamente.

Luca: Como se chama um caminhão cheio de vibradores?

Griffin: Como?

Luca: Brinquedos para Bocetas.

Griffin: Ok, essa me fez espirrar água pelo nariz.

Era a primeira vez que eu sorria depois de duas semanas. Olhei para a foto que ainda estava na minha mesa de cabeceira.

— Valeu, Izzy.

Respirando fundo, movi meu dedo sobre o nome de Griffin e, ao invés de mandar uma mensagem, liguei.

Ele atendeu no primeiro toque.

— Oi.

— Oi. Você está ocupado? Eu precisava ouvir a sua voz.

— Nunca estou ocupado demais para você, amor.

Capítulo 30
Griffin

O clima leve da nossa conversa mudou rapidamente.

— Me desculpe por estar tão distante ultimamente — ela disse. — Sinto que regredi um pouco desde que você foi embora.

Eu odiava o fato de ela estar se sentindo culpada por qualquer coisa.

— Você nunca precisa se desculpar pela maneira como se sente. Sabe que eu te aceito como é. Você não tem que agir ou se sentir de certa forma. Mas preciso que responda minhas mensagens em algum momento para que eu possa saber que você está bem.

— Me desculpe se te deixei preocupado.

Uma sensação inexplicável de pavor me preencheu.

— Luca... — eu falei. — Me diga o que está passando na sua cabeça. Por favor.

Após um longo momento de silêncio, ela finalmente revelou:

— Eu não quero mais te atrapalhar, Griffin.

— Você não me atrapalha. Eu...

— Você diz isso porque me ama, mas a verdade é que... eu atrapalho sim, e eu simplesmente... não posso...

Ela não pode.

Meu coração acelerou.

— Não pode o quê? Diga, Luca. Preciso ouvir. — Meu tom estava começando a ficar zangado. — Você precisa ser muito clara comigo. *Muito* clara.

— Não posso ser a pessoa que você precisa — ela disse finalmente. — Pelo menos, não agora. Estou sentindo uma pressão para superar os meus medos em um ritmo que simplesmente não é realista. Fico sentindo que estou atrapalhando a sua vida... e sinto que essa pressão é demais para aguentar. Isso está pesando muito em mim e... não consigo mais respirar.

Porra. Isso estava mesmo acontecendo.

Eu a estava perdendo.

Me senti impotente.

Como eu poderia ao menos tentar lutar por ela, se ela estava me dizendo que minha luta a estava sufocando? Eu sempre disse a mim mesmo que saberia se precisasse abrir mão dela, se algum dia chegasse ao ponto em que estarmos juntos a prejudicasse mais do que ajudasse. Embora eu sentisse que terminar as coisas não fosse nada natural, era como se eu não tivesse escolha a não ser acatá-la.

— Você quer terminar? É isso que está me dizendo, Luca? Preciso que seja clara comigo.

Sua voz estava trêmula.

— Acho que é o melhor a fazermos agora. Acho *realmente* que devemos terminar. — Ela soltou uma lufada de ar, como se tivesse passado muito tempo segurando.

Bom, não tinha como ficar mais claro que isso. Eu *ouvi* as palavras, mas ainda não conseguia acreditar nelas.

— Ok. — Engoli em seco. — Como vamos fazer? Isso significa que não vamos mais nos falar?

Eu podia ouvi-la chorando do outro lado da linha e suspeitei que havia caído a ficha sobre o que ela tinha acabado de fazer. Eu, por outro lado? Estava dormente... ainda não queria acreditar no que ela estava me dizendo.

— Eu não sei — ela respondeu. — Não sei o que seria melhor. Porque falar com você seria doloroso, e não falar com você seria ainda mais.

Comecei a sentir ainda mais raiva. Eu estava tão decepcionado com a vida — com ela. Com tudo.

— Que tal vivermos um dia de cada vez? Ainda nem consegui começar a processar isso. Mas entendi claramente, Luca. Ok? Entendi claramente.

Ficamos quietos novamente, e então, ela murmurou:

— Sinto muito, Griffin.

— Eu também sinto muito, amor. Mas do que você possa imaginar.

Durante toda a minha carreira, nunca cancelei um show. Mas não conseguiria me apresentar aquela noite em Minneapolis. Fingi estar com gripe e criei um pesadelo de logística para o meu empresário da turnê e minha relações públicas. Mas não importava. Nada importava. No dia seguinte, eu sabia que, de alguma maneira, conseguiria me recompor para me apresentar na cidade seguinte, mas precisava daquela noite para chorar meu luto. Foi a primeira vez que usei a desculpa de estar doente; eu tinha esse direito.

Precisei de todas as minhas forças para não ligar para Luca e ver como ela estava. A cada hora, meu dedo pairava sobre seu nome nas minhas mensagens. Por fim, optei por ligar para Doc, em vez disso. Pelo menos, através dele, eu poderia me certificar de que ela estava bem sem chateá-la. Eu nem ao menos sabia se ela tinha dito a ele que terminou comigo.

— Alô? — ele atendeu.

— Doc. É o Griffin.

— Ah... Griffin. Está tudo bem?

As palavras simplesmente não conseguiam sair. Pela primeira vez desde que eu podia me lembrar, talvez desde a morte da minha mãe, senti lágrimas se formando em meus olhos. Acho que era mesmo para acontecer. Embora eu não estivesse dizendo nada, ele podia claramente suspeitar de que algo estava errado.

— Me conte o que aconteceu, filho. É a Luca?

— Ela terminou comigo hoje.

Sua respiração ficou presa.

Limpando meus olhos e lutando contra as malditas lágrimas, continuei:

— Eu queria te dizer, caso ela ainda não tenha te contado ainda, para que você possa ficar de olho nela e se certificar de que ela está bem. Porque sei que não foi fácil para ela.

— Sinto muito por ouvir isso. Sinto muito mesmo. Sei o quanto você se esforçou para deixá-la feliz e fazer as coisas darem certo.

— Parece que não me esforcei o suficiente.

— Nunca testemunhei alguém se esforçar tanto para salvar um relacionamento, Griffin. Você fez tudo que pôde. Luca apenas não está pronta, por mais que ela deseje estar... por mais que eu saiba que ela realmente ama você.

— Eu sei que ela me ama... tanto quanto ela poderia amar qualquer pessoa. É por isso que dói ter que aceitar isso. Estou sofrendo não somente por mim, mas porque, de algum jeito, sei que ela está sofrendo mais ainda. Sei que isso não foi fácil para ela... abrir mão de mim.

— Imagino que não tenha sido mesmo — ele disse. — Fico feliz que você tenha me contado, porque não tive notícias dela o dia inteiro, e agora sei por quê.

— Cancelei o meu show de hoje, Doc. Milhares de pessoas pagaram para vir me ver, e dei um bolo nelas porque não aguentaria cantar me sentindo tão destruído por dentro. — Expirei. — Sabe, eu escrevi uma música sobre ela, quando estava com raiva antes de nos reconectarmos após anos. Ela te contou isso?

— Ah, sim. Já ouvi a canção várias vezes.

Não sei por que aquilo me fez rir um pouco. Eu não consegui imaginar Doc ouvindo minhas músicas, por alguma razão.

— É. Sempre é difícil cantar aquela música, mas acho que as palavras nem ao menos conseguiriam sair de mim esta noite. É melhor encontrarem alguma saída para isso, porque não posso cancelar de novo.

— É perfeitamente aceitável exercitar o autocuidado de vez em quando. Não se preocupe com os fãs que está deixando na mão. Permita-se esse tempo para se recuperar.

— Jesus. Agora estou me perguntando se te liguei por ela... ou por mim.

— De um jeito ou de outro, tudo bem por mim. Você é um bom homem, Griffin. Não existe outra pessoa com quem eu gostaria de ver a minha Luca. Vou te contar um segredo. Eu posso ser o terapeuta dela... mas, na verdade, sendo honesto... ela é como uma filha para mim. Nosso relacionamento vai muito além de médico e paciente. Eu queria muito ver as coisas darem certo entre vocês dois, e meu coração está pesado por saber que ambos estão sofrendo.

— Você também é um bom homem, Doc. Por favor, cuide dela. — Passei meus dedos pelos cabelos.

— Pode contar com isso. — Ele fez uma pausa. — Griffin?

— Sim?

— Talvez você possa fazer bom uso desses sentimentos. Pode ser a hora de compor uma nova canção. Imagino que se expressar através da música pode ser terapêutico para você. Só uma ideia.

— Não consigo imaginar escrever alguma música agora — eu disse, descartando seu conselho. — Meu coração está partido.

— Meu instinto me diz que você não deveria se dar por vencido em relação a Luca. Acredito muito que, um dia, ela irá perceber seu erro, mas isso pode levar bastante tempo. Também não estou dizendo que é justo você ter que esperar.

— Eu esperaria para sempre, se sentisse que ela mudaria de ideia. Mas agora? Estou muito destruído para acreditar nisso. Porque nunca pensei que ela realmente abriria mão de mim, Doc. Sendo honesto... estou abismado pra caralho.

— Confie no destino, Griffin. Olhe o quão longe ele trouxe vocês dois, até agora. Siga sua vida, mas confie no fato de que se você e Luca estiverem destinados a ficar juntos... então, um dia, o mesmo universo que os uniu fará sua mágica novamente.

— Você tem sido um bom amigo, Doc. Não somente para Luca, mas também para mim. Se algum dia tiver qualquer coisa que eu possa fazer por você, por favor, me diga.

Minha suposição original sobre não conseguir escrever músicas estava errada. Nos dois dias seguintes, ao viajarmos para o próximo destino — Des Moines —, escrevi letras e melodias como um louco. Aquilo acabou sendo terapêutico para mim, e embora muitas coisas fossem acabar não sendo aproveitadas, consegui fazer progresso em uma música que eu planejava cantar no último show, se meus parceiros de banda a aprendessem rápido o suficiente.

Foi muito difícil não ligar ou mandar mensagens para Luca, mas não achei que abrir linhas de comunicação agora deixaria as coisas mais fáceis. Sinceramente, parte de mim ainda estava com tanta raiva por ela ter desistido de nós. Não queria descontar minha raiva nela. Eu ligaria em algum momento para saber como ela estava, mas precisava de mais tempo para assimilar tudo isso. Eu não havia perdido apenas a mulher que amava, também minha melhor amiga. De novo.

Após uma parada para jantar, entrei novamente no ônibus antes de ficar tudo pronto para voltarmos para a estrada. Para meu choque, havia uma garota deitada no meu beliche, usando apenas uma calcinha e um sutiã de renda.

— Hã... o que você está fazendo aqui? — perguntei.

— Buddy disse que talvez você quisesse companhia hoje.

Porra.

De onde ela havia saído? Estava no ônibus desde Minneapolis? Buddy era meu guitarrista, e o único cara da banda com quem eu compartilhava confidências. Ele havia me confrontado após o cancelamento do show, e acabei admitindo o que tinha acontecido. Ele devia ter pensado que foder com outra pessoa para esquecer Luca seria uma boa ideia. Isso não ia rolar. Estava cedo demais. Talvez chegasse um tempo em que isso não me fizesse sentir que a estava traindo, mas, naquele momento, meu corpo ainda pertencia a Luca. E aquilo era patético.

— Bom, o Buddy está enganado. Na verdade, eu gostaria muito de ficar sozinho, mas obrigado por pensar em mim.

Ela pareceu desapontada.

— Tem certeza?

— Sim.

Ela desceu da cama e desapareceu para outra seção do ônibus. Depois que ela saiu, o veículo partiu. Desliguei as luzes e caí na cama.

CARTAS INDECENTES

Capítulo 31
Luca

Não tive uma boa noite de sono sequer desde que terminei com Griffin. Tinha pensamentos dolorosos recorrentes sobre ele afogando as mágoas em mulheres e álcool. E quem poderia culpá-lo depois do que eu havia feito com ele? O término me deixou em um humor estranho constante, de total apatia. Sem poder esperar ligações de Griffin, suas cartas, sua voz, seu toque, era como se eu não me importasse com mais nada, nem se o mundo desmoronasse ao meu redor.

Contudo, em meio a tudo isso, fiz algo que passei anos adiando. Dirigi até o estúdio de tatuagem mais próximo e, agora, o desenho de sol, lua e estrelas que Isabella queria que nós duas fizéssemos estava gravado permanentemente na parte interna do meu antebraço. Eu vinha "conversando" mais com Izzy ultimamente, e senti que estava na hora de enfim realizar aquele desejo.

Doc tinha acabado de chegar à minha casa e iria vê-la pela primeira vez.

— Tenho algo para te mostrar — eu disse, sentando-me à mesa da cozinha.

— Você finalmente começou a pintar o papagaio-do-mar?

— Não. Ele ainda está na espera, assim como todas as outras pinturas. — Rolei a manga da minha blusa e exibi a arte na minha pele. — Fiz uma tatuagem.

Ele arregalou os olhos.

— Oh, uau.

— Isabella e eu desenhamos isso juntas. Nós planejávamos fazer tatuagens iguais. Eu nem conseguia olhar para o desenho, muito menos mandar fazê-lo, mas isso mudou recentemente. Fiz em um estúdio de tatuagem há alguns dias.

Doc inclinou a cabeça para examiná-la.

— É muito bonita. Por que acha que, de repente, teve coragem de fazê-la?

— Tudo está diferente desde que terminei com Griffin; talvez seja um efeito colateral de um coração partido. É quase como se... eu não tivesse mais nada a perder.

— Bem, marcar a sua pele permanentemente com uma lembrança de Isabella é, certamente, um passo enorme em direção à sua cura e aceitação. Estou muito orgulhoso de você.

— É. Concordo. Também estou orgulhosa de mim. — Sorri.

— Quanto à sua nova perspectiva depois de terminar com Griffin, acho que nunca sabemos o quanto eventos traumáticos irão nos impactar até que isso aconteça.

— É realmente como se eu não me importasse com mais nada, como se não me importasse se vou viver ou morrer.

Sua expressão murchou.

— Você não está com pensamentos suicidas, está? Porque, Luca, você precisa me contar se isso acontecer.

— Não. Nada de pensamentos suicidas. Eu nunca conseguiria tirar a minha própria vida. Eu teria muito medo. É só uma sensação de torpor.

— Você falou com ele alguma vez?

— Não. Não o contatei, e ele também não me contatou. Tenho quase certeza de que ele deve me odiar agora.

Os olhos de Doc se moveram de um lado para outro. Ele parecia um pouco culpado, como se tivesse algo que não estava me contando.

— Que olhar é esse?

— Ele não te odeia.

— E como você sabe disso?

— Ele me ligou algumas vezes para saber como você está. Ele está preocupado.

— Você falou com o Griffin?

— Ele nunca me pediu para não te contar, exatamente. Contudo, nunca tive certeza se deveria. Mas estou contando agora. Já que tirou a conclusão errada em relação à atual atitude dele com você, senti que era necessário.

— Ele disse mais alguma coisa?

— Ele só quer mesmo saber se você está bem. Eu digo a ele o que posso, sem violar a nossa confidencialidade.

Eu não sabia se o fato de Griffin estar fazendo contato com Doc me deixava pior ou não. Sentia tanta saudade dele, mas, ao mesmo tempo, parte de mim torcia para que ele não ficasse tão ligado em mim, que ele pudesse seguir em frente com sua vida, como merecia. Ainda assim, a maior parte de mim estava aliviada por saber que ele não me odiava, e que se importava o suficiente para procurar saber como eu estava. Mesmo que estivéssemos completamente ausentes um para o outro, Griffin me *conhecia*; ele sabia que, se me contatasse, eu ficaria um caco emocional.

— Obrigada por mantê-lo atualizado. Sinto muito por você estar preso no meio disso.

— Não é problema algum, Luca. Considero Griffin um amigo. É claro que a minha lealdade sempre será a você, então se me disser para não falar mais com ele, não falarei.

— Não. Eu nunca faria isso.

Parte de mim queria dizer "Diga a ele que o amo". Mas eu não podia.

Não sei o que deu em mim para dar uma olhada no site da Archer naquela noite. Eu sabia que a turnê terminaria em breve. O site listava todas as localidades passadas, e acabei notando que ao lado de Minneapolis estava escrito: cancelado. Olhei a data e me dei conta de que foi o dia em que terminei com ele. Meu coração apertou. Não tinha como eu ter certeza, mas meu instinto me disse que Griffin estava muito magoado para conseguir se apresentar. Sabendo que ele era um profissional exemplar, aquilo dizia muita coisa sobre o que eu tinha feito com ele.

Percebi que no dia seguinte seria o show em Los Angeles. Lembrei-me de Griffin dizendo que haveria uma transmissão ao vivo daquele show, que poderia ser assistida no site da banda. Era um presente para os fãs pelo mundo que não poderiam ir a nenhum de seus shows. Eu sabia que seria incrivelmente doloroso assistir, mas parte de mim precisava saber se ele estava bem. Eu precisava ouvir sua voz e ver seu rosto, mesmo que isso me matasse. Olhei para a tatuagem na parte interna do meu antebraço. Eu podia ouvir as palavras que Izzy escrevera no meu anuário. "Você é destemida." Aquela era a impressão que ela tinha de mim, e não tinha nada a ver com a realidade atual... mas eu podia ao menos tentar viver como tal ocasionalmente. Assistir ao show de Griffin seria um verdadeiro teste de força, sem dúvidas.

Na noite seguinte, meu coração batia mais rápido do que nunca. Eu não estava pronta para isso, mas nunca estaria. Uma mensagem no site me conduziu a clicar em uma caixinha para assistir ao show em Los Angeles ao vivo. Eu estava adiantada. Dizia que estava marcado para começar às oito da noite, no fuso horário Pacífico, então significava que ainda faltavam dez minutos. Minhas mãos estavam pegajosas de suor e meus joelhos balançavam para cima e para baixo rapidamente.

A espera pareceu durar uma eternidade, até que a tela mudou de repente. Meu coração acelerou. O show estava prestes a começar. Ouvi o som de milhares de pessoas gritando conforme as luzes mudavam. E então, uma câmera deu zoom lentamente no palco. Ali estava Griffin, sentado em um banco com um holofote sobre ele. Ele começou a cantar *a capella*, e aquilo imediatamente me deu arrepios. Meu coração reviveu diante do som de sua voz. Aos poucos, os instrumentos foram se juntando. Era uma música que reconheci ser uma de suas mais populares.

Senti meu peito transbordar de orgulho. *Meu Deus, você é incrível, Griffin.* Sua voz rouca nunca soava muito diferente das versões gravadas de suas músicas; ele era tão bom cantando ao vivo. Fiquei completamente grudada à tela, capturada por ele, como se eu fosse um mero membro da plateia. Como eu desejava poder estar ali. Como eu desejava poder sentir a energia daquele ambiente, o calor, a vibração da música. Como eu desejava estar assistindo a tudo bem ali, nos fundos do palco, para me jogar em seus braços e dizer a ele o quanto estava orgulhosa, depois que o show terminasse.

Meus olhos começaram a marejar. Quanto mais eu assistia, mais aquele sentimento inexplicável que vinha sussurrando para mim ultimamente crescia. Eu havia descrito para Doc como apatia, como se não me importasse se viveria ou morreria, mas agora eu estava finalmente compreendendo o que realmente era. *Nada importa sem ele.*

Se alguém tivesse me perguntado um ano atrás qual era a pior coisa que poderia acontecer comigo... eu teria respondido que era ter um ataque de pânico e morrer. Se alguém me perguntasse isso atualmente, minha resposta seria diferente. A pior coisa que poderia acontecer comigo *já* havia acontecido. Era ter que viver todos os dias sabendo que Griffin estava por aí e não poder viver a vida com ele. Ele me perguntara se eu acreditava que o amor era suficiente, se eu estaria disposta a viver todas as coisas negativas para poder tê-lo em minha vida. Naquele momento, eu realmente não sabia a resposta. Agora... parecia estar muito mais claro para mim. O amor é tudo. Importa muito mais do que o medo, mais do que a morte. O amor transcende o tempo. Eu, literalmente, faria qualquer coisa para tê-lo de volta na minha vida, mesmo que isso me matasse.

Mesmo que isso me mate.

Aquela foi uma percepção gigantesca.

Para superar verdadeiramente qualquer medo, você tem que estar, ao menos em algum nível, disposto a morrer pelo que te aguarda do outro lado. E eu, com certeza, estava mais do que disposta a morrer por Griffin.

Eu não sabia o que fazer com essa revelação.

As primeiras notas de *Luca* começaram a tocar, e lembrei-me de Griffin me dizendo como era estranho, para ele, cantar essa música depois que nos reconectamos, já que ela havia sido escrita em um momento de raiva. A câmera focou em seu rosto, e o vi fechar os olhos antes de começar a cantar. Foi como se precisasse se preparar para isso, para proferir aquelas primeiras palavras e seguir. Eu podia apenas imaginar como devia ser ter que cantar uma música sobre mim várias e várias vezes depois de tê-lo magoado tanto.

Ele conseguiu cantá-la inteira, e a multidão foi à loucura. Era evidente, pela comprida duração dos aplausos, que *Luca* era a música mais popular da banda. Ele sempre disse isso, mas agora eu entendia de verdade. Ele também disse algumas vezes que costumavam encerrar os shows com ela. Mas parecia que ela não seria a última canção da noite.

Griffin retornou ao microfone em meio aos gritos da plateia, que entoava "Cole" repetidamente.

Sua voz ecoou pela arena.

— Queria saber se vocês gostariam de ouvir mais uma música esta noite...

A multidão respondeu com uma rodada ainda mais estrondosa de aplausos e gritos.

— Essa música é nova... nunca foi gravada... e provavelmente, nunca mais será cantada. Se chama *You're in Me* e é dedicada ao meu único e verdadeiro amor. Você sabe quem é.

Meus olhos se encheram de lágrimas.

A multidão enlouqueceu.

Esforcei-me para ouvir as palavras conforme ele começou a cantar.

The day you walked away,
You never really left.
You may not know it.
But you're still here.

*(No dia em que você foi embora,
Não me deixou de verdade.
Você pode não saber.
Mas ainda está aqui.)*

You say you're scared…
But I'm scared too,
To live in this world without you.

*(Você diz que tem medo…
Mas eu também tenho medo,
De viver nesse mundo sem você.)*

You can leave, but you'll always be here
In my heart and soul… everywhere.
You're in me.
Till the end,

*It will always be you, my friend.
(Você pode ir embora, mas sempre estará aqui.
No meu coração e alma… em todo lugar.
Você está em mim.
Até o fim,
Sempre será você, minha amiga.)*

They tell me to move on.
But if I do,
When I look at her, I'll only see you.
You're in me
Till the end
It will always be you, my friend.

(Eles me dizem para seguir em frente.
Mas se eu o fizer,
Sempre que olhar para ela, verei só você.
Você está em mim.
Até o fim,
Sempre será você, minha amiga.)

Even though you've left scars...
You're still my sun, moon and stars.

(Mesmo que você tenha me deixado com cicatrizes,
Você ainda é o meu sol, lua e estrelas.)

O quê?

Não consegui ouvir mais nada depois que ele cantou aquelas palavras. *Meu sol, lua e estrelas.* O restante da música passou como um borrão enquanto fiquei ali paralisada, inundada de emoções. Eu nunca havia mencionado a tatuagem de sol, lua e estrelas para Griffin. Não tinha como ele saber disso, e ainda assim, aquelas palavras estavam em seu coração, de alguma forma. Eu tinha quase certeza de que era porque, em algum nível, *ele* vivia dentro de mim.

Olhando para a tatuagem, eu soube sem sombra de dúvidas de que era Izzy me enviando o recado mais importante de todos.

Capítulo 32
Luca

Quinto dia, e nada.

Eu não sabia o que estava esperando, mas a cada dia que ia à minha caixa de correio e a encontrava vazia, me sentia mais e mais sem esperança.

Griffin havia colocado todo o seu coração naquela música, então eu decidira fazer o mesmo à minha própria maneira, usando o que eu fazia de melhor: escrevendo. Passei a noite inteira acordada depois do show em LA e deixei meu coração sangrar no papel. Eu disse a ele que estava com medo e pensei que abrir mão dele era a coisa certa a fazer, mas que havia finalmente percebido que eu tinha mais medo de perdê-lo do que qualquer outro medo que eu poderia ter. Eu tinha medo de ficar presa em algum lugar físico, mas nada se comparava a viver com o meu *coração* preso.

Por volta da página catorze da minha carta enorme, também expus algumas ideias de como poderíamos fazer isso dar certo. Pesquisei possíveis lugares onde eu poderia morar que não ficavam muito longe de LA. Havia algumas comunidades rurais muito bonitas em um raio de oitenta quilômetros de distância de Los Angeles. Eu odiava ter que deixar Doc, mas ele disse que poderíamos fazer terapia por chamada de vídeo e prometeu que, se eu realmente decidisse me mudar, ele me visitaria algumas vezes por ano. Na noite passada, ele tinha até mesmo vindo até minha casa com uma lista de pássaros recentemente vistos na área de Topanga Canyon — um dos lugares que mencionei que podia ser ideal para mim na Califórnia. E ele e Martha conversavam sobre ele ir visitá-la novamente, em algum momento.

Mas agora, eu estava começando a sentir que havia me precipitado com meus planos. Eu ainda tinha o itinerário de viagem de Griffin e confirmei que a carta que eu enviara para seu hotel havia sido pessoalmente entregue a ele há três dias. Quando ele não me ligou nem mandou mensagem imediatamente, recusei-me a acreditar que havia desistido de mim. Então, convenci-me de que a razão pela qual eu estava demorando tanto a ter notícias suas era porque ele queria escrever uma carta de volta para mim. *Isso que é se agarrar a falsas esperanças*. Contudo, a ficha de que o verdadeiro motivo da demora talvez fosse porque ele não planejava me dar resposta alguma estava caindo.

E eu não podia culpá-lo. Todas as questões com a minha saúde mental já eram problema suficiente, mas aí eu fui e terminei com ele. Quantas vezes se poderia esperar que um homem oferecesse seu coração só para que a mulher que ele amava o pisoteasse? Em algum momento, ele deve ter se tocado e seguido em frente, e, infelizmente, eu devia tê-lo levado a fazer isso na última vez que o afastei.

Naquela noite, tudo o que eu sentia era melancolia. Não tinha energia para escrever ou para fazer qualquer coisa produtiva, então pedi comida chinesa e prostrei-me no sofá com meu jantar. Hortencia estava deitada em sua pequena cama do outro lado da sala de estar e, ao olhar para o meu estado, triste e sem banho, pareceu sacudir a cabeça e suspirar.

— É. Eu sei. Mas o que posso dizer? Tem dias que você também não cheira bem.

Ótimo. Agora eu estava falando com uma garota morta e argumentando com uma porca.

Ao ligar a televisão, fiquei zapeando pelos canais distraidamente, procurando algo para assistir. Onde estavam todos os filmes para chorar quando se precisava deles? *Querido John, Quatro Vidas de Um Cachorro,* ou talvez *Como Eu Era Antes de Você*. Só estava passando noticiários e reality shows. Desistindo, joguei o controle remoto no sofá ao meu lado e ataquei meu jantar para afogar as mágoas na comida.

Minha boca estava tão cheia que quase engasguei ao ouvir o nome

Cole Archer na televisão. Ergui o olhar e meu estômago revirou quando vi o rosto lindo de Griffin na tela.

— Muito bom ver você aqui — a repórter disse.

— Bom te ver também, Maryanne.

Griffin e uma repórter bonita de cabelos escuros com olhos enormes estavam em frente a um estádio. Um monte de garotas adolescentes e mulheres estavam ao fundo, gritando o nome dele. Maryanne deu uma olhada rápida nelas.

— Parece que as suas fãs estão animadas pelo último show da turnê hoje.

Ele abriu um sorriso que exibia sua covinha para a multidão e acenou.

— Estou tão animado quanto elas para esta noite.

Deus, senti tantas emoções ao ver seu sorriso — empolgação, tristeza, desejo.

— Então, Cole... você revelou uma nova música para o mundo algumas noites atrás. Pode nos contar sobre ela? Quem é essa mulher misteriosa, e há quanto tempo vocês estão juntos?

Prendi a respiração e fiquei de olhos grudados na televisão. Meu coração começou a martelar no peito, mas parou quando o sorriso de Griffin murchou.

— Não é sobre nenhuma mulher, na verdade. Ela foi apenas fruto da minha imaginação.

— Então, você não está em um relacionamento com uma pessoa chamada Luca?

Griffin desviou o olhar e sacudiu a cabeça.

— Às vezes, quando você quer muito acreditar que alguém existe, inventa toda uma fantasia sobre um relacionamento na sua cabeça. Foi só isso.

Senti como se tivesse levado um chute no estômago. Oh, Deus, Griffin. O que temos é real. Eu juro.

Maryanne olhou para a câmera e sorriu.

— Vocês ouviram aqui em primeira mão, garotas. *Não há Luca alguma.* O que significa que temos um solteiro disponível, Seattle.

A mulher deu um beijo na bochecha de Griffin, e ele caminhou em direção à entrada do estádio sem olhar para trás.

Fiquei olhando para a televisão, enquanto assimilava a gravidade do que havia acabado de acontecer. Lágrimas começaram a descer pelo meu rosto. Eu havia perdido Griffin.

Aceitar que estava tudo acabado entre Griffin e mim foi muito parecido com quando perdi Izzy. Passei pelos diferentes estágios do luto. Eu acordava pela manhã pensando que havia sido um pesadelo — *negação*. Depois, caía a ficha de que eu o havia realmente perdido, e a dor voltava com força total. Eu sabia que tinha vacilado em relação ao nosso relacionamento, mas, lá pelo meio da tarde, o fato de que ele não havia respondido à minha carta me deixava com *raiva*. Eu havia acreditado quando ele disse que me amava — que me daria tempo e estaria esperando se as coisas mudassem. Acho que eu não tinha me dado conta de que esse tempo... era limitado a duas semanas. Quando chegava a noite, eu tomava sorvete de menta com gotas de chocolate direto do pote para afogar minha tristeza — *depressão*. E então, quando não conseguia dormir, ficava deitada na cama olhando para o teto por horas tentando criar um esquema maluco para conseguir fazê-lo mudar de ideia — *barganha*. O último estágio — *aceitação* — tinha demorado oito anos para chegar em relação a Izzy, e eu sentia que esse demoraria ainda mais.

Doc apareceu para nossa sessão de terapia pela manhã, e eu estava me arrastando de cansaço. Tive que me forçar a me vestir para a caminhada na floresta, mas pensei que um pouco de ar fresco me faria bem.

— Teve notícias do Griffin? — perguntei, incapaz de esconder a esperança em minha voz.

Ele franziu a testa e sacudiu a cabeça.

— Sinto muito, Luca. Não tive.

— Mas você me contaria se tivesse, não é?

— Sim, eu te contaria.

Não que estivesse sentada esperando Griffin ligar ou responder à minha carta — oito dias haviam se passado desde que ele recebera meu coração em uma bandeja, e três desde que ele dissera ao mundo que não havia Luca alguma. Ainda assim, eu ainda tinha uma esperança idiota de que ele ao menos queria saber como eu estava, de que ao menos se importava.

— Deixe-me te perguntar uma coisa, Doc. Você acha que seria ridículo se eu fosse para LA para falar com ele, mesmo que ele tenha deixado bem claro que não quer fazer contato comigo?

— Eu acho que às vezes, na vida, temos que ir atrás do que queremos, e se as pessoas não acharem que estamos sendo ridículas, significa que não estamos nos esforçando o suficiente.

Assenti.

— Sinto que preciso de um ponto final. Passei os últimos oito anos obcecada pensando no que poderia ter acontecido se eu não tivesse comprado os ingressos daquele show para Izzy e mim. Não posso passar os próximos oito anos imaginando o que poderia ter acontecido se eu tivesse ido falar com ele uma última vez.

— Nossos medos são temporários. Eles vêm e vão no decorrer da vida. Mas o arrependimento é permanente; nós os carregamos para sempre. Se você for e as coisas não acontecerem como queria, você ficará triste, mas será capaz de seguir em frente sabendo que tentou reconquistar o coração dele.

— Tem razão. Eu preciso fazer isso. Mesmo que ele bata a porta na minha cara, preciso dar o máximo de mim.

Doc sorriu.

— Minha irmã está no Novo México com a filha e passará o resto do verão por lá, então ainda tenho o motor home. Posso encher o tanque para partirmos hoje mesmo.

Eu apreciava muito sua oferta, de verdade. E ter uma companhia na estrada para percorrer todo aquele caminho fazia a viagem ser muito mais suportável. Mas, ainda assim, eu sentia que isso era algo que eu precisava fazer sozinha. Eu só teria que demorar o dobro do tempo e ir devagar. Já havia dependido demais de Doc. Essa viagem era algo que eu precisava fazer por Griffin e mim, mas também era algo que eu precisava fazer somente por mim.

— Muito obrigada pela oferta, Doc. Aprecio isso mais do que você imagina. Mas acha que a sua irmã se importaria se somente eu pegasse o motor home emprestado?

Doc parou de repente.

— Você, sozinha? Você quer dirigir quase cinco mil quilômetros sozinha?

Eu esperava não tê-lo magoado.

— Sim. Não consigo explicar, mas sinto que é algo que preciso muito fazer sozinha.

Doc respirou fundo e sorriu.

— Agora, sim! Vá atrás do que você quer, Luca.

Eu não conseguia acreditar que ia fazer isso. Tinha passado o último dia e meio me preparando. Mapeei a mesma rota que Doc e eu tínhamos feito da última vez no celular e também tinha mapas impressos. Como ia dirigir completamente sozinha, reduzi meu cronograma ao volante para pouco menos de quinhentos quilômetros por dia. Pesquisei locais seguros para estacionar à noite — locais específicos para motor homes, com segurança e boas avaliações — e estoquei o veículo com todo o essencial para duas semanas. O tanque estava cheio, o óleo estava trocado, e Doc desmontou e tirou o banco do passageiro para que a cama de Hortencia pudesse ficar no chão ao meu lado.

O sol havia acabado de se pôr, e andei pela casa conferindo se havia desligado tudo e desplugado qualquer coisa que representasse risco de incêndio. Parei no meu quarto e coloquei a mão no interruptor, prestes a apagar a luz, quando a foto emoldurada de Isabella chamou minha atenção sobre a mesa de cabeceira. Me aproximei e a peguei.

— Sinto que você deveria vir comigo. Mas, no meu coração, sei que preciso fazer isso sozinha. Só que isso não é verdade, não é, Izzy? Não preciso da sua foto para que esteja comigo, porque você sempre estará no meu coração. — Respirei fundo e passei o dedo sobre seu rosto. — Eu serei destemida. Te vejo em algumas semanas.

Coloquei o porta-retratos de volta na mesa de cabeceira e, dessa vez, sorri ao olhar para trás antes de fechar a porta. Na cozinha, peguei a coleira de Hortencia e abaixei-me para pegar sua tigela de água. Ao levantar, um flash de luz atingiu meus olhos pelas persianas. A janela acima da pia ficava na parte frontal da casa, e inclinei-me para me aproximar e espiar o que estava acontecendo. Ao encontrar faróis, sorri e sacudi a cabeça. Doc queria se despedir antes que eu partisse, mas eu disse que seria tarde e ele não precisava fazer isso. Eu deveria saber que ele apareceria mesmo assim. Peguei minha bolsa e algumas últimas coisas e fui para fora.

No segundo em que abri a porta da frente, Hortencia saiu correndo e fazendo *groink* em direção aos faróis. Ela amava Doc. Tranquei a porta e cobri os olhos ao me virar. Ele devia ter deixado os faróis com luz alta durante todo o caminho até aqui, porque parecia que um holofote estava brilhando em mim.

— Doc... desligue os faróis! — Dei alguns passos e as luzes apagaram.

Meus olhos levaram uns dez segundos para se ajustarem à escuridão, mas, quando isso aconteceu, congelei. Não era o carro de Doc que estava em frente à minha casa, e definitivamente, não era Doc.

Griffin desceu do banco do motorista de um motor home gigantesco e fechou a porta. Nós dois ficamos ali, de frente um para o outro, apenas nos encarando por um longo tempo.

— O que... o que você está fazendo aqui? — perguntei finalmente.

Ele acenou com a cabeça para o motor home da irmã de Doc estacionado ao lado do que ele tinha acabado de sair. Estava ligada para aquecer os motores.

— Vai a algum lugar?

Engoli em seco.

— Eu estava... indo para a Califórnia para te ver.

Nenhum de nós se moveu.

— Doc já está no motor home?

Neguei com a cabeça.

— Eu ia sozinha.

Griffin ergueu as sobrancelhas.

— Você ia dirigir quase cinco mil quilômetros sozinha?

Assenti.

— Eu precisava te ver.

Ele enfiou as mãos nos bolsos.

— Bem, aqui estou eu. Tem algo para me dizer?

Passei dias pensando no que diria quando aparecesse em sua porta. No entanto, ali estava eu, a poucos metros de distância dele, e não fazia ideia de por onde começar.

Griffin deu alguns passos em minha direção, com os cascalhos fazendo barulho conforme ele andava. Ele tirou algo do bolso e segurou.

— Recebi a sua carta.

— Eu sei. Eu a rastreei e vi que você assinou o recebimento.

Ele balançou a cabeça negativamente.

— Styx assinou o recebimento. Não eu.

— O seu baterista?

— Eu tinha bebido e apaguei no meu quarto. O do Styx ficava ao lado do meu, e ele ouviu o gerente do hotel batendo à minha porta e recebeu a carta por mim. Quando viu o endereço do remetente, decidiu que a última coisa de que eu precisava era mais comunicação vinda de você. — Ele fez uma pausa. — Você me deixou destruído, Luca.

Senti como se tivesse uma bola de tênis presa na garganta, e não importava quantas vezes eu tentava engolir, não conseguia me livrar dela.

Griffin fechou a distância entre nós e estendeu a carta para mim. Ainda estava fechada.

— Você... você não a abriu?

Griff sacudiu a cabeça lentamente.

— Eu estava a caminho do aeroporto quando Styx enfim decidiu entregá-la para mim. Eu não queria que nada que você tivesse escrito me fizesse mudar de ideia, então não li.

Franzi a testa. Eu o havia destruído, e ainda assim, ele estava aqui sem ter lido a minha carta.

— Para onde você estava indo quando ele te entregou o envelope?

— Para cá.

— Mas... mas por quê?

— Eu estou com raiva de você. Estou muito puto. Estou cansado por não dormir. Não quero mais ter que cantar uma maldita música que tenha o seu nome. Estou irritado pra cacete. Mas o fato é que ainda quero passar cada momento com raiva, puto, cansado e irritado com você. Então, estou pouco me fodendo para o que tem nessa carta. Estou aqui, e não vou embora até resolvermos isso. Não tenho que ir a lugar algum por três meses, então se você não me deixar ficar, meu novo motor home, que custou mais que a minha casa na Califórnia, vai ficar estacionado em frente à sua casa por um tempão.

Oh, meu Deus. Tínhamos completado o ciclo. Eu havia parado de ler suas cartas anos atrás, e aqui estava ele hoje me entregando pessoalmente a minha que ele não leu. Eu havia me arriscado imensamente e estacionado meu motor home em frente à casa dele, e aqui estava ele hoje pronto para estacionar em frente à minha para que tivéssemos uma chance.

Peguei a carta da mão de Griffin e a abri. Minha voz estava baixa e trêmula quando comecei a ler.

Querido Griffin,

Durante oito anos, tive medo do escuro.

Durante oito anos, tive medo de seguir em frente.

Durante oito anos, tive medo de ficar presa.

Durante oito anos, tive medo de incêndios.

Durante oito anos, tive medo de tentar.

O seu amor me fez perceber que, na verdade, eu não tinha medo do escuro; eu tinha medo do que poderia existir no meio da escuridão.

Eu não tinha medo de seguir em frente; eu tinha medo de aceitar o que não estava mais aqui.

Eu não tinha medo de ficar presa; eu tinha medo de ser livre.

Eu não tinha medo de incêndios; eu tinha medo de me queimar.

Eu não tinha medo de tentar, eu tinha medo de me magoar.

Eu sabia as próximas linhas de cor, então abaixei a carta e falei olhando nos olhos de Griffin.

— Não estou dizendo que estou melhor, porque ainda tenho um longo caminho pela frente. Mas estou cansada de deixar o medo dominar a minha vida. Tenho pavor de amar você, Griffin. Tenho pavor do que poderia acontecer se eu me permitisse te amar e, depois, te perdesse.

Vi os olhos de Griffin se encherem de lágrimas.

— Mas tenho ainda mais pavor de viver a minha vida sem o seu amor do que de me arriscar. Então, por favor, me perdoe. Eu vacilei. E provavelmente irei vacilar mais um pouco. — Estendi a mão. — Por favor, me aceite de volta, Griffin. Eu te amo mais do que todos os meus medos reunidos.

Griffin fitou meus olhos.

— Por que o rockstar britânico de vinte e cinco anos de idade que conheceu a garota dos seus sonhos através de uma carta na segunda série dirigiu até a casa dela depois que ela deu um pé na bunda dele?

Dei risada.

— Não sei. Porque ele é impetuoso?

Griffin segurou meu rosto entre as mãos.

— Para que ele pudesse, finalmente, estar em casa.

CARTAS INDECENTES

Capítulo 33
Griffin

Joguei minhas chaves sobre a mesa ao entrar em casa.

— Voltei e estou com a revista, amor.

Luca tinha ficado escrevendo durante a manhã enquanto eu resolvia algumas coisas fora de casa. Eu estava hibernando com ela durante os últimos meses, antes de ter que viajar para a turnê na Europa.

O plano era ela ficar em Vermont enquanto eu estivesse fora. Quando retornasse, iríamos para a costa oeste juntos na mansão sobre rodas que eu havia comprado. E então, dividiríamos nosso tempo entre a Califórnia, Vermont e a estrada.

Joguei a revista sobre a cama. Luca a pegou e examinou a capa. Era uma foto de nós dois, com meus braços em volta dela enquanto sorríamos para a câmera. O título era *Cole Archer: Conheça a Verdadeira Luca.*

— Ai, meu Deus. Parece que pesaram a mão no Photoshop em mim. — Ela passou a mão sobre seu rosto na capa. — Até que gostei. — Ela riu.

— Você está linda, com Photoshop ou sem. Já eu, fiquei parecendo a bunda da Hortencia.

— Acha que fizemos a coisa certa? Quer dizer, não dá mais para voltar atrás.

— Era a única escolha que tínhamos. Se você quer que a impressa te deixe um pouco em paz, tem que cortar o mal pela raiz, tomar o controle da situação. Você dá a eles o que querem nos seus termos, assim eles não terão nada para correr atrás.

Ela folheou as páginas.

— Você leu?

— Li. Tive que me certificar de que não havia nenhuma surpresa antes de deixar você ler. Eles mandaram bem, até. Acho que ameaçá-los com um processo se alterassem uma palavrinha sequer do que falamos ajudou.

Nós havíamos vendido os direitos de toda a nossa história de amor, contada do começo ao fim, para uma revista nacional bem-conceituada. A matéria de capa nos rendeu três milhões de dólares, que doamos no nome de Isabella para um hospital que tratava vítimas de incêndio.

Se Luca ia mesmo fazer parte da minha vida, eu sabia que não poderia escondê-la. As pessoas iriam descobrir quem era ela, gostasse eu ou não. Se tinha uma coisa que aprendi sobre a imprensa no decorrer dos anos foi não fugir dela, e sim correr em direção a ela. Dar o que ela quer antes mesmo que ela saiba que quer.

— Você quer ler agora? — perguntei.

— Daqui a pouco. Tenho que me preparar para isso.

— Ok, ótimo, porque quero te mostrar uma coisa primeiro.

Ela arregalou os olhos.

— O quê?

Rolei a manga da minha camisa para revelar a nova tatuagem na parte interna do meu antebraço. Fui ao mesmo estúdio onde Luca havia tatuado o sol, a lua e as estrelas e pedi que o tatuador a replicasse em mim.

Ela arfou e cobriu a boca.

Analisei seu rosto.

— Não consigo dizer se você amou ou se está surtando.

Ela riu.

— Meu Deus, não! Eu amei. É perfeita. É idêntica à minha. Ele fez um ótimo trabalho.

— Sinto de verdade que a sua Izzy contribuiu bastante para nos guiar de volta um para o outro. Eu queria homenageá-la. Sei que você tinha combinado de fazer a mesma tatuagem com ela, mas espero que eu possa ficar no lugar dela... honrá-la.

— Ela teria amado você, Griff.

— É?

— Sabe... eu falava bastante com ela sobre você. E ela dizia "Eu acho que aquele garoto britânico é a sua alma gêmea". Eu não enxergava isso tão claramente naquele tempo, não imaginava que teria a chance de te conhecer algum dia. Sabia que você e eu tínhamos uma conexão, sem dúvidas, mas nunca pensava em você como minha alma gêmea. Mas, agora, eu sei que ela estava certa. Ela sentiu isso antes de mim.

— Obrigada por compartilhar isso. Agora, eu a amo ainda mais.

Ela passou o dedo sobre o curativo, parecendo pensativa.

— No que você está pensando?

Sua pergunta me pegou de surpresa.

— Quando estávamos separados... você... alguma vez...?

Ela hesitou em terminar a pergunta. Mas eu sabia o que ela queria indagar.

— Se alguma vez eu transei com alguém?

Ela assentiu.

Eu tive oportunidades de dormir com outras mulheres quando Luca e eu estávamos separados. Não podia mentir e dizer que não tive momentos em que pensei em fazer isso para tentar esquecer a dor que sentia depois que ela terminou comigo. Mas, no fim, eu não queria mais ninguém, e meu instinto me dizia que eu me arrependeria.

— Uma parte de mim simplesmente *sabia*, Luca. Eu sabia que, de algum jeito, nós acabaríamos voltando. Eu não queria ter que olhar nos seus olhos e te dizer que havia dormido com outra pessoa. Se você tivesse levado anos para mudar de ideia, não sei se conseguiria ficar sozinho por tanto tempo, mas estou tão feliz por você não ter me feito esperar muito tempo. Sendo sincero, nunca senti que você não era mais parte de mim, mesmo quando estávamos separados. Nunca desejei mais ninguém, além de você. E, não, não transei com ninguém. Fico feliz por ter me mantido fiel.

Ela soltou um suspiro de alívio.

— Eu estava com tanto medo de tocar nesse assunto. Mas estava me incomodando, e precisava saber.

— Que bom que tenha finalmente perguntado. — Fiquei curioso. — Alguma coisa teria mudado entre nós se eu tivesse me envolvido com outra pessoa?

— Não. Eu teria entendido, mesmo que ficasse chateada. Mas estou aliviada.

— E você? — perguntei. — Tem alguém que eu precise assassinar?

— Não. A menos que seja um Furby.

Luca estava me deixando tão orgulhoso, ultimamente. Outro dia, ela foi comigo à loja de animais no meio da tarde, e hoje íamos ao supermercado pela primeira vez durante o dia.

O que parecia uma coisa simples para a maioria das pessoas era, na verdade, um passo enorme para ela. Mas, desde que reatamos, ela estava mais determinada do que nunca a desafiar seus medos. Eu esperava que, um dia, ela conseguisse embarcar em um avião e comparecesse a um dos meus shows, mas um passo de cada vez. Eu nunca a forçaria a fazer qualquer coisa para a qual ela não estivesse pronta.

— Como você está? — questionei ao nos aproximarmos do mercado, no estacionamento.

Ela soltou uma respiração pela boca.

— Ansiosa. Mas mesmo que eu faça cocô nas calças, não vou fugir.

— Se você fizer cocô nas calças, amor, quem vai fugir sou *eu*. — Pisquei.

Ela conseguiu dar uma risada, apesar do nervosismo.

Apertando sua mão, eu a segurei ao entrarmos pelas portas de vidro. As luzes fluorescentes brilhantes nos saudaram. Estava de tarde, então, mesmo que estivesse mais cheio do que no meio da noite, o mercado não estava lotado.

— Você está bem?

Ela assentiu e respirou de maneira trêmula.

— Sim.

— Que bom.

— E agora? — ela perguntou.

— Agora? Nós colocamos um pé depois do outro e fazemos compras.

O objetivo era esse. Um passo de cada vez. Fiquei animadíssimo quando ela disse ao Doc que não viesse, que ficaria bem vindo somente comigo. Não era que eu não apreciasse tudo que ele tinha feito por ela, mas ela sairia de Vermont em breve e precisava aprender a contar comigo — até não precisar mais se apoiar em ninguém.

Chegamos à seção de melancias.

— Como era mesmo aquele truque, linda? Me mostre novamente como escolher a melhor.

Eu não queria mesmo saber, mas era um jeito de distrair sua mente do nervosismo.

Ela pegou uma e demonstrou.

— Você tem que segurá-la próximo ao ouvido e dar tapinhas com o dedo. Se estiver oca, está perfeita.

Puxei-a para mim e aninhei a cabeça em seu pescoço, inspirando seu cheiro profundamente. Minha bochecha estava apoiada em seu peito, e pude sentir as batidas de seu coração contra mim. E então, dei tapinhas delicados com o dedo em seu seio e pousei a orelha em seu coração.

Ela deu risada.

— O que você está fazendo?

— Aham. Encontrei a pessoa certa para mim. Com certeza, escolhi a melhor.

Epílogo
Luca

Dois Anos Depois

Querida Luca,

Você pensaria que depois de todos esses anos... depois de todas as cartas que escrevi para você, essa seria escrita com facilidade. Mas, de algum jeito, sinto-me como um garoto de treze anos novamente, com medo de contar para a garota por quem ele está se apaixonando como se sente. Muita coisa mudou desde então. Já estive dentro de você. Pude amá-la de maneiras que nunca pensei serem possíveis. E, ainda assim... parece que foi ontem que eu era só aquele garoto em Londres esperando a próxima carta chegar. Nunca teria imaginado a jornada pela qual a vida nos levaria para nos fazer chegar onde estamos hoje. A sua coragem de superar os seus medos não somente me inspira como também prova todos os dias o quanto você me ama. Você me permitir segurar sua mão enquanto se esforça para enfrentar a vida comigo, permitindo que o medo chegue ao extremo só para que possamos ficar juntos, é a prova definitiva do seu amor.

Antes da minha mãe morrer, ela me disse que o que mais desejava para mim era que, algum dia, eu encontrasse alguém que me amasse tanto quanto ela amava. Me traz uma imensa alegria saber que ela está olhando para mim lá de cima agora e vendo que encontrei. Ela pode descansar em paz, sabendo que sou amado e cuidado. E espero que o seu pai e Doc também estejam olhando para nós e pensando a mesma coisa — sabendo que a garota deles é muito amada. Sou tão feliz por ser o homem que tem a oportunidade de te amar. No decorrer dos últimos dois anos, você provou que faria qualquer coisa por mim. E quero que saiba que eu faria qualquer coisa por você. Eu morreria por você, Luca. Você é a única pessoa sobre a qual posso falar isso com sinceridade. Caralho, será que tinha como essa carta ser MAIS sentimental? (Tive que trazer Chandler Bing de Friends de volta para a ocasião.) Sentimental ou não... não existe outra maneira de me expressar. Luca Vinetti, meu amor por você é maior que o sol, a lua e as estrelas. Desconhece limites. A nossa história não é um conto de fadas... é crua e real, mas, ainda assim, o tipo de amor mais verdadeiro. Queria saber se você me daria a honra de se tornar minha esposa. Case comigo, Luca. Quando você terminar de ler esta carta, vai olhar para mim, e eu vou ficar de joelhos na sua frente. Se disser sim, vai me fazer o cara mais feliz da face da Terra. Se disser não, vou te amar mesmo assim, e se não tiver um anel no seu dedo para provar isso, não vai importar. Eu te amo, Luca. Até a eternidade.

Seu amor,

Griffin

P.S.: Por favor, diga sim.

P.P.S.: Case com o Mee-Mee.

Dobrei a carta e fechei os olhos, lembrando-me do dia que Griffin me pedira em casamento, há um ano. Estávamos viajando pelo país no motor home depois que ele retornou da turnê pela Europa.

Enquanto Griffin estava na Europa, Doc morreu repentinamente, de um ataque cardíaco. Eu tinha ido ver como ele estava em sua casa minúscula e o encontrei na cama, inconsciente. Foi o segundo momento mais difícil da minha vida, e realmente provou quanta força eu tinha porque eu nunca havia pensado que sobreviveria depois de encontrá-lo daquela maneira. Mas eu sabia que precisava ser forte por ele, que ele nunca iria querer ser a fonte do meu luto. Usar sabiamente seus ensinamentos em relação a perdê-lo era algo que eu devia a ele.

Logo após a morte de Doc, Griffin pegou um voo de volta da Europa para ficar comigo, alegando uma emergência familiar. A turnê foi suspensa até passarmos pela fase do luto. Depois que retornou para a Europa e terminou de apresentar os shows adiados, ele voltou para Vermont. Foi aí que a nossa nova vida começou e pegamos a estrada, levando Hortencia junto. Foi durante aquela viagem, estacionados em algum lugar na Flórida, que Griffin me entregou a carta com o pedido antes de ficar de joelhos. Eu disse sim, é claro.

Agora, um ano depois, estávamos em casa em Los Angeles na manhã do dia do nosso casamento. Griff concordara em se arrumar no motor home para que eu pudesse ter um pouco de privacidade. Planejávamos fazer as fotos antes da cerimônia. Então, ele me veria em breve.

Com o segundo andar inteiro da nossa casa só para mim, eu estava curtindo a paz e a tranquilidade sem pressa — exceto pelos grunhidos ocasionais de Hortencia. Eu havia feito algumas amigas em LA, mas escolhi não ter madrinhas. Ninguém poderia substituir Izzy hoje; ela estava aqui em espírito como minha dama de honra. A cerimônia seria pequena, com a presença somente dos nossos amigos mais próximos. O pai de Griffin veio de Londres com sua nova esposa. Eu sabia que isso era estressante para Griff, mas fiquei orgulhosa dele por ter dado aquele passo e o convidado.

Nosso casamento aconteceria no Aviário Dr. Chester Maxwell aqui em Los Angeles. Griffin havia feito uma doação significativa, e eles renomearam o local em homenagem à memória de Doc. Era um dia muito emocionante para mim, mais do que eu poderia imaginar. Os dois homens que eu iria querer que me levassem o altar — meu pai e Doc — não estavam mais aqui. Então, Griffin faria as honras.

Abri a janela para que entrasse ar fresco antes de ter que colocar meu vestido. Usando meu robe de seda, encarei o céu claro da Califórnia e respirei fundo.

Foi aí que notei um cardeal vermelho empoleirado na varanda de ferro forjado. Sempre que qualquer pássaro passava sobre mim, eu pensava em Doc, é claro. Mas havia algo diferente naquele. Ele não estava voando sem parar ou cantando como os outros pássaros que perambulavam pelo jardim. Estava *estoico*. Ele parecia estar olhando para mim.

— Olá — eu disse.

Ele inclinou a cabeça em resposta.

Lembrei-me de Doc dizendo algo sobre o cardeal vermelho, que as pessoas acreditavam que eles eram mensageiros de pessoas queridas que perdemos.

Pensei que ele sairia voando, mas acabou voando em minha direção e pousou no peitoril da janela ao meu lado. Meus olhos começaram a marejar com lágrimas, principalmente por pensar no quão patética eu era por achar que, de algum jeito, era Doc me mandando um recado — ou o próprio Doc. Eu queria, mais do que qualquer coisa, acreditar que esse pequeno pássaro era ele. Mas eu nunca saberia. Simplesmente comecei a chorar.

Imaginei como minha vida estaria sem Doc e Griffin. Era irônico, porque, se não fosse por Doc, talvez eu nunca tivesse me reconectado com Griffin, já que a viagem para a Califórnia nunca teria acontecido. E sem Griffin, eu não imaginava como teria lidado com a perda de Doc — a única família que me restava. Eu tinha tanta sorte por ter tido homens tão importantes na minha vida, que me impactaram de maneiras tão profundas.

— Olá, amigo — eu disse para o pássaro. — Vou fazer de conta que é você. Porque pensar que você pode ter se transformado em uma das criaturas que amava tanto me deixa feliz. Mas, acima de tudo, quero acreditar que você está aqui comigo hoje, onde deveria estar. Você teria me levado ao altar, sabia? — Enxuguei os olhos. — Me desculpe por não ter tido a chance de me despedir. Mas sei que você ainda está aqui comigo. Quando estou com medo, ainda ouço a sua voz me animando. Eu te carrego comigo para todo lugar. Sou quem sou graças a você, Chester Maxwell.

O pássaro saiu voando de repente. Sem um adeus. Sem um aviso. Nada. Mas tinha sido assim mesmo, não é?

Houve uma batida na porta.

— Sim? — Limpei as lágrimas.

— Oi, Srta. Vinetti. Posso entrar?

Era a fotógrafa, Leah.

Abri a porta.

— Oi. Sim. Só preciso retocar um pouco a maquiagem e colocar o vestido. Você se importa de me ajudar?

— De jeito nenhum.

Por mais que eu preferisse ter minha mãe ou Izzy para me ajudar a fechar o zíper do meu vestido de casamento em vez de Leah, confortei-me com o fato de que eu logo estaria com Griffin, e esses sentimentos de solidão seriam substituídos pela alegria do dia do nosso casamento.

Depois que me vesti, Leah tirou algumas fotos minhas me olhando no espelho enquanto retocava a maquiagem.

Estava na hora de encontrar Griffin lá fora.

— O Sr. Archer pediu um momento privado entre vocês dois no jardim antes de começarmos a tirar as fotos. Então, vou capturar o momento em que ele te vir e desaparecerei por uns dez minutos antes de voltar para tirar as fotos externas.

— Ok. Obrigada.

Quando saí da casa para o jardim, Griffin estava de costas para mim sob um jacarandá.

— Griffin?

Quando ele girou e me viu, começou a chorar imediatamente. Foram raras as vezes em que vi Griffin chorar — não lágrimas de felicidade, pelo menos. Mas não havia uma prova maior de seu amor por mim do que testemunhá-las caindo de seus olhos naquele momento.

— Você está mais linda do que eu poderia imaginar.

— Obrigada. E você está tão lindo. — Ajustei sua lapela e dei tapinhas em seu peito. — Adorei esse colete. — Achei que eu também deveria estar chorando, mas já tinha chorado demais. Isso não significava que eu não estava delirantemente feliz.

Notei que Griffin segurava uma pequena sacola.

— O que tem na sacola?

— Não sabia se você tinha algo velho, algo emprestado, algo azul...

— Nem me lembrei dessa tradição. — Sorri. — Na verdade, não tenho. Você arranjou para mim?

— Arranjei para você. — Ele piscou e tirou o primeiro item da sacola. — Algo velho — ele disse ao me mostrar um medalhão prateado. — Era da minha mãe. Quando o herdei depois que ela morreu, estava vazio. Então, peguei a foto que você tem de Izzy e mandei fazer uma cópia no tamanho perfeito para caber dentro dele.

Ok, agora eu estava chorando.

Enquanto ele o colocava em volta do meu pescoço, falei:

— Vou arruinar a maquiagem.

— Nós consertamos depois.

Não havia nada que Griffin não pudesse consertar ou melhorar.

Meu coração acelerou em expectativa conforme ele tirava o próximo item da sacolinha.

— Algo emprestado — ele disse antes de abrir uma caixa de veludo. Dentro dela estava o par de brincos de diamantes Harry Winston mais deslumbrantes que eu já vira. Devem ter custado uma fortuna.

— Oh, meu Deus. São magníficos.

— Espero que goste. Não precisa usá-los, se não quiser.

— Eu gostei. — Sorri. — Gostei muito. Obrigada.

Tirei os brincos de diamante que estava usando antes de ele me ajudar a colocar os novos. Eles eram lindos, em um estilo lustre, e provavelmente custavam tanto quanto esse casamento.

— Algo azul. — Ele abriu um sorriso malicioso antes de tirar da sacolinha um chaveiro de Furby. Era o que eu havia deixado em sua casa durante minha primeira viagem para vê-lo. Por acaso, ele era azul-royal. Griffin adicionou um pequeno broche ao objeto e abaixou-se para prendê-lo na parte interna da barra do meu vestido.

— É perfeito. — Abri um sorriso radiante.

— E podemos usá-lo mais tarde até a bateria acabar. — Ele piscou.

Depois de colocar a sacola de lado, percebi que ele havia pulado o "algo novo".

— Não está faltando um? Algo novo?

— Sim, meu amor. Mas não está na sacola. Está dentro de *você*.

Griffin se ajoelhou e beijou minha barriga.

A maior recompensa por enfrentar meus medos foi eu e ele termos feito um bebê. Com quatro meses de gestação, minha barriga não estava grande o suficiente para que eu usasse um vestido de gestante. Felizmente, o corte do vestido que eu havia escolhido escondia a pequena protuberância que eu tinha. Mas, em alguns meses, daríamos as boas-vindas a um menininho, a quem chamaríamos de Griffin Chester Marchese. E, mais uma vez, minha vida mudaria para sempre.

Eu estava com pavor de me tornar mãe? Com certeza. Mas mergulharia de cabeça nessa experiência e aceitaria tudo que viesse, assim como vinha tentando fazer com tudo na minha vida. Essa abordagem havia me ajudado a chegar longe. Havia me ajudado a chegar *aqui*, no dia mais importante da minha vida.

Griffin segurou minha mão ao andarmos pelo jardim, deleitando-nos na calmaria antes da cerimônia.

— A melhor coisa que já fiz foi responder à sua primeira carta — ele disse.

Apertei sua mão.

— A melhor coisa que já fiz foi enviá-la.

— Por falar na sua primeira carta, recentemente andei mexendo nas minhas caixas antigas e me deparei com ela. Está no meu bolso, como meu próprio "algo novo".

— É mesmo?

Ele enfiou a mão no bolso e tirou a carta de lá antes de desdobrá-la.

Vi o choque transformar seu rosto.

— Meu Deus.

— O que foi?

— Nunca percebi isso. Veja a data, Luca. Puta merda. Veja a data!

Era a data de *hoje* — há exatamente vinte anos.

Meu queixo caiu.

— Estamos nos casando exatamente duas décadas depois da primeira vez que escrevi para você.

— E não fazíamos ideia quando escolhemos essa data para o nosso casamento. Isso é incrível pra caramba.

Eu não me lembrava do que havia escrito naquela primeira vez. Olhei para baixo e sorri ao ler a fatídica carta.

Querido Griffin,

Voce nao me conhece, mas a minha professora me deu o seu nome. Eu sou a Luca. Voce esta procurando por uma amiga por correspondencia, nao e? Gostaria de ser o meu?

Tenho sete anos, moro em Nova York, amo alcacuz preto e dancar.

Eu adoraria saber como e ai na Inglaterra. Voces tem alcacuz preto? Ouvi dizer que as pessoas dirigem no lado contrario da estrada. Isso e tao estranho!

Sua amiga por correspondencia (?),

Luca

P.S.: A Sra. Ryan me mostrou uma lista de criancas, e eu escolhi o seu nome, Griffin Quinn. Nao sei por que. Talvez tenha sido porque minha mae assiste aquela serie Doutora Quinn. Mas voce chamou minha atencao. Eu so senti que era voce - meu amigo por correspondencia. Meu pai sempre me diz para confiar no meu instinto. Meu instinto ama alcacuz preto. E meu instinto me diz que vamos ser amigos, Griffin. Espero mesmo que voce me escreva de volta.

Agradecimentos

Obrigada a todos os blogueiros maravilhosos que espalham as novidades sobre os nossos livros. Sem vocês, muitos leitores não nos descobririam. Somos muito gratas por todo o esforço e apoio de vocês.

Para Julie. Obrigada pela sua amizade, apoio diário e incentivo. Estamos ansiosas para ver o que você tem guardado para nós na próxima!

Para Luna. Obrigada por nos abençoar com o seu talento criativo incrível e por estar sempre presente a cada dia.

Para nossa superagente, Kimberly Brower. Obrigada por ser nossa parceira e nos guiar para encontrar os parceiros certos no meio editorial. Você é muito mais do que nossa agente, e somos muito gratas por você sempre estar ao nosso lado — até mesmo às seis da manhã.

Para nossa editora maravilhosa na Montlake, Lindsey Faber, e para Lauren Plude e todo o time da Montlake. Não são muitos autores que têm a sorte de dizer que o processo editorial foi um prazer, mas essa é a verdade para nós. Obrigada por confiar em nós e fazer deste o melhor livro possível.

Por último, mas nunca menos importante, para nossos leitores. Obrigada por nos deixar entrar em seus corações. Sabemos que existem muitas opções para vocês por aí, e ficamos honradas por continuarem a nos escolher. Obrigada por sua lealdade e amor. Sem vocês, não haveria sucesso!

Com muito amor,

Penelope e Vi

CONHEÇA OUTROS LIVROS DAS AUTORAS

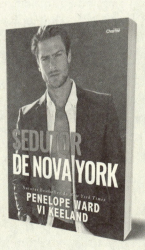

Entre em nosso site e viaje no nosso mundo literário.
Lá você vai encontrar todos os nossos
títulos, autores, lançamentos e novidades.
Acesse www.editoracharme.com.br

Você pode adquirir os nossos livros na loja virtual:
loja.editoracharme.com.br

Além do site, você pode nos encontrar em nossas redes sociais.

https://www.facebook.com/editoracharme

https://twitter.com/editoracharme

http://instagram.com/editoracharme

@editoracharme